# 涼子点景1964

森谷明子

双葉社

涼子点景1964

# 目次

装画　草野碧
装丁　高瀬はるか

# 序章

朝、涼子《りょうこ》は仕事場に入るとまず、デスクの上をチェックする。朝刊の一面には、リオデジャネイロオリンピック関連のニュースがあった。メインスタジアムはまだ完成していないらしい。開会式まで、あと二か月もないのに。その見出しに目をやっただけで新聞を脇に置き、次に郵便物の山の仕分けに取りかかる。自分がコラムを寄稿した教育雑誌、予備校や学習塾が主催する種々の会合への招待状や挨拶状、他校が発行した広報誌。それらの大半をシュレッダーにかけるためのボックスに放り込み、必要なものだけは「未決」とラベリングした書類箱に入れていく。

最後に一通の地味な封筒が残った。宛名は手書きで「学校法人志学《しがく》女子学園」の住所と名称があり、続けて涼子の名前が敬称を付けて書いてある。封筒の端には、どこかで見たことがあるような校章。

裏返すと、差出人欄には「新宿《しんじゅく》区立大京《だいきょう》小学校同窓会」と印刷されていた。

一瞬、動悸が速くなった。一気に六十年前の自分に引き戻されたような気がした。仕立てにこだわったスーツに身を包み、誰にも敬われる「学園長先生」ではなく、擦り切れた古着を着ていつも腹をすかせ、教室の片隅で上目遣いに級友たちを観察していた、痩せこけた少女に。

涼子は封を切る勇気がなく、じっとその封筒を見つめていた。

# 第一章　健太

お日様は傾いてきたのに、気温はちっとも下がらない。体を包む空気は、じめじめしているせいか、毛布のようにまとわりついて汗を噴き出させる。

——夏休みもとっくに終わっているのに、なんでこんなに暑いんだ。

足を蹴り出すたびに、ズックの靴底が一瞬地面に敷かれたアスファルトに持っていかれそうになる。工事が終わったばかりでいやな感じに柔らかく、まるで靴が貼りついてしまいそうだ。そのうち、靴が脱げてしまうかもしれない。

それでも曽根健太《そねけんた》は、リズミカルに走り続けた。のんきに歩いてなんかいられない。今日も、楽しいことがいっぱい、健太を待っているのだから。まずは、目的地の本屋に並んでいるであろう漫画雑誌。それを手に入れて家に帰れば、母さんが茹でてくれている初物の栗が待っているはずだ。運のいいことに、今日も宿題はない。

九月も半ばにさしかかり、クラスメートと久しぶりに会った心の昂《たか》ぶりはもう消えている。でも、この秋はわくわくすることがたくさんあるはずだ。

——だって、今年、一九六四年の秋は特別中の特別なんだから。

そうだ、きっと退屈する暇もないはずだ。日本をあげてのお祭りが始まるのだ。

小学校四年生の健太は、元気だけが取り柄だと母親に言われる、どこにでもいるありふれた十歳だ。そんな健太でもつい浮かれてしまう大きなできごとがもうすぐやってくる。

あと一か月かそこらで、東京にオリンピックが来る。

浮かれているのは健太だけじゃない。庶民の街、新宿のはずれで薬局をしている健太の両親も、なんとなくそわそわしている。

「だってやっぱり、新宿はオリンピックのお膝元みたいなものなんだからね。うちが加盟している商店街全体も協力しているし。私たちだって、オリンピックのために何かしなくちゃ」

母の清美《きよみ》が言い訳のように言うと、父の修治《しゅうじ》が断固とした口調で訂正したものだ。

「商店街なんてちんけな話じゃないだろう。これは日本がもう敗戦国じゃなくなった、立派に外国と肩を並べられる国に復興したんだっていう証拠なんだ。だから何としても成功させなくちゃいけないいんだ」

珍しく父が長い言葉をしゃべったので、家族——健太と母と兄の幸一《こういち》——は顔を見合わせた。普段は町の薬屋であることに甘んじ、黙々と店の奥で調剤をしているだけの父なのである。

すると、ふっと幸一兄さんが笑った。

「オリンピックだからってさ、そんなにかっかしなくたっていいじゃないか。おれたちには関係ないぜ」

兄さんはまだいくらでもけちをつけたそうだったが、父がぴくりと眉を動かしたので、そこで口をつぐんだ。

額の汗をぬぐいながら、健太は昨夕《ゆうべ》の、そんな家族の食卓を思い出していた。

——おれたちには関係ない、か。

兄さんは何でもよく知っているのだから、そう思うのが正しいのかもしれない。住まいと店がくっついた、古ぼけた曽根薬局の二階の片隅が兄の城だ。兄はいつもそこにこもっては難しい雑誌や細かい活字の文庫本を読んだりラジオで外国の音楽を聴いたりしている。そんな学のある長男を、父さんも母さんも自慢にしているのはよくわかる。

それでも、戦後の焼け跡からようやく作り直した商店街の、しがない薬屋の次男坊の健太は、やっぱりオリンピックを心待ちにしている。だって、わくわくする理由はあるのだ。

健太の通っている新宿区立大京小学校はオリンピックに協力しているのだから。

オリンピックのためと思えば、足元から立ち上るアスファルトのむっとする匂いだって、なんだか嬉しいくらいだ。

今日も大京小学校の小学生は、道路掃除に駆り出された。新学期が始まってから毎日石拾いや草むしりをしたおかげで、学校の周りの道路はすっかりきれいになっている。昨日からは学校を取り巻く道路のどぶ掃除だ。

「外国からお客さんがたくさん来るんだ。日本の恥になるものは見せられないからな」

担任の先生は大張り切りだ。算数の授業よりは体を動かす清掃奉仕のほうが面白いと思ったのは最初のうちだけ。でも、誰も文句は言わない。

先生の言うとおりだ、日本の恥になるものも戦争に負けたみじめな姿も、世界に見せるわけにはいかない。

一九五四年生まれの健太は、もちろん戦争を知らない。でも、日本が戦争に負けてまもないことは教えられて知っている。小学校に上がってからも二回、近所で防空壕から遺体が見つかったというニュースがあった。そのうちの一回はすぐ近くのお寺だ。クラスの友だちと見に行っても、大人たちが人垣を作っていたせいでよく見えなかったが。それでも最後に担架が運び出される時、大人たちが深く頭を下げて合掌《がっしょう》していた隙間から、かけられた古毛布の下の黒いものがちらりと見えた。

「あれ、骨だぜ、きっと。焼夷弾《しょういだん》で焼けたからあんなに黒いんだ」

クラスのガキ大将がそうささやいた……。

そう、日本中が空襲に遭ったし、東京も焼け野原にされた。父さんや母さんはあまりその話をしないけど、三年前に死んだじいちゃんはずっと、戦争を起こした人間たちを呪っていた。無謀な戦争に突入した日本の政府も、焼夷弾を落としたアメリカ軍も、日本が降伏する直前に攻め込んできたソ連も……。じいちゃんのかわいがっていた長男――健太の父の兄さん――が、兵隊にとられてシベリアから帰ってこられなかったからだ。

その日本がオリンピックを開いてアメリカやソ連の人たちを歓迎するなんて、じいちゃんが知ったら何と言うだろう。

でも、もう、じいちゃんの時代とは違うんだ。日本は戦争を放棄して、世界中の国と仲よくしている。だからオリンピックが開けるし、世界中の選手が日本にやってきてくれるのだ。今度の東京オリンピックに参加する国は九十六か国だそうだ。今までで一番多くて、だから今までで一番盛大なオリンピックが開けるのだと、先生が自慢げに教えてくれた。四年生になってから、健太たちはそれらの国の国旗を図画の時間に描いたり、社会の時間にはいろんな国のことを勉強したりしている。韓国やアメリカと休戦している北朝鮮まで参加する。これこそ、平和の祭典だ。だから、世界中のお客さんを歓迎しなければ。

健太の暮らす場所はとてもちっぽけだけど、世界は限りなく広がっているのだ。

——東京でオリンピックが開かれるなんて、サイボーグ戦士たちが聞いたらびっくりするだろうな。

「サイボーグ戦士」というのは、今健太が夢中になっている漫画のヒーローたちだ。全部で九人いて、赤ん坊も女の子もいる。出身の国も世界中にまたがっている。そう、まるでオリンピック選手みたいに。

——フランソワーズはフランス人。ジェットはアメリカ人。そこはどんなところなのか。きっとしゃれた場所なんだろうな。

健太は写真でも見たことのないそんな世界の街を思い浮かべて、うっとりする。おかげで足の動きが、また速くなった。この先には一週間に一度のお楽しみが待っている。今日は「週刊少年キング」の発売日なのだ。

——サイボーグ戦士たちは、無事に島から脱出できるのかな。

サイボーグ戦士たちは、望んでサイボーグ戦士になったのではない。悪の組織「ブラック・ゴースト」に、サイボーグに改造されてしまったのだ。九人目のサイボーグは日本人、島村《しまむら》ジョー。仲間と力を合わせて、「ブラック・ゴースト」が根城にしている島から脱出しようとしている。サイボーグ戦士たちは無理やり連れてこられたようなので、船も飛行機も持っていない。島から出るためには、どうにかして「ブラック・ゴースト」の乗り物を奪わなければいけないのだ。

——きっと大丈夫さ。だって、彼らは人間より強いサイボーグなんだから。

今までも友だちからいろんな漫画を借りて読んだりはしていた。でもこんなに夢中になった漫画は初めてだ。

健太は八月に十歳の誕生日を迎えた。両親からプレゼントされた模型飛行機も嬉しかったが、もっと嬉しかったのは、晴れて小遣いをもらえるようになったことだ。曽根家のルールで、十歳になった週から小遣い制が始まるのだ。一週間に五十円。

どう使おう、健太は有頂天になって考え、幸一にも相談した結果、その財産で漫画雑誌を買うことにした。

買うのは、「少年キング」。兄さんは一時「少年サンデー」を買っていたので、今度は別の雑誌にしろと勧めてきたのだ。「少年キング」は「少年サンデー」や「少年マガジン」よりもあとから作られた雑誌で、漫画家も若い人が多いのだそうだ。その定価が五十円。

毎週一冊の漫画雑誌を買うという習慣は、健太をすっかり大人になった気分にさせた。商店街にある「常盤《ときわ》書店」の親父さんに、

「これください」

と「少年キング」をさしだす時の、誇らしい気持ち。もう、あの頑固親父の目を盗んで立ち読みするような情けない身分ではないのだ。

それに、「少年キング」を選んだのは運命だったと思っている。だって、そこで『サイボーグ009』に出会えたのだから。

だが、『サイボーグ009』の始まりを、健太は知らない。健太が初めて買った第33号で、ジ

ヨーは八人の仲間に出会っていた。突然買い始めたわけだから、その前の筋書きはわからないのだ。一週間経って新しい雑誌が売り出されたら、前の雑誌はもう手に入れることができない。

健太の友だちに「少年サンデー」や「少年マガジン」を買っている子はいても、「少年キング」という去年創刊されたばかりの雑誌は誰も買っていない。

――002のジェットは、003のフランソワーズは、どんなふうに改造されたのかな。

そんなことを考えていた健太は、ふと、何かに気を取られて走るのをやめた。

曽根薬局は商店街に入っているといっても、魚屋や飲み屋が集まっている商店街中心部からは少し外れている。健太は今、その中心部にさしかかったところだ。右手には「万来堂《ばんらい》」という古物を売る店がある。半端な瀬戸物や使い古された簞笥《たんす》やコードが擦り切れた電気スタンドなんかが雑然と並べられた、いつ見ても埃っぽい店だ。

――こんな古ぼけた店には、面白いものなんてないはずなのに、何が気になったんだろう。

と、思った次の瞬間、健太の目に飛び込んできたのは、店の土間の片隅に置かれた木の台だ。チラシの裏を利用したらしい紙にぞんざいに書かれた文字は「どれでも一冊二十円」。大人の雑誌が、どれも表紙が半分くらい見えるようにずらして並べられている。だがその一番右の列には、健太の心臓を跳ね上がらせるものがあった。

「少年キング」が三冊もある！

健太は思わずそのうちの一冊を手に取った。第32号。健太が買い始めたのが第33号からだから、ちょうどその一週間前に発売されたことになる。さらに第31号、そして第30号の三冊が傷だらけの台に置いてあった！

信じられない思いで第30号を手に取ってみる。表紙の左隅に「新れんさい　サイボーグ００９」という文字があって、島村ジョーの顔が大きく描かれていた。『サイボーグ００９』の始まりの物語がここにあるのだ！

夢中でページをめくろうとした時、大きな咳払いが聞こえた。見上げると、店の奥で座っている気難しそうなおばあさんと目が合った。

「二十円だよ」

健太は反射的にポケットの中の五十円玉を握りしめた。おばあさんはなおも言う。

「古本だからねえ、一冊二十円でいいよ。お買い得だろう」

健太は素早く考える。一冊二十円。三冊で六十円。今持っている小遣いでは足りない。

どうしよう。やっぱり連載第一回を買いたい。いいや、そんなことを言ったら第二回も第三回も……。ここで逃したら、いつまた出会えるかわからないのだ。古本なんて、普通に出回るものではない。

すると、おばあさんがこう言った。

「三冊まとめて買ってくれるなら、全部で五十円におまけしておくよ」

健太は天にも昇る心地になった。

「ほんと？」

「ああ」

迷うことなく、健太は叫んでいた。

「三冊とも買います！」

ようやく読めた『サイボーグ００９』は、予想をはるかに超える面白さだった。ジョーが少年院を脱走した不良だったのは意外だったが、よく考えればそういう人間のほうが、都合がいいに決まっている。ブラック・ゴーストは悪知恵が回る。さらっても誰も騒がないような人間を改造すれば、いなくなったことなどすぐに忘れられるから、悪だくみがばれる心配もない。

健太はこの前新聞を読んでいた父さんが、日本では毎年一万人以上の人間が家出しているという記事に驚いていたのを思い出した。日本中で、毎年こんなにたくさんの人間がいなくなっているらしい。と言っても、日本の人口は九千万人を超えている。その中に紛れてしまえば、なかなか見つからないだろう。ましてや懸命に捜す身内もない不良少年なら、姿が消えても誰も気にも留めない。

これでようやく七冊そろった「少年キング」を、健太は飽きもせずに繰り返し読みふけった。もっと欲が出てきたのは、夕暮れ近くになってからだ。

この続きはどうなっているのか、読みたくてたまらない。サイボーグ戦士たちは、無事に島を脱出できるのだろうか。続きが載っている新刊は、今日が発売日なのに。

だが、来週まで健太は一文無しだ。新しい漫画を読むことはできないのだ。兄さんにお金を借りることも考えたが、やめておいた。きっと嫌味を言われる。

買う当てもないのに、健太は家を出て、引き寄せられるように常盤書店に近付いていった。

店先の棚、雑誌が表紙を見せて並べられているところに、「少年キング」はなかった。がっかりしたのと同時にほっとする。きっと売り切れたのだ。ここになければあきらめもつく……。

その時、店の奥にいた親父さんが声をかけてきた。

「おう、健太、お前のために一冊取っておいてやったぞ」

店の奥には計算機を置いた机があって、親父さんはいつもそこで店番をしている。今その机の上から取り上げたのは「少年キング」最新号だ。

「きっと健太が買いに来ると思ったからよ」

思わず健太はその雑誌に手を伸ばそうとしてから、引っ込めた。

「……ごめんなさい、おじさん、今日はお金がなくて買えないんです」

「ほう？　どうしたんだ」

常盤書店に来る前に古本三冊を全財産で買ってしまったとは、言いにくかった。かわりに、健太は必死になって頼んだ。

「おじさん、ぼく、力仕事でも何でもするから、その『少年キング』、くれませんか」

親父さんの愛想笑いが消えた。

「そんなもん、駄目に決まってるだろう」

「でも……」

親父さんがなおも何か言いかけた時だ。店にくっついている親父さんたちの住まいのほうから、声がした。

「すみませーん、新聞の集金ですが」

「はいよー」

親父さんはそっちを向いて、打って変わった機嫌のよい声を出す。

「今行くから、ちょっと待っててくれよ」

新聞集金の人にそう応えると、親父さんはサンダルを脱いで奥へ引っ込んでしまった。健太はいつも新刊雑誌が並べてある店先の棚に「少年キング」を置いて、とぼとぼと店を出た。でも、なんだか家に帰る気がしない。健太はやりきれない気持ちを抱えて、その辺をぶらぶら歩き始めた。

商店街を抜けると、やがて、巨人が使うすり鉢みたいな形の、大きなものが見えてくる。近くによると、船みたいにも見える。上に数え切れないほど並んでいる銀色のポールが、夕日に照らされてみかん色に輝いている。このままもっと近付いて国鉄の高架をくぐれば、前に連れて行ってもらった横浜で見た、巨大客船よりも大きくなる。

昔、あそこには明治神宮外苑競技場という大きな建物があったそうだ。それは太平洋戦争後の一時、アメリカ軍のものになって名前を変え——ナイルなんとか——、日本に返されてから取り壊されて、国立霞《かすみ》ヶ《が》丘《おか》競技場という名前のもっと大きなスポーツ会場になった。さらに、オリンピックが開かれるからと、片側だけ上に客席部分がくっつけられた。先生がそう教えてくれた。観客席を増やさないと、オリンピック委員会というところがオリンピックを開くのを許可しなかったのだそうだ。

その付け足しの部分が帽子のつばのような半円形をしているせいで、船のへさきみたいに見えるのだ。競技場そのものはできあがっているようだが、周りの道路や広場が完成していないのか、工事のトラックがひっきりなしに出入りしている。オリンピックに間に合わせないといけないから、夜でも煌々《こうこう》と明かりをつけて工事が続けられているのだ。

いつもなら、そんな光景を見物するのも楽しいのだが、今日はそんな気にもなれない。健太は国鉄が走る高架の手前で左に曲がり、内藤町《ないとうちょう》の通りを歩いて行った。国鉄の反対側には、大きな建物のある敷地が広がっている。病院らしい。ごうごうと音を立てて走る電車を気晴らしに眺めながらぶらぶら歩く。オレンジ色の電車と黄色い電車がひっきりなしに行き交うのは、見ていて飽きない。

さっき常盤書店を出てすぐに、六時のニュースを告げる声が近くの店のテレビから聞こえてきた。健太の家では六時に店じまいをして、七時前には夕食になる。夏休みの頃よりも日暮れが早くなってきたし、いい加減に帰らないと、母さんに叱られる。引き返そうかと振り向いた時、角の正門を出てきた人影と、ぶつかりそうになった。

「あ、すみません」

電車ばかり見上げて歩いていたせいだ。健太はあわてて謝ってから、その人の顔を見て目を丸くした。

「あ、太郎《たろう》君のお姉さん」

「……誰?」

その人は明らかに迷惑そうな顔で、健太を見ている。だが、たしかに健太には見覚えがあった。同じクラスの高橋《たかはし》太郎君のお姉さんだ。太郎君は去年大京小に転校してきて、今年も持ち上がりで同級生になっている子だ。おとなしいからあまり友だちもいない。でも、出席番号が近い健太はそれなりに話をする仲だ。

「あの、太郎君の同級生です」

「ああ、そう」

お姉さんはそっけなく答えると、肩掛けカバンを持ち直し、健太に背を向けて行ってしまった。

――あれ？

太郎君の一家は国立競技場の向こう側に新しくできた、霞ヶ丘団地に住んでいる。その団地の公園で仲間と遊んでいる時、太郎君がこのお姉さんと連れ立って歩いているところを見かけたことがあるのだ。

だから、霞ヶ丘団地へ帰るなら、方向が違う。

首をかしげながらも、健太も家へ急ぐことにした。早く帰らないと叱られる。

――でも、きれいな人だな。前にもそう思ったけど。

黒い瞳がきらきらしていて、眉がきりっとして、つるんとした白い肌で。最初に見かけた時から太郎君のお姉さんは美人だな、そう思ったから覚えていたのだ。名前はなんて言っただろうか。太郎君が呼んでいるのを聞いたことがあったのだが。

そんなことをちらっと考えたが、健太にはどうでもいいことだったので、すぐに忘れた。

『サイボーグ００９』を読み逃したことが心残りで、ほかのことはどうでもいい。

家に着いた時にはとっぷりと日が暮れていたので、やっぱり母さんに叱られた。

そして味気ない夕食がすんで、すぐのことだった。

「ごめんなさいよ」

もう閉店していた曽根薬局のガラス戸が叩かれ、聞き覚えのある声がした。

母さんが、皿洗いの手を止めて、エプロンで手をふきながら出ていく。ガラス戸を開ける音。そして母さんが声を上げた。

「おやまあ、常盤書店さん。こんな時間にどうしました」

それに続けて、常盤書店の親父さんの渋い声がまた聞こえてきた。

「ちょっと健太を出してくんな」

「え？　健太にご用ですか」

すると、親父さんの声がこう続けた。

「夕方、漫画雑誌が一冊なくなったんだ。『少年キング』の最新号だよ。近くの人に聞いてみたところによると、その時刻うちの店に出入りしたのは健太しかいなかったらしいんだが」

健太はぎょっとした。体が急に冷たくなって動けなくなる。卓袱台《ちゃぶだい》で新聞を読んでいた父さんが立ち上がると、店のほうに出て行った。兄の幸一は、声のするほうと健太の顔を、かわるがわる見ている。

やがて、

「健太、こっちに来い」

改まった口調で父さんが呼んだ。

健太はのろのろと向かう。常盤書店の親父さんはガラス戸を入ったすぐのコンクリート敷きのところで腕組みして突っ立っていて、こちら側には母さんがまだエプロンで手をくるんだまま、上がり框《がまち》に膝をついている。その二人の間に父さんがやっぱり仁王立ちしていた。

大人三人が難しい顔をしているのをちらっと見てから、健太は目を伏せてしまう。何も悪いことはしていないのに、なんだか体がすくむ。

　すると、父さんが言った。

「健太。常盤書店さんから、漫画本が一冊なくなったそうだ。それで、なくなった時、店にいた客は健太一人だと常盤書店さんは言っている」

　健太は口を開けたが、また閉じてしまった。

　——何を言われているんだ？

　父さんがさらに静かな声で言った。

「健太、お前が盗ったのか？」

　健太は夢中で首を横に振った。何か言わなくてはと思うのだが、声が出ない。

「だけど、健太が帰ったあと、おれが店の机に戻ってみたら、一冊残っていたはずの『少年キング』はどこにもなかったんだぞ。ほら、あの時、健太が手に持って、働くからこれをくださいって頼んでいた漫画雑誌だよ」

　親父さんは厳しい顔でそう言った。

「健太が店にいる時に、新聞の集金がやってきただろう。勝手口から呼ばれたから、おれは店を空けて家に上がって、新聞代を払いに行ったよな。それがすんで店に戻ったら健太はもういなくて、健太とおれが話していた机の上は空っぽだった」

「ぼく、店先の、いつも『少年キング』が並んでいる棚に返しました」

　やっと声が出るようになった健太は、小さく答えた。しゃべっているうちにだんだん声が大きくなっていく。

「ほんとです。盗ったりしません、ほんとに棚に返しました」

健太は必死だった。

自分が疑われてしまうのは、わかる。健太が常盤書店にいる時に手にした「少年キング」が、健太が店から立ち去ったあと、なくなった。健太が、力仕事でも何でもするからくれないかと頼むほど、欲しがっていた「少年キング」が。

だが、絶対に盗んだりしていない。

「親父さんが座っていた奥の机に返さなかったのは悪かったかもしれないけど、……盗んだりしていません。ほんとです」

しかし、親父さんは明らかに疑いを解いていない。

「おれだって、同じ商店街の仲間んちのお子さんをむやみに疑ったりしないよ。だから、ここに来る前に、店内を全部探したんだ。だが、健太が言う雑誌の棚にもなかった。店中の、どこにもない。盗みの疑いをかけるからには、そのくらいのことはするさ。本当にどこにもないのを確かめてから、こうして曽根薬局さんに来たんだ」

「でも、『少年キング』がなくなっているのが本当だとしても、犯人が健太だとは限らないでしょう」

健太の背後から、落ち着いた声がした。

いつのまにか、兄の幸一もやってきていた。健太の肩に手を置いて、幸一は続ける。

「健太が出ていった後に常盤書店さんに入り込んだ奴の犯行かもしれない」

意外だった。いつも健太を馬鹿にしている兄さんが、健太をかばってくれている。だが、親父さんは険しい顔のまま、また首を横に振った。

「そのくらい、おれが考えねえとでも思ってるのか？　うちの店は夕方の六時に閉める。あの時健太は、六時ちょっと前にやってきたよな？　新聞の集金を払い終わって店に戻る時、通った茶の間ではちょうどＮＨＫの六時のニュースが始まるところだった」

「健太、時刻はそれで合っているのか？」

父さんに急に問いかけられ、健太はあわててうなずいた。それを見てから、親父さんは続ける。

「その時、店には客は誰もいなかった。そしてそのままおれは店を閉めたんだ。開き戸を閉めて鍵をかけて、さて今日の売り上げを勘定しようという段になって初めて、『少年キング』がどこにもないと気付いたんだよ」

「でも、親父さんが奥に引っ込んで健太が店を出てから、親父さんが店に戻るまでにほんのちょっとの時間はあったわけでしょう？　その隙にこっそり忍び込んで、親父さんの目を盗んでまた出て行った奴がいたかもしれないじゃないですか」

幸一が食い下がる。健太はますます意外だったが、同時にちょっと嬉しかった。

だが、親父さんはふんと鼻を鳴らしただけで、感心した様子でもない。

「すみずみまで探し回った後で、おれはご近所さんにも聞いてみたよ。でも、六時前後、うちに出入りした客は健太しかいないって言うんだ。向かいの果物屋で店番している女の子がそう言ったんだよ。店から出て行ったのは健太だけなんだ」

聞いているうちに、健太はますます体が締め付けられるような気分になった。

「でも、夕方うちに帰ってきた時、健太は何も手に持っていませんでしたよ」

相変わらず冷静な声で兄さんが言った。

「この季節だ。健太の格好を見てくださいよ。半袖シャツに半ズボンでしょう。『少年キング』みたいな分厚い雑誌を、子どもがシャツの下に隠せるはずがないです」

親父さんは黙った。だが、その目を見ているうちに健太は悟った。親父さんは、幸一の言うことを信じていない。兄さんだから、弟をかばっていると思っているのだ。


結局、その日は物別れに終わった。健太は自分を無実だと言い張ったし、実際、健太の部屋にも、曽根家のどこにも「少年キング」はなかったのだから、健太が犯人だという証拠は何もない。

「最新号を健太が万引きして、親父さんの店から家へ帰ってくる途中で読んで捨てた可能性もある、とか言わないでくださいよ」

親父さんと父さんが健太の部屋を捜索するのを突っ立って見守っていた兄さんが、ぶっきらぼうにそう言ってくれた。

「そりゃ、可能性としてゼロじゃないと言われれば、それきりですけどね。健太の机の上、見てやってくださいよ。先週号までの『少年キング』が、ずらりと並べられている。教科書なんてどこにも出してないくせに。健太には『少年キング』が宝物なんですからね、この家に持って帰らずに捨てるなんて、健太に限ってはありえないんですよ。あ、よかったらおれの部屋ももう一度調べますか？　押入の中をまだ見ていませんよ。それから一階の倉庫も……」

「……幸一、もういい」

父さんがうなるように答えて、親父さんを問いかけるように見る。

曽根家みんなに見つめられた親父さんは、硬い顔のまま口を開いた。

「まあ、健太じゃないというなら仕方ねえよ。邪魔してすまなかったな」

常盤書店の親父さんはむっつりとした顔でそう言うと、帰っていった。健太の潔白を信じていないのだろうが、証拠がない以上、事を荒立てないことにしたようだ。

健太の両親はというと、これもすっきりしない様子だった。息子を信じたいのはやまやまなのだが、実際に常盤書店の売り物がなくなっているのも本当のようだし、と。

信じたいが、信じるだけの証拠がない。

「本当に盗ってないんだな？　健太、おれの目を見て答えろ」

改めてそう聞かれた父さんに、健太は大きくうなずく。

「そうよね、どんなに欲しいものだって、健太が泥棒なんてするはずないもの」

母さんもそう言って健太に味方してくれて、健太は両親から解放された。

だが、健太の気持ちは収まらない。それは幸一兄さんも同じようで、健太を連れて自分の部屋に引っ込むとこう切り出した。

「まだ、健太の疑いは晴らされていないな。いくら狭いわが家でも、その気になれば隠し場所はいくらでもあるだろう。おれは身内だから、証言を採用してもらえないしな」

「どういうこと？」

「今日の夕方、お前が何も持って帰ってこなかったことは、兄のおれだけしか知らないんだ。父さんと母さんがおれと同じように証言しても、やっぱり健太の親だから信じてもらえないかもしれないし、だいたい、あの二人はそれぞれ店と台所で忙しくしていたから、健太を見ていないものな」

「これから、どうなるの……？」

健太が心細そうな声を出すと、兄さんは安心させるようにこう言ってくれた。

「どうもならないさ。常盤書店の親父さんだって、健太を警察に突き出すだけの証拠を握っているわけじゃないからな。ほかに可能性がないから健太を疑っているだけなんだ」

「ほかに犯人がいないなら、疑われたって仕方ないよね……」

こらえようとしたが、涙がにじんでくる。

「シャーロック・ホームズも言っているしなあ。ほかに可能性がないなら残った仮説が真実だ。どんなにありえなくても、って」

「兄さん、どっちの味方なのさ？」

とうとう、涙がこぼれてしまう。すると兄さんは、何かを思い付いたように起き上がった。

「そうか、おれ以外の証人を見つければいいんだ！」

「証人？」

「健太、常盤書店を出てからうちに帰ってくるまでの間に、誰かに会わなかったか？　健太が知っている人間で、健太が何も持っていなかったことを証言してくれる人間に？」

健太ははっとした。

「同級生の姉さんに会ったよ！　国鉄沿いの、大きな建物のところで」

「どこだ？」

健太が場所を説明すると、幸一はうなずいた。

「慶應《けいおう》大学病院のところか」

「あそこ、やっぱり病院なんだ」

健太はやっと元気が出てきた。

「明日の朝、学校に行く前に太郎君のうちに行ってみる！　太郎君、霞ヶ丘の団地に住んでいるんだ！」


翌朝、健太はいつもより早く起きた。事情を聞いた母さんが、心配そうに見送ってくれる。

「お母さんも一緒に行こうか？」

「いい。ぼく一人で行ってみる」

霞ヶ丘団地は、つい数年前に出来上がった、箱形の建物だ。四階建てで、一つの箱には二十家族くらいが住める。コンクリート建て、板敷きの床、真新しい台所。夢の住まいとして宣伝されているので住みたがる人は多く、希望しても抽選に通らないと引っ越してくることができない。高橋君の家の場所も、中に入ったことはないけど知っている。去年まで同じクラスだった友だちが高橋君の隣の棟に住んでいるので、健太は何度も遊びにいったことがある。それである時、何棟も並んだ団地の間の空き地で缶蹴りをしていると、太郎君とお姉さんに会ったのだ。

——高橋、姉ちゃんがいたのか。

ちょっと乱暴な同級生がそう声をかけると、はにかみ屋の太郎君は何かもごもごとつぶやいただけで、二人は立ち去って行った。思い返すと、それ以降も何回か太郎君とお姉さんの姿を見かけていたはずだ。

四階まで駆け上がって太郎君のうちのチャイムを鳴らす。すぐにドアの向こうから返事があって、まもなくドアが開き、授業参観の日に見た覚えのある太郎君のお母さんの顔がのぞいた。

「あ、あの……、太郎君のお姉さんにお願いがあるんです」

健太は一息に言う。

だが、お母さんは、ぽかんとした顔で、こう答えた。

「お姉ちゃん？　うちには、女の子はいないのよ。だいたい、太郎は一人っ子よ」

「え？」

ぽかんとするのは、健太も同じだ。だって、この団地で太郎君とあのお姉さんが一緒にいるところを、たしかに健太は見たのだ。

「あの、じゃあ太郎君は……？」

「もう学校に出かけたけど」

太郎君のお母さんは、学校の先生みたいな白いシャツと紺のスカートを着ている。そして同じ生地の上着を手に抱え、せかせかと腕時計を見ている。

「あの、もういいかしら？　おばさん、電車に遅れちゃうの」

健太の返事も待たずに、ドアは閉められてしまった。そして健太が何も言えないでいるうちにもう一度開き、ちゃんと上着を着て大きなカバンを肩から提げたお母さんはせかせかした動きでドアに鍵をかけると、階段を降りて行ってしまった。かつかつという靴音が小さくなってゆく。

取り付く島もないとは、このことだ。しかたなく健太は学校で太郎君をつかまえて問い詰めた。

だが、太郎君はうつむくばかりだ。

「ぼくは一人っ子だよ……」

「じゃあ、この間一緒に歩いていたお姉さんは誰なんだよ？『姉ちゃんがいたのか？』って聞いた奴がいたよな？　それで太郎君、違うって言わなかったじゃないか！」

太郎君はますます体を小さくした。声まで小さくなる。

「だってみんなが取り囲んで『姉ちゃんか？』って聞いただろう？　ぼく、違うよって言えなかったんだ……」

「なんだよ、嘘つき」

腹立ちまぎれに健太はそう言い捨てたが、ずっとしょんぼりしているままの太郎君を見ていると、なんだか悪いことをした気がしてきた。おとなしい太郎君を、クラスの乱暴者が何人も取り囲んだから、言い返せなくなったのかもしれない。それに、健太にしたって太郎君のことなんか気にしていなかったから、あれから何か月も経っているのに自分の間違いに気付かなかったのだ。もっと太郎君と仲よくしていていろんなことをしゃべっていれば、太郎君にだって、間違いだよとみんなに伝える機会はあっただろうに。

——転校生とは、仲よくするんだぞ。

先生にそう言われていたのをほったらかしにしていたせいだ。

「まあ、いいや。じゃあとにかく、あのお姉さんは太郎君の知り合いなんだろう？　あのお姉さんに頼みたいことがあるんだよ。会わせてくれよ」

すると太郎君は泣きそうな声でこう答えた。

「それ、できないよ。だって涼子お姉さん、もう遠いところに行くから会えないって言ってたもん。ぼく、二学期になってからは一度も涼子お姉さんに会っていないんだもん」

たしかに昨日、健太は太郎君の姉さん——と思っていた、涼子という女の子——に会ったのだ。言葉も交わした。

だが、太郎君は、そのお姉さんは自分の姉ではないし、それどころかどこに住んでいるかも知らないと言う。ある時、霞ヶ丘団地で涼子お姉さんに出会ったのがきっかけで仲よくなっただけなのだと。おまけにもう、どこか遠くに引っ越してしまったらしい。

健太は、自分が何かの陰謀に巻き込まれたような気がしてきた。

涼子お姉さんを見つけ出すこともできない。なにしろ太郎君ときたら、涼子お姉さんの住所はおろか、名字も知らないというのだ。

幸一兄さんの証言を信用してもらえないのなら、あのお姉さんを健太が自分で見つけるしかないのに。

その日の授業や清掃奉仕の間、健太はずっと考え続けた。とにかく、自分の無実を証明するためには涼子お姉さんの証言が必要だ。

昨日、涼子お姉さんは制服を着ていた。きっと学校帰りだったのだろう。だとしたら、毎日、同じような時間に同じ場所を通るのではないか。

昨日の場所に行ってみよう。もう一度涼子お姉さんに出会うチャンスがあるのは、きっとあの場所だけだ。

それから毎日、健太は慶應大学病院の正門の陰で張り込みを続けた。「張り込み」というのは、幸一兄さんから教えてもらった言葉だ。その幸一兄さんも最初の二日だけは付き合ってくれたが、そこで投げ出した。

「もうあきらめろ、健太。常盤書店の親父さんもあれ以来文句をつけてこないし、もういいじゃないか」

「いやだ。ぼく、疑われたままだもん。それに兄さんが言ったんじゃないか。自分以外の証人を見つければ解決できるって」

「そりゃあ、言ったけどさ。なにしろこの事件は単純に見えて、健太以外に誰も盗めるはずがない雑誌が消えたという、難事件だからな。だがおれも部活があるから、毎日お前に付き合うわけにはいかないんだよ」

「いいよ、ぼく一人で」

「頑固だな」

そう、健太は頑固なのかもしれない。だがこうなったら後には引けない。健太にも意地がある。

健太はそれからも毎日、六時のサイレンが鳴るまで正門の横で張り込みを続けた。国立競技場へ出入りするたくさんのトラックやブルドーザーを眺めるのが唯一の気晴らしだ。

そして、ちょうど一週間後。まったく同じ時刻だった。

今日も駄目か、健太はそう思いながらとぼとぼと東へ向かって歩いていた。信濃町《しなのまち》の駅がこの先にある。いつもはもっと手前で家のある北側へ行ってしまうのだが、今日はのどが渇いていたので、信濃町の駅近くの駄菓子屋に寄ろうと思ったのだ。幸い、ポケットの中には今週もらった小遣いがまだ残っている。二週続けて「少年キング」は買っていない。あれ以来、常盤書店に行く気も起きなかったからだ。

　すると、道路の反対側を歩いている人影が見えた。次の瞬間、健太は走り出していた。

「あの……！　あの！　涼子お姉さん！」

　お姉さんは驚いたように振り向いて、必死に駆け寄ってくる健太に目を丸くした。

「何よ、あんた……」

「先週ここで会ったでしょ？　ぼくのこと覚えていますよね！」

　健太は夢中だった。お姉さんは先週と同じ、しゃれた感じの制服を着ていた。その白い袖がまぶしいくらいに清潔に見えたので手を伸ばすのはためらったが、本当なら袖をしっかりつかんでお姉さんがどこかへ消えてしまわないようにつかまえておきたいくらいだった。

　この人だけが、自分の無実を証明してくれる証人なのだから。

「お願いがあるんです」

「人のお願いは聞かないことにしている」

「そんなこと言わないで、じゃあ話だけでも聞いてください」

「あんた、お父さんお母さんは？」

「え、今は家で商売してますけど……」

「ちゃんとした二親《ふたおや》がいるなら、お願いっていうのはその親にするんだよ。じゃあね」

「ちょ、ちょっと待ってください！」

　ためらっている場合じゃない。健太はお姉さんのシャツの袖をつかんだ。そして振りほどかれる前に早口でまくしたてる。

「親じゃ駄目なんです！　お姉さんでないと！　お願いですから話を聞いてください」

お姉さんに断られるのがこわくて、健太は半泣きになりながら話し始めた。お姉さんは健太の手はシャツから外させたけど、とりあえず立ち去らないで聞いてくれるだけでありがたい。

健太は話すのが上手ではない。今は焦っているからなおさらだ。先月誕生日が来て毎週漫画雑誌を買えるようになったこと。近くの書店に買いにいっていること。そんなことをつっかえながら話したが、涼子お姉さんはつまらなそうな顔でそっぽを向いているだけだった。

だが、常盤書店の親父さんに万引きの疑いをかけられたところまで話すと、ちらりとこちらを見た。

健太は力を得た思いで続ける。

夜になって常盤書店の親父さんが家に来たこと。親父さんの言い分。健太が何も持たずに家に帰ってきたのを兄の幸一は見ているけど、兄では証人になれないこと。

健太が洗いざらいぶちまけていくうちに、涼子お姉さんの体が健太のほうに向きを変え、その目が真剣になる。そして、先週涼子お姉さんと会った時に何も持っていなかったことを証明してもらいたいということまで説明する頃には、じっくり聞いてくれるようになっていた。

「ふうん」

ようやく全部話し終わり、健太が息を切らしながら口をつぐむと、涼子お姉さんはそう言った。

「一週間前に、この近くであんたと会ったことは覚えている。その時、あんたは手ぶらで、今みたいに半ズボンとシャツ一枚の服装だった。つまり、その『少年キング』？　そんな漫画雑誌なんか、たしかに持っていなかった」

健太はへなへなと塀に寄りかかった。

「よかった。これで疑いが晴れる」

涙が出そうになるのを、あわててごまかす。でも、涼子お姉さんはうっすらと笑って腕組みをするとこうつぶやいた。

「……そううまくは、いかないと思うけどね」

「え？」

健太はまた体を固くした。お姉さんは続ける。

「だって、私もただの女学生だもの。私の言い分なんて、たぶんその頑固親父は信じない」

「そんな……」

健太は全身の力が抜けていくような気がした。涼子お姉さんが最後の頼みの綱だったのに。するとお姉さんはこう言った。

「私の証言なんかより、あんたの無実を証明するいい方法がある」

「え？」

健太は馬鹿みたいに繰り返す。お姉さんはさっきよりも大きく笑った。

「真犯人を見つければいい」


——無理に決まっている。

健太はそう思った。探偵小説が大好きな幸一兄さんさえ、これは難事件だと言ったほどの盗難事件なのだ。ところがお姉さんはすたすたと歩き出す。

「健太、その現場へ案内しな。常盤書店？　だっけ」

いつのまにか健太は呼び捨てにされているが、それも気にならなかった。お姉さんがすごく頼もしく見えてきたせいだ。

商店街に入ると、健太は反射的に体を小さくした。先週以来、店の人もお客さんも、みんな自分を犯罪者だと思っている気がする。

お姉さんはまっすぐ常盤書店に乗り込んで親父さんに掛け合うのかと思った。だが、違った。お姉さんは通りの反対側の店に入った。店先の段ボールを積んだ上にざるに載せたリンゴやバナナが置いてある、どこにでもあるような小さな果物屋だ。

「いらっしゃい」

大人びた挨拶をしてきたのは健太より少し小さいくらいの女の子だ。お手伝いをしているこのうちの子だろう。上を向いた鼻にそばかすが目立つ、くるんとした目がかわいい子だ。

すると涼子お姉さんは、その子にいきなりこう話しかけた。

「ね、あんた、一週間前、お向かいのお店から『少年キング』を持ち出さなかった？」

あっというまにすべてが明らかになった。

女の子は、泣きながらすぐに白状したのだ。

小柄に見えたけど、健太より一学年上の小学五年生の女の子。

「ごめんなさい。本当にごめんなさい。でも、盗むつもりなんか、なかったんです。ただ、あの日に限って、いつもは売り切れちゃう『少年キング』がお店が閉まる時間になっても棚に置かれていて……。だからつい、立ち読みしたくなって……。でもうちのお母さんに知られたら怒られるから、おじさんが出てくるのがわかった時に、あわてて自分のうちに戻って、その時うっかり『少年キング』を手に持ったままだったんです。お店に戻そうと思っても、常盤書店のおじさんがもうお店のガラス戸を閉めてカーテンを引いているところで、あたし、言い出せなくて……。そのままどうやったら返せるか悩んでいた時、おじさんが難しい顔でうちに出入りした人間を誰か見ていないかお母さんに聞きに来て、私、小学生の男の子一人しかいないって答えたの、嘘はついていないの……」

そう、別にこの子も嘘はついていない。

常盤書店の親父さんはこの子に、「常盤書店に出入りした人間を見なかったか」と聞いたのだから。そしてこの子は、「出入りしたのは小学生の男の子だけ」と答えたのだから。

嘘はついていない。ただ、自分のしたことを隠しただけで。

「あとになって気付いたんです。このままじゃ、その子が漫画を盗んだって疑われるかもしれないって。でも、どうすればいいのかわからなくて……」

手を触れる気にもなれなかったという「少年キング」は、女の子の机の引き出し奥深くにしまいこまれていた。

健太はこの女の子にも同情したけど、涼子お姉さんは冷たかった。

「あんたのせいで、健太は困った羽目になったんだけど」

「ごめんなさい……」

「泣いてすむことじゃないと思うんだけどね」

「あの、涼子お姉さん……」

口を挟もうとした健太は、涼子お姉さんのきっぱりした声にさえぎられた。

「どうする？　お母さんにちゃんと話して、常盤書店に謝りに行く？　だったら、私はこのまま帰るけど」

「そうします……」

「なら、いい。それからまず、やらなきゃいけないことがあるよね」

「え？」

「この健太に謝らないとね」

女の子は涙だらけの顔で、健太にぺこぺこと頭を下げた。

「本当にごめんなさい……」

「……いいよ、もう」

怒る気もなくなった健太は、それだけ答えてそそくさと果物屋を後にした。真犯人を絶対に常盤書店に突き出してやろうという意気込みも消え失せていた。

——とにかく、涼子お姉さんにお礼を言わないと。

だが、健太が女の子と言葉を交わしているわずかな間に、涼子お姉さんはまた姿が見えなくなっていた。

健太が、お姉さんのことを太郎君の実の姉と誤解していたことなど、話す暇もなかった。

その晩。女の子はお母さんと常盤書店の親父に連れられて曽根薬局に謝りに来た。商店街の仲間でもあるし、健太の両親も今回のことは水に流すことにした。お詫びに問題の「少年キング」をもらったから、健太も文句はなかった。

「親父さん、今週号も取っておいてください。明日、買いに行きますから」

親父さんにそう声をかけ、親父さんが照れ臭そうにうなずくのを見ると、なんだか自分が大人になったようないい気分だった。


——これで、めでたし、めでたし。


翌朝、健太は上機嫌で登校した。先週号に載っていた『サイボーグ００９』もすごく面白かったし、今日は学校から帰ったらすぐに続きを買いに行くのだ。

すると、下駄箱で、太郎君が思いつめた顔でこう話しかけてきた。

「あの……。健太君、この間君が会った涼子お姉さんのことだけどさ」

「ああ、あれ。全部解決したよ」

だが、健太が昨夜の話をするより前に、太郎君は急《せ》き込むように、こう尋ねてきた。

「どこで？　どこで涼子お姉さんに会えたの？　お姉さん、この辺にいるの？　ぼくはもうずっと会えないと思っていたのに！」

そうだ、太郎君はもう涼子お姉さんに会っていないと言っていた。

この間、健太は自分のことで精一杯で太郎君とも喧嘩別れみたいになってしまったけれど。

「太郎君が最後に会ったのはいつなの？」

「夏休みになるちょっと前」

「でも、それまで何度も太郎君のうちに遊びに来ていたんだろう。それなのに、涼子お姉さんの住んでいるところも知らないのか」

「うん」

「変なの」

だが、健太だって、自分の大変なピンチを救ってもらったのに涼子お姉さんのことを何も知らないのは同じだ。

それに気付いて、健太は口調を優しくした。

「涼子お姉さんが、霞ヶ丘団地のほかの棟に住んでいないのは確かなんだな？」

「うん。家が遠いから、ぼくのうちで休みたいっていうことだったんだもの」

「通っている学校も、わからないんだよな？　あ、だけど、ぼくが初めて太郎君と一緒にいるのを見た時には、大京中学の制服を着ていたな」

兄の幸一が通っていたし、この辺の子はみんな大京中学に通うのだから、健太も見慣れているのだ。

「ただ、先週も昨日も、違う制服だった……」

「うん、ぼくも制服が変わったのは知ってる。高校生になったんだよ、この春に」

「じゃあ、ぼくの兄さんと同じだ」

そこで健太は思い付いた。

「兄さんなら、何か知ってるかもしれないな」

# 第二章　幸一

——日本中が東京オリンピックに浮かれている。

高校生になったばかりの幸一には、浮足立っている大人たちが苦々しくて仕方がなかった。

日本が世界中を相手に戦争して、ぼろぼろに負けてから、まだ二十年も経っていないというのに。

「今日は授業ないよ。道路清掃するんだ。競技場までの道が汚かったら、外国から来るお客さんに恥ずかしいから」

弟の健太が朝御飯を食べながら、元気よく言う。健太はいい奴だが、勉強が嫌いだ。だから、机に座らされて勉強するより、掃除のほうがましなのだろう。

「そんな客が、わざわざ大京小学校の近くなんかに来るわけがないだろう」

味噌汁の椀を取り上げながら幸一が返事をしてやると、健太が言い返す。

「そんなことわからないじゃないか。開会式が開かれる国立競技場は、線路の向こうのすぐのところなんだよ」

「そのことを言ってるんだよ。開会式も競技場も、全部線路のあっち側だろう」

健太の通っている——幸一も卒業した——小学校の学区は、真ん中より少し南あたりで、国鉄の高架に横切られている。踏切があるわけではないが、なんとなく子どもの感覚としてはその高架は「境界」のようなもので、境界のこちら側に住む幸一には「線路向こう」は馴染みが薄い。「線路向こう」に特別親しい友だちがいなかったせいもある。

そしてオリンピックの主要会場は、国立競技場も代々木体育館も、みんな「線路向こう」だ。

「だいたい、なんで、住んでいるわけでもない、ちょろっと来てすぐに帰る外国人なんかのために、埃や騒音を我慢して道路をきれいにしてやらなきゃいけないんだよ」

「だって汚いところ見られたら、恥ずかしいじゃないか」

幸一はうんざりして箸を置いた。小学生坊主にむきになっても仕方がない。大体、健太が話していることはみんな大人の受け売りだ。

この間は、このあたりの全世帯に呼びかけのチラシが配られた。日本をきれいにするというお題目で、そのくらいならまだいいが、ずらっと並んだ点検項目が表になっていて、一つ一つに○×をつけるしくみになっているのだ。

私の家のごみ箱はきれいに洗っている。

私の家の前のどぶはきれいである。

小学生にさせるならともかく、大人がこんな具合のたくさんの点検欄に真剣に○×をつけている光景を想像すると、馬鹿らしくてたまらない。

今も、卓袱台の上に父が読みさして置いていった新聞の一面には、『聖火、日本に到着』という見出しが大々的に躍っている。日本中がオリンピックに浮かれてお祭り騒ぎだ。だが、聖火が到着したのは沖縄だ。いまだにアメリカが占領している場所、日本の主権が及ばない場所だ。

それに気付かないふりをして、いよいよ日本国内で聖火リレーが始まったと騒いでいる日本人は、滑稽ではないのか。

——大体、国力が段違いなアメリカなんかと戦争して、勝てると思った日本は大馬鹿なんだ。今年の夏、アメリカは月面探査機の打ち上げに成功した。そのレインジャー七号は月に行っただけでなく、なんと、月面の写真を、電波を使って三十八万キロメートルも離れた地球に送ってきたのだ。どんな技術を持っていたら、あんなことができるんだろう。その一か月前、日本がロケット打ち上げに成功し、一千キロメートルも飛ばせたと大はしゃぎしたのが馬鹿みたいだ。三十八万キロメートルと一千キロメートル。文字通り、桁が違う。

「行ってきます」

先に登校する幸一が立ち上がると、健太があわてて後を追ってきた。

「兄さん、ちょっと聞きたいことがあるんだけど」

「なんだよ」

新学期になっておろした靴が、やっと足に馴染んできた。夏休みの終わり、新宿で買ってきたコンビネーションの革靴。幸一としては値の張る代物だ。中学の三年間、詰襟に息苦しい思いをしてきたから、都立高校に入学して服装が自由になった時は、本当に嬉しかった。なんだか一足早く、大学生になった気分だ。

幸一は足早に歩き出したが、健太もついてくる。

「あのさ、一昨日《おととい》ぼくが助けてもらった涼子お姉さんのことなんだけど」

「ああ、なんだかそんな女の子がいたんだってな」

先週、健太は近所の書店で万引きしたと疑いをかけられた。だが、健太は粘り強く証人を見つけ出し、その証人と協力して見事疑いを晴らした。幸一は居合わせなかったが、一昨日の夜、常盤書店の親父さんが真犯人——向かいの果物屋の女の子だったとか——を連れて、謝りに来たそうだ。

「そのお姉さん、ぼくの友だちの太郎君が言うには、大京中学校に通っていたらしいんだ」

大京中学校は、このあたりの子どもがみんな通う中学だ。半年前まで幸一も通っていた。

「それでね、今年の春に高校生になったみたいなんだ」

幸一は足を止めた。

「今年の春に高校生ってことは、つまり、おれと同学年ってことか」

健太は大きくうなずいた。

「そうなんだよ。幸一兄さん、大京中学で『涼子』って名前の同級生いなかった?」

「涼子……?　言われてみれば一人いたような気もするな」

だが、よく覚えていない。大京中学は生徒数が多く、三年間で一度も同じクラスになったことがない人間もたくさんいる。それは大京小学校までさかのぼっても同じことだ。特にこのあたりは数年前に団地ができたせいで、幸一が小学生の時に子どもがどっと増えた。下の名前だけ言われてもぴんとこない。

「そいつの姓は？」

「それがわからないんだ」

「ずいぶん頼りないな」

言いながらも、幸一は記憶を探ってみる。中学三年の時のクラスにはいない、それは確かだ。半年前のことならさすがに全員覚えている。

たぶん、二年生のクラスの時だ。記憶が定かでないのは、あんまりクラスの輪には入っていかないような奴だったせいかもしれない。

幸一にも姓は思い出せない。もう一年半も経っているし、ベビーブームと言われていた幸一たちの学年は九クラスもあり、一クラスには五十人詰め込まれていたのだ、仕方ない。

「きれいなお姉さんなんだよ」

「おい、もう色気づいたのか」

幸一はあきれて弟を見やる。

だが考えれば考えるほど、「涼子」という名の少女が中二のクラスにいたような気がしてきた。

「その子が、健太を助けてくれたんだよな」

「うん」

「なのにお前、ちゃんと名前も聞かなかったのか」

「だって、ぼくがその真犯人の女の子と話しているうちに、涼子お姉さん、またいなくなっちゃったんだよ。ぼく、名前も太郎君に聞いて初めて知ったくらいなんだ。どこに住んでいるかも知らないし」

「へえ、そういうのはかえってかっこいいな」

名乗りもせずにピンチを救ってやって、またふらりといなくなる、か。まるで小説にありそうだ。

「うん。かっこいいんだ。それに、すごく頭がよかった。本当に名探偵みたいだった」

「名探偵は言い過ぎだろ」

「だって、ほかには誰も思い付かなかった真相を、ずばりと言い当てたんだよ。ぼくの話をちょっと聞いただけで、聞き込み？　とか、そういうこと何もしないうちから。ほかには誰もわからなかったのに」

健太が「ほかには誰も」と繰り返すのが、ちょっと癪《しゃく》に障《さわ》った。探偵小説愛読者の、この兄にあてこすっているのか。

「アームチェア・ディテクティブだな」

幸一はくやしまぎれにそうつぶやいてみる。

「アーム……？　それ、何？」

「安楽椅子探偵。自分で実地捜査に乗り出さずに、関係者の証言だけで推理して事件を解決するタイプの探偵のことだ」

幸一も最近知った言葉だ。高校の推理小説研究会に入部したら、博識の先輩が大量の知識を授けてくれるようになったのだが、そこまでくわしく弟に説明する気はない。

「まあ、そんなのはどうでもいいや」

健太は簡単に片付けて、早口にその先を続ける。

「それでね、その涼子お姉さんに何かあったんじゃないかって、太郎君が心配しているんだ。でなかったら、いなくなるなんて自分に言うわけないんじゃないかって。本当は違ったのに」

「いなくなる？」

なんだかミステリアスだ。幸一は足を止めた。

健太は幸一の前に回り込んで懇願する。

「兄さん、ちょっと太郎君の話を聞いてやってくれない？」


健太の友だちのフルネームは、高橋太郎君といった。

「この前、健太君には謝ったけど、ぼく、嘘をついていたんです。健太君にもみんなにも。ぼくにはお姉さんなんかいなかったのに」

土曜日の放課後。「線路向こう」の霞ケ丘団地の片隅にある小さな公園で、幸一は太郎君と待ち合わせた。健太も一緒だ。

太郎君は色が白くて、健太とは対照的な雰囲気の男の子だった。体が小さくて、肩なんかすごく華奢《きゃしゃ》だ。幸一たちの母親なら「線が細い」と言うだろう。

「ここの団地から涼子お姉さんと出ていくのをクラスの男の子に見られて、その子にお姉ちゃんなのかって聞かれた時、つい、うなずいちゃって……」

「そうなんだ、だからぼくもあのお姉さんのこと、太郎君の姉さんだって思い込んでいたんだ。何回か、この団地で太郎君と一緒のところを見たから」

横から健太がそう言う。健太は単純な奴だから、太郎君の説明で納得したようだ。美人の年上の少女と一緒のところを見られて「お姉さん」だと思い込まれ、それを否定もできない……。太郎君はそういう男の子らしい。なんとなく引っかかるものもあったが、幸一は黙って聞いていた。

太郎君はさらにうつむく。

「ぼく、そんなに親しい友だちはいないし、誰もぼくの家族のことくわしくは知らないから、ぼくが一人っ子だってこともみんな知らなくて……」

男の子ならそんなものかもしれないな。転校してきて間もなくて、放課後一緒に遊ぶような友だちもいない、学校で顔を合わせるだけのクラスメートしかいなかったら。幸一たちの代だけではない、今の大京小学校も児童であふれていて教室の増設も追いつかないらしいから。

「今年の冬の終わりだったかな。この団地に引っ越してきてすぐだったから。ぼく、涼子お姉さんに助けてもらったんです。そのあと、涼子お姉さんが危ないからってぼくの家まで送ってくれて、ぼくがお礼にジュース出したらおいしいって飲んでくれて、いろんな話をしてくれて……」

そんなに親切な奴だったんだ。幸一は記憶の中の「涼子」を思い出そうとし、ちょっと意外な感じを受けた。健太や太郎君の言っている「涼子」のような少女が同じクラスにいた印象がない。というか、ほとんど何の印象もない。そんな親切な女の子ならクラスで人気者になって、結果、もう少し幸一の記憶にも残りそうなものなのだが。

「それで、太郎君のうちにちょくちょく寄るようになったんだよな？」

健太が言うのに、太郎君はうなずく。

「うん。ぼくは鍵っ子で、パパとママが帰ってくるのは夜になってからだから。涼子お姉さんのうちは遠いから、太郎君のところで一休みさせてもらうととても助かるって。四年生になってからも、そんな感じだった」

なるほど。昼間は家に子どももしかいなかったら、親も気付かないというわけだ。幸一は先を促した。

「四月になったら『涼子』も高校生になったわけだよな。制服は？」

「制服も変わったよ。やっぱりセーラー服だけど、リボンの色が違った。きれいな水色になった。あと、襟の線も一本になっていた」

「あ、たしかに涼子お姉さん、ぼくが会った時もそのセーラー服だった」

太郎君に続いて、健太もそう言った。

「どこの高校か、聞かなかったのか」

幸一がつぶやくと、太郎君はうなずいた。

「うん。ぼく、そういうこと、どうでもいいから」

小学生にとっては受験戦争もどうでもいいこと、か。五年後には大変なんだぞと、幸一は言ってやりたくなる。

まあ、そんなものかもしれない。

ところで、大京中学の女子の制服はどこにでもあるような紺のセーラー服で、襟のラインは二本だったはずだ。リボンも、やぼったい臙脂《えんじ》色。「涼子」もどこかの高校に入学したようだが、少なくとも幸一の高校ではない。たぶん、都立高校ではないのだろう。このあたりの都立はたいてい私服通学だ。

太郎君は説明を続ける。

「六月になってから、時々は涼子お姉さんの友だちも来たよ。同じ制服で、すごく言葉が丁寧な人。丁寧すぎて、ぼく、時々わからなくなったくらい」

「じゃあ、その涼子の友だちの名前とか住んでいるところとかも、わからないのかい？」

幸一が聞いてみると、太郎君は首を横に振った。

「涼子お姉さんはその人のことマリさんって呼んでたけど、ほかのことはわからない。二人でパパのレコードかけてた。ビートルズだよ。パパ、好きで集めてるんだ」

太郎君のパパの話はどうでもいい。

「涼子と最後に会ったのはいつなんだい？」

「夏休みになる、すぐ前。もういなくなるからって言われて、それっきり」

「転校したんじゃない？」

健太が言いかけてから、あわてて言い直した。

「あ、そんなはずないか。だってぼくは二学期になってから、二回も涼子お姉さんに会ってるんだから」

「そうなんだよ！」

太郎君は勢い込んで、健太に向き直った。

「ぼくも、涼子お姉さんは遠いところに引っ越すんだ、そう思ったんだよ。お姉さんが言ったの、そんなふうに聞こえたもん。だから、健太君がつい最近涼子お姉さんに会ったって言うから、本当にびっくりしたんだ。それで、涼子お姉さんいったい今どこにいるのか、知りたくなって……」

小学生二人を前に、幸一はしばらく考え込んだ。

なんだろう、すっきりしない気分だ。きれいで大人びた女学生に子ども二人はすっかり手なずけられているようだが……。

——手なずけられている？

自分の言葉に自分でびっくりしたが、それからまた考える。

健太だけではなく、太郎君も涼子を慕っているが、涼子のしていることはかなり図々しい。そもそも小学生たちが涼子のことを太郎君の姉と思い込んだその場で、気の弱い太郎君に代わり、違うと訂正してやればいいではないか。それもせずに太郎君の姉に成りすましたうえで親がいない家に上がり込み、そればかりか自分の友だちまで親に無断で連れてきて、親のレコードを聴いている……。

連れてきた友だちが不良っぽくなかったようだから、まだいいようなものの。

そこで幸一はふと思い出し、太郎君に聞いてみた。

「さっき、不良に絡まれているところを涼子に助けられたって言ったよな？　そのことをくわしく話してくれ」

「いいですよ」

太郎君は嬉しそうに、次のような話をしてくれた。

霞ヶ丘団地はとても大きくて、引っ越してきた時、太郎は有頂天になった。きれいなお風呂、トイレ、狭いけど太郎だけの部屋。ママもここに引っ越してからは上機嫌で、朝御飯を洋風に変えた。毎朝目玉焼きで、実のところパパと太郎は飽きてきているが、ママはほかのものを作ってくれない。共稼ぎなのでママも朝はすごく忙しいのだ。

もっとも、ピカピカのステンレスのトースターから飛び出してくるパンは好きだ。そんなしゃれた朝御飯を、ダイニングキッチンという台所に置かれたテーブルで、三人で食べるのだ。自分が、テレビの中のアメリカ人の男の子になったみたいだった。

だが、住み始めると、それなりに具合の悪いことにも気付くようになった。何と言っても一番の不満は、毎日四階まで階段を上らないと家にたどり着けないこと。今は慣れたが、最初の一週間くらいは足が筋肉痛になった。それに朝はどこの家の人も同じような時間に出かけるわけだから、階段が大混雑する。下まで降りてからうっかり忘れものを取りに戻ろうとしても、降りてくる人にぶつかって思うように上れなかったりもした。

そういうのは我慢するとしても、パパとママが悩んでいたのは、中にはガラの悪い不良学生たちもいることだ。特に、今健太君たちといる場所とは反対側の角にごみの集積所があって、そこが不良たちのたまり場になっていた。パパとママから、そこには絶対に近付かないようにと言い含められていた。

だが、太郎は一度、うっかりして大事なプリントを捨ててしまった。それに気付いたのはその日学校で先生に注意されてからのことで、あわてて家に帰ってからうち中のごみ箱を確かめたが、全部空になっていた。ママがその日の朝、ごみをまとめて、あの集積所に持っていってしまったのだ。明日になれば、ごみは回収されてしまうし、今夜ママが帰ってくる前に取り戻したい。大事なプリントなのに、捨ててしまったなんて言ったらママに叱られる。

だから太郎は一人でごみの集積所に出かけた。まだ日も落ちていないし、こわい奴らはいないかもと期待していったのに、やっぱり三人ばかり、目付きの悪いのがタバコを吸っていた。絡まれそうになってあわてて逃げ出した時、制服姿のお姉さんに出会った。それが涼子お姉さんだ。涼子お姉さんはがっしりした体つきのお兄さんと一緒で、そのお兄さんが奴らを追っ払ってくれた……。

「お兄さん？　涼子には兄弟がいたのか？」

幸一が話をさえぎって聞いてみると、太郎君は首を横に振った。

「わからない。そのお兄さん、涼子お姉さんのこと『お嬢さん』って呼んでたけど。ぼくがお兄さんにお礼を言ったら笑って、『おれなんかが何もしなくても社長の名前を出せばすぐに退散したのに、お嬢さん』って」

「『お嬢さん』って呼ぶなら涼子の兄貴じゃないな。それに、『社長の名前』？　何のことだ、それ」

「さあ……」

幸一はまたちょっと違和感を覚えたが、とにかく先を促す。

「それから？」

「涼子お姉さんはぼくと一緒にごみ置き場でプリントを捜してくれたんだ。お兄さんは付き合ってられないみたいで帰っちゃったけど」

「それで、太郎君の家まで送ってくれたわけだ」

「そう。それで、ぼくのママもパパもまだ当分帰ってこないって話して、それからも時々団地の入り口とかで会うようになったんだ。涼子お姉さん、よく、団地の集会所にある図書室にいたんだよ。ぼくがその図書室に寄ると、帰りにぼくの棟まで送ってくれるようになって、そのうちに、ママが帰ってくるまでぼくが一緒にいてもらうようになったんだ。だって、一人で待っているの、さびしいし……」

太郎君は幸せそうな顔をして説明してくれる。だが、その顔を見ているうちに、幸一はまた別の意味ですっきりしないものを感じていた。

なぜすっきりしないのか思い当たったのは、太郎君と別れてからだった。

もしも、健太や太郎君の言う涼子お姉さんが、幸一の思い浮かべる「涼子」と同一人物としての話だが。

幸一が思い出せる「涼子」は、お嬢さんなんかじゃない。家庭事情をはっきり知っていたわけではないが、記憶の中では、「涼子」はどちらかというと貧しい家の子だった。制服の背中や襞《ひだ》スカートが、てかてかに光っていた。長年、着古したというように。セーラー服の襟も擦り切れてほつれていた。ひょっとすると、あの制服は誰かのお古ではなかったか。もっとも、そういう家庭は「涼子」のところだけではなかったが。

大京中学は、誰でも通える公立の学校だ。あの霞ヶ丘団地にはサラリーマンが多いから収入も安定しているのだろうが、もとからこの辺に住んでいる中には、経営が傾いた商店の子や、親の職業がわからないような子もいる。足を延ばせば新宿の繁華街だし、霞ヶ丘だってそもそも戦後のバラックが並んでいた場所だ。もともとは軍隊の練兵場や厩舎《きゅうしゃ》や火薬庫があって、その関係で、戦後復員してきたものの住処《すみか》も失っていた兵隊が住み着いた地区だと聞いたことがある。貧しい家庭の子どもは珍しくないのだ。

そんな大京中学に通う子に、「お嬢さん」とか「社長」とか、そんな言葉はそぐわない。いや、大京中学出身者の一般認識として、私学――制服着用の私立高校――に通っている時点で「金持ち」だ。

歩いているうちに、記憶の断片がよみがえる。

「あ」

思わず声を上げると、健太が不思議そうに幸一を見上げた。

「どうしたの？　兄さん」

「なんでもない」

幸一はそのまま歩き続けた。三つ編みの、薄い肩の少女。幸一が虫が好かなかった委員長が、その少女につっけんどんに話しかけている。

――また小野田《おのだ》かよ、早く払えよ。

何かの集金の催促だろう。

そうか、あいつの名前は小野田涼子だった。たぶん、給食費とか副教本代とか、そういうお金が払えないような家庭だったのだ。

「お嬢さん、ね」

幸一はつぶやいてから足を速めた。幸一の記憶の「涼子」が、健太や太郎君の言う「涼子お姉さん」と同一人物とは限らない。だが、それが別人だとしても、大京中学の卒業生に優秀なアームチェア・ディテクティブがいるとは、興味を惹かれるではないか。しかも美人で金持ちになったらしいというなら、なおさらだ。

調べてみるか。探偵のように。

幸一は家に帰るなり、自分の部屋の押入から中学の卒業アルバムを取り出した。だが、小野田涼子はアルバムのどこにもいない。

「あれ？　どうしていないんだ？」

調査の初手からシャットアウトされたような気分だ。念のために巻末にあるクラス名簿の一組から九組まで全部目を通したが、小野田涼子の名前はどこにもない。

「兄さん、ぼくにも見せて」

健太が顔を寄せてくるので、幸一はアルバムを渡してやった。

「おい、この中に、お前が言う『涼子』がいるかどうか探してくれ」

そうだ、「小野田涼子」が「涼子お姉さん」とは限らないのだ。

「わかった」

兄と一緒に探偵活動をするのが嬉しいのだろう、健太は喜んでアルバムをめくり始めた。だが、しばらく経って顔を上げると、やっぱり首を横に振った。

「ううん、いないと思う」

「そうか」

それから幸一は思い付いて、巻末のクラス名簿をもう一度、三年一組から注意深く見直した。

だが、「涼子」という名前の女子は、一人もいない。

親が離婚したとかそういう事情で姓は変わることがあるだろうが、名前が変わることはない。

とにかく、幸一と同じ年度に大京中学を卒業した「涼子」はいないのだ。

「涼子」は大京中学を卒業していない。

幸一の「変な感じ」にまた一つ要素が加わった。

どうしていないのだ？　小学生二人の言う「涼子お姉さん」と幸一が思い浮かべている「小野田涼子」が同一人物かどうかはともかく、たしかに大京中学に通っていたはずの「小野田涼子」が、どうして卒業アルバムにいないのだ？

「本当に、健太が見た涼子お姉さんはこの中にいないいんだな？」

健太は大きくうなずいた。ますます、得体のしれない話に思えてくる。

彼女は本当に実在していたのか？

「待て待て」

暴走しかけている思考を止めるために、幸一はわざと口に出してみる。

中学二年の時、たしかに小野田涼子という同級生がいた。クラスの隅で、いつもノートを広げていた女子。二つに分けた三つ編み。それなのに、卒業アルバムにいないとはどういうことだ？

そこで幸一はある仮説を思い付いた。

「あいつ、大京中学を卒業したんじゃなくて、途中で転校したんじゃないか？」

卒業前にほかの学校へ行ったのなら、大京中学の卒業アルバムに載らないのは当たり前だろう。

幸一は立ち上がって、また押入の中に頭を突っ込んだ。捨てられずにいた古雑誌、もう使わない野球のミット……。その奥、紙紐でしばった古い教科書の束の一番下に、手ずれのしていないアルバムがあった。昔のものだけど、卒業式でもらって以来一度も開いていないから、見た目は新品同様だ。

大京小学校の卒業アルバムだ。大京中学校は卒業していないとしても、大京小学校を卒業していたなら、必ずここに載っているはずだ。

幸一の学年は、十クラスあった。ページをめくっていくのも大変だ。自分が六年何組だったかももう忘れていたが、そういえば三組だったとめくっているうちに思い出した。

そして……。

「いた！」

幸一と健太は同時に叫び、一人の少女を指さした。

六年八組、前から二列目の端に、小野田涼子がいた。

「そう、このお姉さんだよ！　そりゃあ、この写真のほうがちょっと子どもっぽいけど！」

健太が興奮して叫ぶ。

幸一も、その顔を改めて見つめた。

——やっと見つけた。

そうだ、これが小野田涼子だ。そして、やはり健太や太郎君の言う「涼子お姉さん」と同一人物らしい。

記憶の中の顔はいくら努力しても鮮明にならなかったが、こうして顔写真を見たとたんによみがえった。そうか、こういう顔立ちだった。きりっとした目はやや細く、唇も薄い。顔は細長く、卵型というのだろうか。

たしかに美人だ。目立つタイプじゃないけど。そして、そうだ、ものすごく頭がよかった記憶がある。数学の計算も速かったし、物知りだった。古文とか歴史とかの授業で、クラスの誰も答えられない時、先生が最後に当てるのはいつもこの女子だった……。

——おれ、実は、結構この女の子のこと、気になっていたんじゃないか？　これだけ覚えているところを見ると。

幸一は大きく息をついて、今度は一番後ろまでページをめくる。思った通り、こちらのアルバムも巻末は全卒業生の名簿になっていて、卒業生全員の名前と住所が、六年一組出席番号一番から順に並んでいた。

六年八組出席番号十二番　小野田涼子
保護者名　小野田辰治《たつじ》
住所　新宿区霞ヶ丘町××—×。

霞ヶ丘町？
太郎君の団地のすぐ近くではないか。
なるほど、涼子の家のすぐ近くだったから太郎君に巡り会ったのか。
だがすぐに、幸一は自分の間違いに気付く。

いや、太郎君が涼子に会った時、彼女は「家が遠いから休ませて」と言っていたというではないか。

ここで考えているだけでは始まらない。とにかくこの住所に行ってみよう。

「兄さん、これからどうするの？」

健太が意気込んで聞いてくるが、すでに午後六時を回っている。今から弟を連れ出したら、母さんがいい顔をしないだろう。と言って、これからの探偵活動に参加させないとなったら、健太は猛抗議するに違いない。

「今日はここまでだ。明日、一緒にこの霞ヶ丘の住所に行ってみよう」

だが、計画通りにはいかなくなった。

その晩、健太が熱を出したのだ。

翌日、しきりに残念がる健太をなだめて家を出、霞ヶ丘に出かけた幸一は、涼子の住所あたりで呆然として立ち尽くした。

そこは広い団地の敷地の中だった。地面に立っている家なんて、どこにもない。涼子の住所は地番までしかなかったから、集合住宅のはずはないのに。

チェーンの耳障りな音を立てて自転車をこいでくるおばさん、買い物かごを腕にかけた若い母親。手あたり次第に聞いてみても、面倒くさそうに知らないという答えが返ってくるばかりだ。

うろうろと歩いているうちに、幸一は霞ヶ丘団地を過ぎてしまった。国鉄の方向へ戻ると、仙《せん》寿《じゅ》院の交差点の角にタバコ屋がある。

そこで幸一は思い付いた。新しい団地の住人に聞いたって昔のことを知らないのは当たり前だ。

そこへいくと、このタバコ屋は見るからに古い。ひょっとしたら、空襲も免れたかもしれないという古び方だ。しかも、店番をしているのはこれまた、明治生まれかもしれないようなおばあさんだ。

　おばあさんはよほど暇だったのか、何も買わない幸一にも親切に相手をしてくれた。

「霞ヶ丘町？　あの辺はねえ、アパートを造るんで、みんな古い人たちが立ち退かされてるの。工事はそりゃあ大がかりだったよ。いくつもバラックや長屋をつぶして、全部建て終わるのも待ちきれずに、一つできあがるとすぐにそこに引っ越しが始まって。なにしろハイカラな霞ヶ丘アパートは大人気だったからねえ」

　おばあさんはアパートと言った。

　幸一を含め誰もが「霞ヶ丘団地」と呼んでいるが、そうか、正式名称は「都営霞ヶ丘アパート」だ。

「その女の子の家族も、それでどこかに行っちゃったんじゃないかい？」

　なるほどと思った幸一はさらに質問した。

「あの団地……いえ、アパートは、いつ頃から人が住み始めたんですか？」

　おばあさんはしばらく首をかしげていたが、やがてこう答えた。

「私の友だちのかっちゃんが、引っ越しトラックが毎日うちの前を占領して厄介でしょうがないってこぼしてた時期があったわねえ。日曜日はもう腹が立つからうちにいないで出歩いてるって。そう言って浅草《あさくさ》の雷おこしをお土産にもらって、お返しにちょうどあった熱海《あたみ》の温泉饅頭あげて、あらしゃれてるねって褒められて……」

幸一は長話にいらいらしてきたが、そこでおばあさんは核心に迫るヒントをくれた。

「うちの息子夫婦が、末っ子の高校卒業で親の役目が終わったって、熱海の温泉に行ったのよ。嫁がようやく二人で旅行できる、最近はやりの新婚旅行みたいだからって有頂天で、帰ってきてからご近所じゅうにお土産の温泉饅頭配ったの」

幸一は勢い込んで尋ねた。

「そのお孫さん、今何歳ですか？」

「去年成人式だったわ。早いねえ、今年の終戦記念日には二十二歳になるんだねえ」

一九六三年に成人式。つまり、このお孫さんは一九六二年八月に満二十歳になったのだ。それなら、高校を卒業したのは一九六一年三月ということになる。

「人が住み始めたのは、一九六一年の春からなんですね」

おばあさんは顔をちょっとしかめた。

「それ、昭和何年？　私ら、西暦とやらで言われてもぴんとこないのよ」

「昭和三十六年です」

「そうね、そうなるかねえ」

幸一はおばあさんに礼を言って、歩き出した。

一九六一年の春には、霞ヶ丘団地への入居が本格的に始まっていた。一九六〇年にはもう一部完成していたかもしれない。あれだけのものを造るのには、一年や二年くらいかかるだろう。霞ヶ丘に住んでいた人間はその前、一九五八年くらいには立ち退かされたことになる。

「あれ？」

幸一は歩きながら声を上げた。

一九五八年、昭和三十三年なら、一九四八年生まれの涼子は十歳。まだ小学生だ。だったら、どうして涼子の小学校卒業時の住所が霞ヶ丘町のままなのだろう。幸一や涼子が卒業した一九六一年三月には、霞ヶ丘団地はできあがっていた、つまり涼子の一家はとっくに立ち退かされていたはずなのだ。

幸一は記憶をたどる。卒業アルバムに載せる住所は、保護者が学校に教えるはずだ。でも、幸一には、アルバムを作るために住所をわざわざ親に書いてもらって学校に持っていった記憶はない。

ただ、たぶん学年の初めには、そういう、住所や保護者の名前を学校に提出したと思う。クラス名簿みたいなのも作る必要があるから。だが、進級しても前年度の住所を変更しないまま新年度にも申告し続けたとしたらどうだろう。最終的に、古い住所が卒業アルバムにも載ってしまうのではないだろうか。涼子の親が立ち退くために引っ越すことを学校に知らせず、何ごともなく涼子も通学していたなら、先生は何も気付かないまま、卒業できてしまったのかもしれない。

本当はきちんと確認しないといけないことでも、手抜かりというのはある。一つのクラスには児童が五十人以上もいるのだ、担任の手が回らなかったのかもしれない。家庭訪問だって、親がいつもうちにいないとか口実を作り、免れてきたのかもしれない。

とにかく、涼子は新宿区の大京中学に入学した。大京中学二年五組にいた涼子は幻ではない。幸一には、セーラー服姿の涼子の記憶がはっきりとよみがえっている。

大京中学二年生には在籍していて、大京中学を卒業してはいない少女。幸一の考えたとおり、中学三年生の時に涼子は転校したのだろう。卒業生でなければ、卒業アルバムに載らないのは道理だ。

三年生ではクラスが分かれたから幸一の記憶も薄れ、涼子が転校したことも知らなかったのだ。転校して家が遠くなったから、この辺に来た時に「休ませて」と霞ヶ丘団地の太郎君の家を利用するようになったのも、納得がいく。

「なんだ、謎でも何でもないじゃないか」

幸一は独り言を言った。それでも、太郎君に請け合った手前、このまま知らんぷりを決め込んではいけないだろう。今日は日曜日、一日中暇だ。久しぶりに、中学時代の幼馴染みに会ってみるか。


昼に家に帰ってみると健太の熱は下がっていたが、まだ食欲がない。この弟は見かけによらず病気に弱くて、風邪をひくと胃腸をやられるのだ。自分でもそれを知っているから、幸一の探偵活動についていくとは言わなかった。

それを幸い、幸一は午後も一人で出かけて行った。これから会うのは女子だから、弟連れでないのは願ったりかなったりだ。

情報源として、幸一が最初に思いついたのは、二年生だった時、クラスで一番世話焼きと評判だった井上裕子《いのうえゆうこ》という女子だ。成績は中の中、または中の上。彼女は幸一とは違う都立高校に進学していた。卒業アルバムに載っている電話番号を使い、会う約束をしたのだ。

「何？　曽根君が呼び出しかけるなんて」

「聞きたいことがあるんだ。大京中学で二年生の時に一緒だった小野田涼子って、覚えてる？」

「小野田？　ああ……」

二人が今いるのは、井上の高校近くの公園だ。あとでこの近くで別の友だちと会うからと、井上にこの場所を指定されたのだ。井上相手に喫茶店に入るのもなんだかためらわれたので公園で話しているが、それでも、ラムネは幸一のおごりだ。

小野田涼子の名前を聞いても、井上は別に懐かしいという表情にもならない。何というか、大人びた複雑な笑みを浮かべて幸一を見る。

「覚えてはいるけどね。それが何か？」

「どんな奴だった？」

「知らない」

井上はそっけない。

「知らない？　井上でも？」

「何、その言い方。私がすごい穿鑿《せんさく》好きみたいに聞こえるけど」

「いや、そういうつもりじゃないけどさ……」

幸一があわてると、井上は同じ口調で続けた。

「好きじゃなかったのよね、あの子。クラスで浮いてたでしょ」

そして幸一の顔を見て、また苦笑する。

「わからなかった？　曽根君、そういうの気付きにくそうだもんね」

「どうしてだ？　性格悪かったのか」

たしかにおれは何も気付かなかったな、と思いながら幸一は聞いてみる。

「隠しごとが多かったから」

井上はぽつんと言った。「まるで私たちのこと、信用していないみたいだった」

「隠しごと?」

「たとえばねえ、うちのことを何も話さなかった。お母さんとかお父さんのこと。お誕生会とかなんかに呼ばれたこともないわ。ううん、小野田さんのうちに行ったことのある人、誰もいなかったんじゃない?」

これは幸一が注目すべきポイントだ。

「小野田の住んでいる場所を誰も知らなかったってことか?」

「中学生なんだから、別に一人で登下校したって、かまわないでしょ。それに小野田さん、部活もやってなかったと思う」

「そうか……」

「だからみんな遠巻きにしてた」

「べたべたするのが嫌いだっただけじゃないのか」

「そうかもね。だから私たち女子も好きにすればって感じだったの。みんなで好きなラジオ番組とかのことで楽しく話をしてても、小野田さんにちらっと見られると、なんか水を差されたような気になってさ。何人かは、小野田さん私たちのこと馬鹿にしてるんだって、すごく気を悪くしてた。だから小野田さん、浮いていたの。中学の間、ずっとそうだったと思うよ。修学旅行も行かなかったらしいし」

なんとなくわかってきた。

「でも、勉強はできただろ？」

「ああ、そうね。塾にも行かないし、ろくに参考書も買えないくせしてテストの点はよかったのよねえ。あ、誰だったか、小野田さんはいつも図書館で勉強してるって言ってた」

いくらでも井上は話し続けるが、幸一に必要なのは昔ではなく、今の涼子に関することなのだ。

「ああ、わかった」

井上がラムネの瓶をいじりながら、ちょっと声を上げた。

「小野田さん、なんかよそ者みたいな感じだったけど、そのわけがわかった。言葉が変わってるの」

「変わってるって、どこか地方の方言が交ざってているとかか？」

東京には大変な勢いで地方からの転入者が来ているというから、涼子もその意味で「よそ者」だったのかもしれない。幸一はそう思ったのだが、井上はかぶりを振る。

「ううん、そういうんじゃなくて。すごくとっつきにくいっていうか、なんだかお芝居のセリフとか、テレビドラマの人の言葉みたいっていうか……」

井上はしばらく表現を探すように宙をにらんでいたが、やがてあきらめた。

「うまく言えないや」

「じゃあ、そのことは置いておこう。それより、小野田が今どこに住んでいるかも知らないか。たぶん、中学三年の時に転校していったんだよな？」

「ああ、そうだってね。私も三年生ではクラス違ったけど、アケミは小野田さんと同じクラスだったよ」

「アケミ?」

「なんだ、覚えてない? 山口《やまぐち》明美。二年の時は私も曽根君も明美も、同じクラスだったじゃない」

「あ、何となく思い出したかも」

井上は大人びた表情で笑った。

「曽根君って、ほんと興味がない人には冷たいね。明美によると、冬休みに急に引っ越したみたいだよ。三学期の始業式の日に、担任から突然知らされたって」

よし、だいぶ近付いてきた。やっぱり涼子は去年の十二月までは確実にこの近くにいた。みんなの記憶に新しいはずだ。


「小野田さんのことなんて、わからない。私たちとは違うんだって、いつもつんとしてたもん。打ち明け話なんか、したことない」

もう一度卒業アルバムを当たって連絡を取った明美は——中学時代の仲間の連絡先がわかるものは、それしか家に残っていないのだ——、そう言った。高校には行かずに飯田橋の小さな印刷会社で事務員をしているという、気が小さそうな女の子だ。二年前の幸一の記憶とはずいぶん変わった気がするが、それはたぶん化粧のせいだろう。話してみると、昔のままだった。

「転校したことだって、打ち明けてもらってた女子なんかいなかったわよ。みんな、三学期の始業式の日に、小野田さんは転校しましたって教えられて、ああそうなんだって感じだったもん。

別に誰も残念がらなかった」

「じゃあ、転校後の家を知ってる奴もいないのか？」

「そうじゃない？　小野田さん、私たちのこと、馬鹿にしてたもん」

「馬鹿にしてた？」

明美は大きくうなずいた。

「たとえばね、絶対好きな男子のこととか、教えてくれないの。無理に聞こうとした子がいて、にらみつけられてぞっとしたって。あと、卒業後の進路のことも絶対秘密だった。そういうの、だいたいわかるものじゃん？」

「ああ、まあ」

幸一も同意した。女子同士の、誰が好きだ誰に片思いだ、とかいう噂話は幸一も興味がないが、進学のこととなれば話は別だ。中三の二学期の終わりなら、みんな、進学に目の色が変わってくる季節だ。受験の志願者は年々増えているのに、高校の増設が追いつかない厳しい現実がある。そして、誰がどこを受験するかは、なんとなく伝わってくる。

「そういう話にも、小野田は関わらなかったわけだ」

「そう。なんだか、人のことに関心持つなんて馬鹿みたい、小野田さんの顔見てると、そう言われてる気がしてくるの。だからね……」

明美は記憶がよみがえったのか、幸一の知らない名前を挙げて、いかに涼子が人好きのしない人間だったか、あれこれと話し続けたが、幸一はだんだんうんざりしてきた。

この辺でおしまいにしてもいい気がする。成果は上がっていないが、太郎君にも調べたと言えるくらいには労力を割いたと思う。

幸一は明美の話をさえぎって聞いてみた。

「じゃあさ、小野田の転校前の住所を教えてくれよ。同じクラスなら、新学期にクラス名簿を配られるだろう？　親の名前とか、住所とか載ってるやつ」

太郎君への最後の親切だ。去年の十二月まで住んでいた住所、霞ヶ丘から移った後の住所がわかれば、手紙を出すことができる。そこに今はもう住んでいないとしても、一年間は郵便局が現住所へ転送してくれる。

我ながら自分の頭の鋭さに幸一は感心した。ところが、明美は首を振った。

「ないわ。捨てたもん」

意外だ。幸一はたしかにその手のものを残しておく趣味はないが、女の子は、こまごましたものを大事に取っておくとばかり思っていた。

「年賀状とかは？」

「だから、小野田さん、そういうタイプじゃなかったから」

女の子っていうのは、冬休みになる前、きゃあきゃあ言いながら住所を教え合ってかわいい年賀状をやり取りするとばかり思っていた。だが、涼子はその時転校が決まっていたから、その仲間にはならなかったのか。

帰ってから、幸一はもう一度井上のところへ電話してみた。

「あのさあ、ひょっとして、小野田からもらった年賀状とか残ってない？」

井上みたいな社交的な奴なら、中二の時には同級生同士で年賀状のやり取りもしているだろう。

だが井上は笑ってこう答えた。

――ないわよ。小野田さん、年賀状あげたこともらったこともないんじゃない？

あきらめて電話を切ろうとすると、井上がこんなことを言い出した。

――それより、明美に会ってみて、どうだった？

「どうって。あんまりたいした情報は得られなかったな」

井上も明美も、涼子については同じように、あまりよくない、そして薄い印象しか持っていないようだ。

――へえ。明美、小野田さんのこと「裏切り者」って言ってなかったんだ。

「裏切り者？」

それはまた、強烈な言葉だ。

――中学を卒業してからなんだけどね。五月だったかな、私、明美にばったり会ったの。仕事帰りの明美はお化粧なんかしてた。それでお互いの知り合いのこととか、話すじゃない？　その時に私、小野田さん転校したって聞いたのよ。三年生の時、明美は小野田さんに結構話しかけていた印象があったから、へえそうなんだって相槌《あいづち》打ったりしてね。そしたら明美は吐き捨てるように「裏切り者」って言ったの。なんだ、曽根君にくわしいことしゃべらなかったんだ。面白そうだから明美を紹介したのに。

「なんだよ、性格悪いな」

あきれながらも、幸一は「裏切り者」の意味を考えてみる。

「そんなに仲よくしていたのに、転校のことを教えてくれなかったからの『裏切り者』じゃないのか？」

どうして私に打ち明けてくれなかったの、友だちじゃない……。

幸一の考える女の子というのはそういう打ち明け話に神経質で、隠しごとをされると途端に気を悪くする、そういう人種の気がする。

――さあ？　たしかにそれだけのことかもしれないけどね。

そこで井上は興味を失ったように電話を切った。結局、幸一の欲しかった涼子の住所（大京中学在学時の）についてはわからないままだ。

――仕方ない、旧三年五組のほかの奴を当たるか。


数日してようやく探し当てた「大京中学旧三年五組」の人間は、灯台下暗し、同じ高校に通う田代《たしろ》だった。大京中学から一緒に高校に進学した仲間は八人ほどいるが、その一人だ。野球部で毎日汗まみれになっている田代は、幸一にとって一番縁遠い人物だったが、涼子の名前を出すと、すぐに思い出した。

「ああ、小野田か。遠くへ引っ越すって言ってたな」

「へえ」

これは井上からも明美からも聞けなかった情報だ。太郎君の証言の裏付けでもある。

「よく知ってるな。クラスの女子も、誰も知らなかったらしいぜ」

「そうなのか？　おれ、去年の冬休みの終わり頃に、ばったり図書館で会ったんだよ。もうすぐ遠いところに行くって言ってた。そうしたら三学期の始業式で小野田は転校したって担任が言ってさ。ああ、やっぱりそうなんだって思った」

「遠いところ。うん、そうだったらしいな」

ここまで涼子の言動には一応筋が通っている。それにしても、涼子はどこに引っ越したのか。学校帰りに太郎君の家で休まなければいけないほど「遠いところ」だったのか。いや、だったら、そんな「遠いところ」から、何のために霞ヶ丘までやってきていたのか。

「おれ、てっきり小野田は外国へ行ったんだと思った」

「はあ？」

これはまた、突拍子もない話だ。

日本人にとっては、海の向こうは遠過ぎる世界なのに。戦争で負けて以来海外旅行もできなかった一般の日本人がようやく自由に渡航できるようになったのは、今年になってからだ。それに海外は物価がすごく高いらしい。幸一がこの前読んだ翻訳小説では、主人公がコーヒー一杯に一ドル払っていた。日本円にしたら三六〇円という法外な値段である。

「なんでまた、そんなことを思ったんだよ」

「言われてみると、どうしてだろうな」

田代は首をひねってしばらく考えてから答えた。

「おれ、その時受験勉強してたんだけどさ。小野田は試験問題対策じゃなさそうな勉強してたんだ。分厚い英英辞書とか見ながら、英語の文章書いてたりね。入試問題なんかには絶対出ないよ、あんなの。すごいなって思わず言ったら、これから必要になるから仕方ないの、とかそんなふうに答えたから。違う世界に入るんだ、とか」

「へえ」

だが、そんなことがあるわけない。涼子は学生服姿で、高校生になったこの夏も東京で暮らしているのだ。

「とにかく、クラス名簿ならあると思うぜ。うちの母ちゃん、そういうの絶対捨てねえから」

翌日田代が持ってきてくれたのは、変哲もない、ガリ版刷りのわら半紙だった。三年生に進級した時に作られたものだろう。たしかに涼子の住所が入っている。保護者名は小野田道子《みちこ》、住所は……。

「新宿区内藤町？」

なんだ、これまたすぐそこじゃないか。なんと、曽根薬局も近い。霞ヶ丘町から国鉄の高架をくぐったあたりの、新宿御苑《しんじゅくぎょえん》を含む地域の町名だ。団地ができるからと霞ヶ丘を立ち退《の》いて、それでも歩いて行ける内藤町に引っ越したわけか。これなら、大京小や大京中に通い続けた理由がわかる。

ただ、涼子に対する印象はさらに胡散《うさん》くさくなった。学校の集金が払えないとか、修学旅行に行かないとか、やっぱり涼子は貧乏だったはずだ。そして内藤町なんてすぐ近くに住んでいた。そのくせに、太郎君のモダンな家を、ちゃっかりと自分や友だちの休憩所に使っていたのか。遠くから通っているなんて嘘をついて。

どうしようか。太郎君には何もわからなかったと告げることもできる。もう調べられないからあきらめろ、と。

でも……。

幸一が教えないでいて、ほかの手段で太郎君がこのことを知ってしまったら。涼子だけではない、幸一までが太郎君に嘘をついたことになる。明日にでも、この住所を太郎君に教えてやろう。風邪が治った健太も一緒に連れて。そして涼子のことはおしまいだ。幸一の親切もここまでだ。

「涼子お姉さん、どこに行ったのか、やっぱりわからないんですか……」

太郎君はしょんぼりして、手の中のメモ用紙を見つめた。大京中学三年進級時の涼子の住所が書いてある。去年の冬まで彼女が暮らしていた場所だ。

隣で健太も同情するように太郎君をながめている。なんだか罪の意識に駆られた幸一は、言葉を足した。

「転校したくらいだからもうそこには住んでいないわけだけどさ、その住所に手紙を出してみたら小野田の現在の住所に届くかもしれないぜ」

「はい。ありがとうございました」

「あ、あとはさ、健太が二回小野田涼子に会えた慶應大学病院のところで、午後六時頃、張り込んでみるとか」

ふと思い付いてそう提案してみたが、太郎君に大人びた表情で言われた。

「今週ずっと、やってみました。学校が終わってからずっと。でも、駄目でした」

「……あ、そうなんだ」

これ以上、幸一にもいい知恵は浮かばない。

なんとなくすっきりしないままだったが、太郎君と別れると、これで小野田涼子のことはおしまいだと思った。

十月には、オリンピックもあるが、学生にとってはまず中間試験のことを考えないといけないシーズンだ。それがすんだら、文化祭もある。学生は忙しい。

だが、幸一が一人の少女に興味を持っていることは、結構知れ渡っていたらしい。

「小野田涼子のこと、聞いて回ってるんだって?」

商店街仲間の、木村《きむら》からそう声をかけられたのは九月の終わりだった。同じく大京中学に通い、今は家業の和菓子屋を継いでいる幼馴染みだ。幸一にも見覚えのある古い自転車を押している。

荷台の、「木村堂」と焼き印の押された木箱は空だった。

「近くの工事現場に、磯辺餅を届けに行ったところだよ。現場の親方が今日で工事が完了するから現場の人みんなにねぎらいに配るって、六十個も注文してくれたんだ」

「へえ、商売繁盛だな」

幸一がお愛想を言うと、木村はいっぱしの苦労人みたいな笑みを浮かべて、首を振った。

「うちなんか、地味なほうだよ。食い物屋や飲み屋は、工事の人たちのおかげで笑いが止まらないらしい。磯辺餅くらいじゃ、しけた売り上げさ」

「それでもオリンピック景気にあやかっているじゃないか。薬屋じゃ、そんな恩恵さえないぞ。おれのところは外苑周辺の工事現場からも離れているし、だいたい工事の男たちなんて、擦り傷くらいじゃ薬屋に絆創膏も買いに来ないものな。と言って大怪我したら薬屋どころじゃないし。つまり、どっちにしたって、うちの商売は何も変わらないんだ」

互いに商売人の家の子らしい話をひとしきりしたあとで、木村が話を戻した。

「それで、曽根は小野田涼子のことをどうして聞き回ってるんだ?」

「たいした理由じゃないけどさ、うちの弟がちょっと世話になったんだよ。万引きの濡れ衣を着せられそうになった時、小野田が疑いを晴らしてくれて。で、兄としては小野田に一言礼を言うべきじゃないかと思ってさ」

この理由が、一番面倒くさくないだろう。

「ああ、なるほどね」

木村はちょっと納得したような顔になった。

「それで木村、小野田涼子のこと、何か知っているのか。三年生の時、一緒のクラスだったのか」

「うん。それに、内藤町の図書館で何回か見たよ」

「ああ、そこで勉強していたらしいな」

区立図書館は新宿通りの手前にあるのだ。新宿通りは戦前から整備されている大通りで、国鉄と同じように幸一にとっては「境界」の役割をしている。その向こうは繁華街というか、大人の街だ。江戸時代から内藤新宿と呼ばれた宿場町の面影を残す地域だということに加え、戦後すぐから闇市が広がり、得体のしれないアウトローの人間たちがひしめきあってきた場所だ。のぞいてはいけない暗い魅力があり、高校生になった今も、幸一は、表通りの特定の店以外には立ち入りをためらう。

図書館はちょうどそのあやしい世界の入り口に立つ番人のように、新宿通りの大木戸《おおきど》付近にある。

「おれ、よくあそこに息抜きに行くんだ」

木村も中卒で就職組だから、受験勉強はまぬがれていたはずだが。そんな幸一の表情を読み取ったのか、木村は言葉を足す。

「勉強はしなかったけどさ、うちだと親父が荒れた時に逃げ場がないからさ。そういう時図書館に逃げ込んで、小野田がよく奥の机に座っているのを見かけたよ」

それから、ちょっとためらってこう続けた。

「うちの商売のことにも、ヒントをくれたり、な」

「へえ。あいつ、意外に親切なんだな」

「おれにというか、正しくはおれの妹に教えてくれたんだけどさ」

木村は自転車の荷台をちらりと見た。

「おれとは、たいしてまとまった話もしていないよ。小野田のほうは一人じゃないことも多かったし」

それを聞いて幸一の頭にひらめくものがあった。

「一人じゃないって、それ、おれたちより年上の男と一緒だったんじゃないか?」

そうだ、太郎君を助けた時、年上の男と一緒だったのだ。涼子のことを「お嬢さん」と呼ぶ男だ。

だが、木村は用心深そうな顔で首を横に振った。

「そんな気もするが、はっきり覚えていないな。その人、分厚い本を積み上げて勉強していたからはっきり見えなかったんだ」

「そうか。ありがとう。ほかに思い出すことないか?」

木村はしばらく考え込んでから、こう言った。

「そういえば一度、小野田を図書館の外でも見かけた気がするよ。今年の春頃、千駄ヶ谷《せんだがや》のお屋敷町で。お得意さんになってるお寺に法事の菓子を届けに行った時」

「今年の春? じゃあ内藤町から引っ越した後じゃないか。それにしても千駄ヶ谷とは、これも近くだな」

幸一はあきれた。霞ヶ丘に内藤町、そして千駄ヶ谷か。千駄ヶ谷は渋谷区の町名で、近くとはいってもまるで雰囲気が違う。古くからのお屋敷町だ。

「そんなところで、小野田涼子は何してたんだ」

「いや、たぶん小野田だと思うんだけどさ。でも見間違いだったのかなあ」

「どうしてそう思うんだ?」

「だって、小野田、黒塗りのでっかい車の後部座席に乗っていたんだ。千駄ヶ谷の立派なお屋敷から出てきた自動車の。驚いたよ」

「へえ」

たしかにそれはびっくりする。

「後部座席に乗ってるって、まるで運転手つきの自動車みたいに聞こえるぞ」

「うん、そういう車だよ。がっしりした、ボディーガードにもなりそうな男が運転してた」

「おい、見間違いじゃないのか?」

「やっぱり、そう思うよなあ。何しろ、おれが知ってる小野田が住んでいたのは霞ヶ丘の長屋だったもんなあ」

「小野田、長屋に住んでたのか」

「その長屋、結構前に取り壊されたけどね」

「うん、そうだってな」

「よく知ってるな。曽根薬局とは、ちょっと離れた場所なのに」

木村がいぶかしそうな顔をしたので、幸一はちょっと落ち着かない気分になった。木村は改まった口調でこう聞いてきた。

「曽根さ、小野田のこと調べてるって、弟のことだけが理由なのか？」

「え？」

問い詰められると、なんだか言いにくい。と、木村はさらに言った。

「小野田のこと、好きだったのか？」

「え？　いや、違う、全然そういうのとは違う」

木村がますます怪しむ顔になったので、幸一は話を戻そうとした。

「とにかく、その長屋も含めてあの辺一帯が更地にされたのは、霞ヶ丘団地を造るためにだろう」

「そう。あの団地を造るために東京都が買い上げたんだ。小野田の住んでいた長屋は、もともとこの辺のまっとうな大家が持っていた地所なのに、その大家が借金作ってやくざみたいな不動産屋に取り上げられたって聞いた」

幸一は感心して幼馴染みの話を聞いていた。

「さすがだな。社会人は高校生より世間にくわしいや」

木村は複雑な顔になった。

「それ、嫌味か？　おれは高校進学もできなかった口だよ」

「違う、違う」

幸一はあわてて言う。

「本当に感心してるんだよ。大人っぽくなったなって」

木村は目をそらした。

「たいしたことないさ。こんな話、ごろごろ転がっているよ。土地の買収のことなら、曽根薬局だって持ち掛けられたんじゃないのか？」

「うちはあいにく、計画地域から外れていたから縁がなかったよ。それより、霞ヶ丘の長屋の持ち主のこと、話してくれよ。今、やくざに取り上げられたって言ったよな？」

「そう。ひどい話さ。東京都とか国とかが土地を買い上げるって噂が広まると、妙な奴らが土地を売れって言ってくる。表向きは不動産屋だの土地開発業者だのって名乗ってるけどさ。とにかく儲けたい奴がもともとの地主たちから土地を取り上げにかかるんだ。それで、地主たちをわざと博打に誘い込んで借金作らせたり、ぼけかかった年寄りには脅したりすかしたりしてハンコをつかせたり。で、結局そうやって安く手に入れた土地を役所に売って大金受け取ったのは、あくどい奴らなんだ」

「木村堂は大丈夫だったのか？」

木村の熱弁に、幸一はつい身を入れて聞き入っていた。曽根薬局は開発からほんの少し外れたおかげで、無風状態だっただけらしい。

「うん、危ないところだったけどね。うちの店にも話を持ち掛けてくる奴らはいたんだけど、そのうち大本の不動産会社がつぶれたおかげで助かった」

「へえ。なんて不動産屋だ？」

なぜか木村は、目を泳がせた。

「さあね。忘れたよ。ああいう会社は、つぶれてもつぶれても、また作られるんだってさ。なにしろこれからだって東京は発展していくんだから、それを当て込んで、土地の買い占めだの、転売だの、たくらむ奴はいなくならないよ。霞ヶ丘団地なんてちっぽけな話じゃない、何しろオリンピックが来るんだから」

「結局オリンピックに行き着くのか」

「そういうこと。オリンピックには誰も逆らえないんだよ」

木村は話を切り上げるつもりらしく、自転車にまたがった。

「じゃあな」


地上げ云々の話は、小野田涼子には直接関係ない。それより、木村からの情報でまた引っ掛かりができた。

——霞ヶ丘の長屋に住んでいたくせに、千駄ヶ谷のお屋敷町で車に乗っていた、か。

別人。それで片付けられる話かもしれない。だが、やはり涼子には何か得体のしれないところがある。

これ以上、小学生を巻き込むことはないだろう。太郎君にも弟の健太にも極秘で、もう少し捜査してみるか。

家に帰ると、健太が外で遊んでいるのを確認してから幸一は自分のノートを取り出し、疑問点を書き出してみた。

・木村が千駄ヶ谷のお屋敷から出てくるのを目撃したのが、本当に涼子だったとしたら。木村の見間違いかもしれないが、一方で涼子が「お嬢さん」と呼ばれていたという太郎君の証言もあるから、あながち信憑性に欠けるとも言えないと思う。金のかかる私立高校に入学したらしいということも傍証になる。これが事実だとしたら、涼子はなぜ、千駄ヶ谷にいるのに「遠いところから通学している」と太郎君に嘘をついたのか?
・小野田涼子が本当に運転手付きの黒塗りのでっかい車に乗っていたとするなら、中学時代の印象とはだいぶ違う。ここでも金持ちの匂いがする。
・霞ヶ丘団地ができる前、あのあたりは戦後すぐからバラックが立ち並んでいた地区だ。はっきり言って、貧乏人の住処だ。内藤町にしても、新宿通りに近いあたりはあやしげな家がある。もともと内藤新宿と言えば、江戸時代からの宿場、歓楽街だ。どちらの土地にも、黒塗りの自動車なんて全然そぐわない。それに涼子は古着の制服を着なければならないほど貧乏だった。いったい、どんな変化があったのか。

そこまで書いてから、幸一は田代にもらったクラス名簿を引っ張り出した。そしてためつすがめつしているうちに、もう一つ気付いた。

「父親はどうしたんだ?」

小学校の時は父親らしい「小野田辰治」という名前だが、中学二年の保護者の欄には「小野田道子」とある。母親だろう。

また、疑問が増えた。

涼子の父親はどうなったのか?


「そういうことを探るなら、地元の人間に聞き込みをするに限る」

幸一が所属している推理小説研究会の先輩は、自信たっぷりにそう言った。

「だから、地元の同級生を片っ端から当たろうと思ってるんですが……」

先輩はちっちっと舌打ちしながら、人差し指を横に振る。テレビドラマの俳優の誰かの真似かもしれない。

「学生じゃ駄目だ。地元の大人を当たれ。誰かいないのか?」

大人か。家と学校を往復するだけの学生には、地元の大人なんて違う世界の住人だ。

幸一はもう一度霞ヶ丘で聞き込みを再開した。

商店街に行けば、古くから住んでいるおじさんおばさん、じいさんばあさんが山ほどいる。

幸一は日曜日をつぶしてそこらじゅうで聞き込みを続けた。名目は、またもや、弟が涼子に世話になったというものにした。

涼子が小学生の時に住んでいた霞ヶ丘の住所には、木村の言うとおり、長屋があったようだ。

その長屋を覚えているという魚屋「魚幸《うおこう》」のおばさんは、眉を顰《ひそ》める。

「あの長屋の出身の子と関わらないほうがいいよ。あんまりいい噂は聞かなかったからね」

「そうなんですか？」

「まあ、あそこに住んでいたんなら、親も褒められる部類じゃなかっただろうからねえ。ろくな稼ぎもないうちばっかりだったよ」

「じゃあ、ここのお店のお得意さんでもなかった……？」

おばさんは大きくうなずいた。

「そりゃあもう。こういう店でちゃんと買い物してちゃんと御飯を作る、そんな人たちじゃなかったんだよ。子どもがいたって、ほったらかし。ろくに食べさせてなかったんじゃないの」

そこでおばさんは道行く女の人に甲高い声をかける。お得意さんなのだろう。こちらはちゃんとした身なりの奥さんという感じだ。

「あら奥さん、今日はいいイカが入ってますよ」

奥さんは足を止めて店をのぞきこむ。

「そう？　じゃあ一皿くださいな」

「はい、毎度。わたはどうします？　取りますね？」

おばさんはでっかいまな板の前に取り付けた包丁掛けから、手頃な出刃包丁を取った。よく切れそうなので、幸一は用心のために一歩下がり、ついでに手際よくイカをさばくおばさんの横で、その辺を水拭きしてご機嫌取りをする。

二人してお客さんを見送ったところで、聞き込み再開だ。

「その長屋が取り壊される頃に十歳ぐらいの女の子が住んでいたの、覚えていませんか」

おばさんはまな板を洗う手を止めてしばらく考えてから、答えた。

「ひょっとして、ヨウコとかいう女の子かしら?」

「それかもしれない」

「たぶん、その子だねえ。十歳くらいの女の子って、その子一人しかいなかったから」

「じゃあ、間違いない。正確には涼子ですけど」

幸一は意気込んだ。

「彼女も客だったんですか」

「だから言ったでしょ、あの子の家も、全然うちとは縁がなかったわよ。どうせ貧乏だったんでしょ。それなのに、あの子、魚くさいうちの店なんか、つんと澄ましてよけてるみたいに歩いてさ。かと思うと、たまにお金が入ったのか客になった時は妙に威張って、鰯《いわし》までさばけって言うの。そのくらい自分でやれってのよ。でも大方、あのうちにはたいした包丁もなかったんでしょうね」

幸一はおばさんの包丁掛けを見る。さすが商売人、大から小まで切れ味の鋭そうな包丁がずらりと並んでいる。使い込まれた柄には、どれも「魚幸」の焼印。

「ああいう貧乏人は、出刃も鯵切《あじきり》も、持っちゃいないからね。大根やイモしか食べてないんなら、菜切り包丁一本あれば足りるもの」

菜切り包丁というのは、幸一も知っている。幅広で、刃の部分が長方形のものだ。それとは違い、おばさんの手元の出刃包丁は三角形で切っ先が鋭い。ずぶりと刺されたら大変なことになりそうだ。母が味噌汁を作るのにいつも使っているような菜切り包丁なら、指の先を切るくらいの怪我ですみそうだが。

それから、おばさんは変な笑い方をした。

「思い出した。あの家のことだったら、この裏の、『品川屋《しながわ》』って店の親父に聞けば知ってるんじゃないかね」

おばさんに教えてもらった品川屋の店舗を眺めて、幸一はためらった。品川屋は、平たく言えば居酒屋だった。障子張りの引き戸も今は閉まっている。この店がにぎやかになるのは、日が落ちてからだろう。破れや日焼けが目立つ障子を眺めながら、幸一はふさわしい表現をひとつ思い付いた。「場末」だ。

未成年が立ち入れるような店ではない。

と、その破れかけた障子戸がガタガタと音を立てた。

「何か用?」

顔をのぞかせたのは、化粧気のないおばさんだ。幸一の母親より年上だろう。

健太を連れてこないでよかった。

それから幸一は思い切って質問してみる。

「あ、あの、人捜しをしてるんですが、協力してもらえませんか」

おばさんはすぐには答えずに、幸一をじろじろと見る。

「初めて見る顔だよね、お兄ちゃん」

「あの、昔の同級生を捜していて……」

「名前は？」

「小野田涼子。この近くに長屋があった頃、そこに住んでいたんですが」

そこでいきなり、おばさんの目が大きく見開かれた。

「あの小娘？　今度は何よ！」

おばさんの剣幕に、幸一のほうがあっけにとられた。

「うちはもう関わりないからね！　なんだろうね、まっとうな商売人をゆすりにかけるなんて」

「ゆすり……？」

だが、それ以上話してもらえなかった。

おばさんは背を向けて、引き戸を乱暴に閉める。建て付けが悪いせいで、閉まりきらないのが余計に格好がつかない。

「帰っとくれ！」


すっかり気疲れして、幸一は家に帰ってきた。よっぽど間の抜けた顔をしていたのか、店先で母の清美につかまってしまった。

「幸一、何て顔してるの」

「いや、別に」

適当にあしらって奥に入ろうとするが、引き留められる。

「ちょっと待ちなさいよ。何か、女の子のこと、この辺で聞き回ってるんだって？」

――しまった。

幸一は内心、舌打ちしたい思いだった。

商店街の人付き合いがどんなに濃いか、忘れていた。曽根薬局は霞ヶ丘の商店街からはずれてはいるが、とにかくこの辺一帯の連合商店会の会員だ。母の情報収集能力を甘く見てはいけなかったのだ。

「その子、涼子ちゃんって言うんだってねえ」

母はにやにやしている。

「そんなに気になる子だったの？　水臭いねえ、母さんに何も話してくれなかったじゃないの」

「やめてくれよ。そんなんじゃないって」

そうだ、そんなんじゃない。別に、涼子のことが気になるのは、そんな意味じゃない。

――いや、そんな意味ってどんな意味か、おれにもよくわからないけど、でも、とにかく違うんだ。

幸一が心の中で自分相手に変な押し問答をしているのも知らず、母は気楽な調子で言った。

「まあ、いいわ。でも、ご近所さんに話を聞くくらいなら、どうしてうちを頼らないのよ」

「うち？」

母は、胸を張った。

「はばかりながら、うちの薬局は戦前から商売してるんだよ。体の具合が悪くなったら、みんなこの曽根薬局を頼るんだ」

幸一は目を開かれた思いだった。そうだ、酒屋だの魚屋だのはたくさんあるが、薬屋はこのあたりで、曽根薬局しかない。

「じゃあさ、霞ヶ丘に住んでいた小野田ってうちのことは知ってる？」

とたんに、清美は拍子抜けした顔になった。

「小野田？　そんなお客さんは来たことないねえ」

「……なんだ」

がっかりする幸一に、父の修治が口を挟んできた。

「だいたいな、子どもであってもお客さんのことは漏らせねえよ」

さすが、薬剤師。だが修治はにやりと笑って付け加える。

「もっとも、店番していてお客さんの世間話に付き合うのは、よくあることだがな」

「なんだよ、それ」

「そのなんとかちゃんのことを知りたいなら、半月ばかり、店番してみろ。大体のお得意さんはその間に現れる」

父の口車に乗せられた気もするが、バイト代を払ってくれるというので、幸一は学校から帰ると、店のカウンターに立つことにした。難しい客や処方箋は父に回すから、幸一のすることは絆創膏だの洗剤だのの小売りくらいだ。

ひそかに探偵活動を続けていることを健太に知られたらどうしようと思っていたが、それは杞《き》憂《ゆう》だったようだ。健太はすでに涼子お姉さんには興味を失い、「少年キング」と草野球に夢中だ。

そして、十月に入った金曜日。

「おや、品川屋の大将」

父の声に、幸一は急いで店先に出て行った。

初めて見る人だが、これがこの間追い出された、あの（場末の）酒場の主人なのだ。折を見て今までの捜索活動のことは父に話していたから、幸一の様子に、父も何か感じ取ってくれたようだ。

修治が処方薬を調剤するのに引っ込むのを見計らい、幸一は涼子のことを切り出してみた。この人のおかみさんの剣幕を思い出すと弱腰になってしまったが、大将のほうは協力的だった。

「涼子ちゃんか。かわいい子だったなあ。今にすごい美人になるぞって思ったもんだ」

熱心な口振りでそう言う。

「飲んだくれの親父を、よく迎えにきたもんだよ。あの親父、金もないくせにうちに入り浸ってなあ。夜になると涼子ちゃんが迎えに来るんだよ。あのきれいな目を見たら、お勘定を催促するなんてできねえや」

——小野田涼子、人によってずいぶん違う印象を持たれる奴なんだな。

幸一はそう感じた。この大将のおかみさんは、涼子のことをものすごく毛嫌いしていたのに。大将は暇なのか、いつも父の修治が座っている三本足の腰掛に腰を落ち着けて、昔話に花を咲かせ始めた。

「辰治の野郎——あ、涼子ちゃんの親父さんな——、急に姿を消しちまったからなあ。涼子ちゃんもかみさんも、苦労したろうよ。住処も立ち退かされるしな」

小学校の卒業アルバムで、涼子の保護者は小野田辰治となっていたのを思い出す。やっぱり涼子の父親だったた。

「霞ヶ丘団地ができたせいですよね」

　幸一が相槌を打つと、大将は首を振った。

「結局はそのせいってことになるんだが、まず、家主の植松《うえまつ》が急に商売をたたんじまったからだよ」

「植松?」

「おれたちはそう呼んでいた。あの辺の地所をたくさん持っていた植木屋だよ。戦後になっても二代目がそれなりに商売張っていたんだ」

「あ、そんなこと、ぼくの幼馴染みも言ってました。幼馴染みって和菓子屋の跡継ぎですけど。その植木屋さんが、小野田の一家が住んでいた裏長屋の地主だったんですね」

「うん。その植松がさあ、小野田の親父とつるんで賭け事に手を出したんだよ。ちびちび楽しんでいるうちはよかったんだろうが、そのうちこわい奴らに目をつけられてな」

　大将は声を潜めた。

「それで、小野田一家が住んでいた裏長屋もほかの地所も借金の形《かた》に取られたんだ」

「それ、いつ頃のことですか」

「霞ヶ丘団地が建つずいぶん前だったよ。昭和三十二年くらいかなあ。で、植松から地所を取り上げたやくざは、団地の建設用地だってことでその土地をお上《かみ》に買ってもらって大儲け、だ」

　木村が言っていたとおりだ。

　昭和三十二年、一九五七年か。七年前。幸一や涼子はまだ九歳だ。そんなに早く涼子の一家は立ち退かされたのか。

「植松だって、もう少し頑張って土地を守っておいてお上に直接買ってもらえてたら、商売も立て直せたかもしれねえけどな。頭の切れる奴にはかなわねえ」

「頭の切れるって、やくざのことですか?」

「表に立っていたのは富士興《ふじ》商って不動産屋の社長だけどな」

幸一はピンときた。その富士興商が、木村の言っていた、やくざを雇っていた不動産会社だ。

「富士興商ってのは、この辺の地所を結構買いあさっていた会社だよ。みんなちっぽけな長屋や貸家だけど、まとめたら結構な財産だったはずだ。その社長が辰治を使って賭け事の道に植松を誘い込んで、借金で首を回らなくさせちまった。おかげで、うちのかみさんは辰治を見ると塩ぶっかけるようになったもんだ」

「そうなんですか?」

「植松の二代目は、うちのかみさんのまたいとこかなんかで、ガキの頃には一緒に遊んだ仲だってさ」

この大将のおかみさんが涼子を嫌う理由がわかる気がした。小野田一家を全員嫌っていたのだろう。

父が薬袋《やくたい》を持って戻って来た。幸一はちょっと脇にどいて大将が金を払うのを見ながら、また質問を続ける。

「その植松さんは、今どうしてるんですか」

「嫁さんにも死なれて自分も体壊して、たった一つ残せたぼろい持ち家で寝込んでるって話だよ。それでも身ぐるみ剝がされて放り出されずにすんだだけ、めっけもんだったんだろうなあ。ずっと起き上がれずに、息子に面倒見てもらってるってさ。うちのかみさんとも年賀状だけの付き合いになっちまったが、息子がいただけ、まだ運がよかったよな。結構出来のいい息子で、高校を終えたらもっと上の学校へ通いたいってそのあとも勉強していたようだが、あんな暮らしじゃ無理だろうなあ」

「じゃあ、小野田辰治さんも品川屋さんには顔を出しにくくなったでしょうね」

「それが酒飲みの悲しさ、うちのかみさんのいない時を見計らって飲みには来ていたよ。だが、そうさなあ、植松がつぶれて半年くらいしてからかな。いよいよ富士興商が長屋を取り壊す直前、ぱたっと顔を見せなくなっちまった。やっぱりバツが悪かったんだか」

「はっきり言いなさいよ」

こわい声がした。男三人が見ると、いつのまにか、あのおかみさんが足を踏ん張ってこっちをにらみつけている。

幸一はとっさにその場を離れ、店の奥の段ボールを片付けるふりをした。だが、聞き耳を立てることは忘れない。おかみさんがまた声を張り上げている。

「薬を受け取るだけなのに、なに油売ってるんだか。ついでにクレンザー買ってきてよって頼んだのも聞いてなかっただろ」

「いや、ちょっと体の具合を薬剤師さんに聞いてもらってただけじゃねえか……」

大将の声が気弱になる。大将もおかみさんには頭が上がらないらしい。

「ごまかすんじゃないよ。小野田の話、してただろ。辰治は突然いなくなったの。夜逃げだよ。あんた、酒代つけにされたまんまじゃないか」

「だって涼子ちゃんと母ちゃんはその日の食い物にも困る始末でさ。飲み代なんて、掛け取りにいけねえや、こっちも江戸っ子だ」

つまり、小野田辰治は飲み代も払わないまま、雲隠れしたのか。だから小学校の時の保護者は父親で、中学の時は母親に変わったのか。

「それどころか、あんた、あの辰治のおふくろさんにもお金貸していたよねえ?」

「いいんだよ、千円ぽっちだ、あきらめるさ。どっちにしろ、もう返してもらうわけにもいかねえじゃねえか」

おかみさんはまた鼻を鳴らす。大将は弁解するように言った。

「あのおふくろさんだって苦労続きだよ。息子は嫁さんと子を置いて夜逃げする、嫁さんは仕方なく群馬かどこだかに出稼ぎで、自分が孫を養う羽目になる」

「あんないけすかないばあさん、かわいそうがる必要あるのかい」

「ちょっと待ってくれや」

父の修治の声が、品川屋夫婦の間に割って入った。幸一の聞き込みに協力してくれるつもりらしい。話の整理にかかっている。

「つまり、その小野田涼子って子にとっちゃあ、父親が行方不明になって母親が出稼ぎに出て、祖母と暮らすようになったってことかい」

「ああ、そうだよ」

「いつ頃のことなのかね?」

「霞ヶ丘団地ができる二年前くらいかなあ」

「その祖母の家っていうのは……？」

「たしか、新宿御苑にくっついているあたりだったな。新宿通りの近くだ」

「新宿御苑にくっついていると言うなら大京町じゃねえな。内藤町かな」

——そうだ。

幸一は物陰でうなずく。

それが、大京中学三年五組のクラス名簿にある住所だ。

「ところでおかみさん、今日は店の前でちり紙の特売してるんだけどねえ、どうだい？」

ありがたい。父がおかみさんをガラス戸の向こうに——戸は開いているが——追い払ってくれた。

大将だけになったところで、また聞いてくれる。

「それで、その祖母というのは？」

「死んだよ」

「え？」

「だからさっき言っただろう、もう返してもらうわけにもいかねえって」

「いつのことだい？」

「今年の夏だったなあ。荒木町《あらきちょう》あたりの寺の石段から足を滑らしてまっさかさま。まあ、苦しんだわけじゃないそうだ、あっという間に息の根が止まっただろうって話だよ。おれもあとから店の客に聞いた話だから、それしか知らねえや」

幸一は筋がつながったような気がした。

祖母が死んだのがこの夏。

それまで涼子は祖母と暮らしていたのではないか。そして、ほかの身寄りを頼ることになった。

太郎君に言った「遠くへ行く」とは祖母が死んだことに関係するのだろう。

涼子は今どこにいるのだろう。誰か親戚の家にでも引き取られたのだろうか。母親の出稼ぎ先に行ったわけではない。群馬と東京では、いくら何でも遠すぎる。群馬に引っ越したのなら、最近健太に会えたはずがない。

「あのおふくろさんは律義に借用書書いたんだけどな。息子が夜逃げするような切羽詰まった人間の借金だ、おれも忘れることにしたよ。それに、貸した次の日万馬券当てたからさ。いやあ、人に功徳を施すといい目が見られるって本当だなと思って、お守りにしてるのさ」

幸一が近付いてみると、大将が札入れから紙切れを出して父に見せている。おかみさんのほうはガラス戸の外で、まだ特売中のちり紙の束をあれこれ品定めしている。いくら見比べたって、全部同じ枚数なのに。

幸一は何食わぬ顔で、調剤台の上に置かれた「借用書」をのぞいた。

借用　金一千円也
新宿区内藤町××
小野田キヨ

田代のクラス名簿にあったのと同じ住所だ。

大将は、まだ修治と話している。

「そうそう、だからおれ、涼子ちゃんを見かけたってうちの若いのが言った時も、もうほっといてやれって言ったんだ」

幸一ははっとして話に割り込んだ。

「それ、いつのことですか」

「さて、半年ぐらい前かなあ。そうだ、桜が散ってたっけ」

「じゃあ、春ですね」

「うん。涼子ちゃんでっかくなってたろうなあ」

幸一は体を乗り出す。今年の春。

「どこで見たんですか」

「新宿御苑のあたりから国鉄の高架をくぐって、千駄ヶ谷のほうへ行ったとよ」

新宿御苑から、千駄ヶ谷のほうへ。

新宿御苑と言えば、内藤町だ。

「小野田のおばあさんの住んでいた家は、まだ内藤町にあるんですか」

「さあねえ」

だがその時、品川屋のおかみさんがガラス戸越しに、こちらへ顔を突っ込んだ。大将は本当におかみさんに頭が上がらないらしく、そそくさと腰を上げると先に立って曽根薬局を出ていった。

幸一は思い切って、夫の後に続くおかみさんにささやいた。

「あの……、この間はすみませんでした」

おかみさんは幸一を見ると複雑な顔になった。

「あんた、曽根薬局さんの息子だったんだねえ」

「おれ、小野田涼子のことを知りたいんです。それで、この前、小野田が妙なことをしたって言ってましたよね……」

幸一は思い切って続ける。

「ゆすりにかける、とかなんとか」

一瞬、おかみさんの目が鋭くなった。だがここは曽根薬局、いわば幸一の縄張り内だ。すぐそこには父もいる。それにいくらか遠慮したのか、おかみさんは割合静かな調子でささやいた。

「あたしは別に、嘘を言ったわけじゃないからね。辰治の野郎のおふくろさんが内藤町の小屋に居座っていられたのは、おふくろさんに妙な手蔓《てづる》があったからだよ」

「妙な手蔓……？」

「あのおふくろさん、いい年して、富士興商の社長の愛人やってたのさ。どんな手管《てくだ》使ったのか、家一軒あてがわれてたんだよ。だから倅《せがれ》が雲隠れしても、この界隈に住み続けられたってわけさ」

幸一には、なかなか理解できない話だ。涼子の祖母に当たる人なのだから、もう年寄りだろうに。

「辰治がいなくなった後、あたしはおふくろさんのところに掛け取りに行ったんだよ。掛け取りって、わかるかい？」

「わかります」

「こっちは正当な債権者なんだからね。あのおふくろさんなら、飲み代くらい払えたはずなんだ。社長にお手当をもらってるだろ。なのにそのことをちらりと匂わせたら、横からあの小娘が、あたしを脅しにかかったんだよ。『うちのこと、怪しい筋とつながりがあるなんて言いふらすつもりなら、こっちにも考えがあるからね』とか、こましゃくれた口をきいて」

おかみさんは思い出すうちにまた腹が立ってきたようだ。

「なんだろうね、自分じゃ何にもできないガキがさ。『お嬢さん』なんてちやほやする男たちを後ろに従えてこっちを脅しにかかるなんてさ。あの手下ども、ただ富士興商の社長の威光に従ってただけだっていうのに」

幸一の頭の中で、つながるものがあった。

「小野田涼子のこと、『お嬢さん』って呼んでたのは、そういう奴らなのか……」

寒気がするかのように腕をさすりながら、おかみさんも曽根薬局を出ていった。

借用書がカウンターに置きっぱなしなのに幸一が気付いたのは、しばらく経ってからだ。大将を追いかけて返したら、おかみさんに見咎《とが》められる。

幸一はポケットに突っ込んだ。そのうち返しに行こう。

いよいよ一週間後にオリンピックが迫ってきた。三日の土曜日は国立競技場で開会式の予行演習があり、弟の健太の学校では、高学年が観客役に駆り出されるそうだ。

「今日はいつもより登校が遅くていいんだよ。学校に集まってから、すぐにそろって国立競技場に行くんだ。すごくない？　来週の開会式は、見たがる人が多くて抽選に当たるのは宝くじみたいに大変なんだよ。なのにぼくたちはその競技場の観客席に座れるんだ。先生から、ちゃんと洗濯したての体操服を着てくるように、靴も競技場を汚さないようにきれいなものをって言われてるんだ。靴下だって全員白でそろえるんだよ」

健太は無邪気にはしゃいでいる。

「くだらないなあ、予行演習なんだから服装なんかどうだっていいだろう」

幸一がそうつぶやいたら、母の清美に叱られた。

「予行演習だっておろそかにしちゃいけないよ。このオリンピックが成功するかどうか、みんな気を入れないとね。東京が世界中に恥をさらしちまうかもしれないんだから」

反論するのも面倒で聞き流したまま、幸一は学校へ出かけた。校内もざわついている。運動部の生徒は皆、健太と同じく観客役に駆り出されたそうで、授業が始まっても教室内にはぽつぽつと空席が目立つ。その授業も短縮で二時間だけで、残りの時間は校外でどぶ掃除。学校の周りなんかまで外国人が来るもんか、とつい考えてしまう。馬鹿らしい。

靴下に泥はねが付くし、とにかく暑い。何もかもにうんざりしてしまう。

帰り道、幸一は今年大きなビルに建て替えたばかりの紀伊國屋書店をぶらついてから、新宿通りを東に向かった。

新宿御苑の塀と鬱蒼とした木立が通りの右側に見えてくる。

ふと、制服のポケットの中に、品川屋の大将に見せてもらった小野田キヨの借用書を突っ込んだままなのに気がついた。

なんとなく、幸一はその住所に行ってみた。

だが、そこはまたもやお馴染みの光景が広がっていた。土埃に煙《けぶ》り、真っ平らにならされた空き地。

近付くにつれ、けたたましい音がする。鼻をつくのは敷かれたばかりのアスファルトの匂いだ。掘削機《くっさくき》の音が耳にうるさい。

幸一は、通りかかったおじさんに聞いてみる。

「ここも、工事なんですか」

「ああ、道路拡張だってよ」

掘削機の音に負けないように、二人とも怒鳴り声だ。

「この辺は戦後すぐに建てられた掘立《ほったて》小屋が五軒並んでたんだが、そのうちの四軒の持ち主がずっと行方不明で、用地買収も取り壊しもできなかったんだよ。なんたって民主主義の時代だからな、持ち主がわからない土地をお上だって勝手にできねえや。だが、持ち主は得体のしれない会社で二年も前に倒産してから誰も連絡先を知らないんだと。いよいよオリンピックが始まるっていうのによ。だから、強制執行とかいうやつでお上が取り壊しを決めたんだ。今朝がた、何か出ませんかって昔店子《たなこ》だったとかいうおばさんが聞いていたけどな。たいしたものは何もなかったよ。たいしたものは、な」

おじさんは訳知り顔でにやりと笑う。何かを期待しているように感じられたので、幸一は質問してみた。

「たいしたものじゃないものは、何か出たんですか」

「ああ。骨がな」

「ああ……」

幸一にも、わかった。東京の土地から骨が出てくるくらいでは、誰も驚かない。

「ここにも防空壕とかが、あったんですか？」

「たぶんそうだろうな。崩れかけた穴があって、そこから焦げた骨が出てきたんだよ。この辺が焼けたっていったら、昭和二十年の五月だろうな」

幸一はうなずいた。東京の山の手大空襲の時だ。歴史の時間に習っている。

「それからずっとそこに眠っていたんだろうよ、なんまんだぶ、なんまんだぶ」

「その骨は？」

「空襲の犠牲者の一人くらいじゃ、オリンピックを止めるわけにはいかねえや。近くの愛染院《あいぜんいん》ってお寺の坊さんを呼んで、引き取ってもらったよ。そんなに珍しいことでもないからさ、たいした見物人もいなかったな。さっき言ったおばさんと、あとは学校前に通りすがりの若い者がちらほらいたくらいだ」

風向きが変わったのか、熱いアスファルトの匂いがまた強くなった。ここもすぐに、まっすぐの道路になってしまうのだろう。

幸一は何か見えないかと、急ごしらえらしい柵に近付く。

「おっと兄ちゃん、気をつけな」

おじさんが幸一の腕をつかんで引き戻した瞬間、足が変なものを踏んだ気がした。

「うわっ」

「ああ、やられたな」

おじさんが笑う。幸一はうんざりして足を上げた。靴底から横のあたりまで、青いペンキがべったりとついている。

「さっき、一方通行の道路標識を急いで作った時に、ペンキ缶を倒した奴がいたんだよ。見ないふりして片付けもしないで行っちまったから、この辺、青い足跡だらけだろう」

たしかに、青いペンキが地面のくぼみにたまっていて、そこから放射状に足跡が広がっている。幸一は足元のコンクリートでペンキをこそげたが、全部は落ちそうにない。気に入りの靴なのに。

舌打ちする幸一に、おじさんは親切に言ってくれた。

「帰ったらガソリンで拭いてみな」

まあ、ペンキの始末は後でするしかない。

「それで、出てきた骨はどこにあったんですか」

おじさんはすでに平らにならされた一角を指さした。

「もう更地になっちまったが、あの辺の隅だよ。時の経つのは早いもんだな、あの空襲から二十年か」

「十九年です」

幸一は訂正した。

たしかに珍しい話ではない。ここら一帯も空襲で焼けたし、そのままになっている遺体は今でもかなりの頻度で出てくるのだ。

「ようやく片付いて、今日から急ピッチで埋めているんだ。何しろ来週は……」

「オリンピックですからね」

幸一はうんざりして答えた。

二十年近くも前の死骸など、邪魔者扱いされるのだ。

でも、それで死んだ人は浮かばれるのだろうか。

十九年前。日本は無謀な戦争を連合国に挑んで、完膚《かんぷ》なきまでに叩きのめされた。東京に暮らしていた庶民は、爆撃によって焼かれた。その数は、八万人とも十万人とも言われている。はっきりした人数さえわからないほどの大惨事だったのだ。

今、その連合国からもやってくる人間のために、東京はすっかりきれいにされていく。

——恨んでいないのかな、空襲の犠牲者は。

日が落ちると、夕風はすっかり冷たくなる。

とぼとぼと帰りながら、なんとなく幸一はぞっとした。空襲の犠牲者の霊が、あたりに残っている気がしたのだ。


オリンピック開会式と閉会式の予行演習は無事に終わったようだ。健太が帰ってきたのは幸一より遅かった。隣に太郎君がいる。

「『少年キング』、貸してあげるんだ」

健太が自分の部屋に上がるのを見送り、幸一はたたきに下りて太郎君にささやいた。太郎君は遠慮がちに、曽根薬局の店先に立ったままなのだ。

「小野田涼子が中学の時に住んでいた場所のことだけどさ。家がなくなってたよ」

「あ、もういいです」

「おい、いいのか?」

幸一は意外だった。この間はあんなに熱心に知りたがっていたのに。

太郎君がずっとうつむいているから、幸一もそちらに視線を落とす。と、太郎君のズック靴のつま先にも青いものがついているのが見えた。幸一の靴のペンキがまだ乾いていなかったらしい。

「ごめん、太郎君」

「え?」

「悪いな、靴を汚しちゃって」

「あ、そんなこと……」

太郎君は口の中で何かつぶやきながら、足を引っ込める。

忘れないうちにその辺を確認しておこうと、幸一は思った。店内にペンキでもついていたら、親にどやされる。

とりあえず、太郎君の周りにはペンキが広がっていないのを確かめながら、幸一は話を戻した。

「それで、もう小野田涼子のことはいいのか?」

「うん。ぼく、涼子お姉さんに叱られちゃった」

「え? 小野田涼子に会えたのか?」

幸一は興奮が募るのを感じた。小野田涼子、やはりこのあたりにまだ出没しているのだ。

だが気が付くと、太郎君の顔色はさえない。心配していた、会いたがっていた涼子に、久しぶりに会えたというのに。

「太郎君、嬉しくないのか?」

「ぼく、涼子お姉さんに叱られちゃった」

太郎君はもう一度、さらに小さな声でそう言った。

「お姉さん、別人みたいな顔でぼくを見ても笑ってもくれなくて、どうして付け回すのって……。涼子お姉さんの邪魔しちゃいけないんだってわかったから、もういいんです」

それきり、太郎君は口を開かなくなった。まもなく駆け降りてきた健太も、もう涼子のことなど頭から抜けているようだ。

「すごいんだぜ！　サイボーグ戦士の活躍！　じっくり読んでくれよな！」

渡された「少年キング」をかかえて、太郎君は帰っていった。


十月九日。いよいよ明日はオリンピックが開幕する。沖縄から四地点に分かれて日本中をリレーされてきた聖火も、すべて東京に入っている。

そのうちの一つ、朝、武蔵野《むさしの》市役所を出発した聖火は、新宿通りを通り、ほかの聖火と同じく有楽町《ゆうらくちょう》にある東京都庁へ到着するのだそうだ。

四谷《よつや》消防署近くは人ごみで動くこともできないらしい。

学校帰りの幸一は、混雑を迂回しようと思って、内藤町側の脇道に折れた。そして人のいないところへいないところへと探っていくうちに、小さな寺の門前に出た。

門柱に彫ってある寺の名前を見て、足を止める。

――おや、ここだ。

愛染院。この辺の無縁仏を供養してくれるという、ありがたい寺だ。

先週掘り出された遺骨も引き取ってくれた寺。

あの帰りにちょっと変な気配を感じてしまったせいで柄にもなく信心深くなっていた幸一は、入ってみる気になった。

お寺と神社は、誰でも参詣していいはずだ。

名前も素性もわからないお骨だから、きっと供養されたのはここだろうと見当をつけ、幸一は境内にあった無縁仏の塔に殊勝に頭を下げた。花も線香もないのは勘弁してもらおう。

そして、出てきた時だ。

自動車のエンジンの音が近付いてきた。道路の端に寄ってやり過ごそうとしたら、エンジンの音が止まった。そしてピカピカした黒い車体が目に飛び込んできた。ドアが開く。

降りてきた人影を見て、幸一は棒立ちになった。

「小野田！」

小野田涼子はきょとんとした顔で幸一を見つめ、しばらくしてようやく思い出したようだ。

「曽根幸一君……だっけ?」

「あ、ああ……」

「お久しぶり」

上等な革の匂いが鼻につく。車のシートは本革貼りらしい。

わけもわからないが、幸一はどきどきしてきた。

漆黒の瞳が、幸一をじっと見つめている。視線を落とすと、セーラー服の胸元に、つややかな髪が梳《と》き流されている。三つ編みはもうやめたのか。女の子の胸のあたりを凝視するのもためらわれ、幸一は視線をわずかに上げる。すっきりとしたあごの線、白桃のような肌、整った口元。花びらのような唇は、きっと結ばれている。その唇が開いた。

「どうしてこんなところにいるの？」

答えを思い付かないまま、さらに視線を上げると、咎めるような鋭いまなざしにとらえられてしまった。

涼子は、こんなにきれいだっただろうか。

どうして自分がうろたえているのか、それもわからないまま、幸一は呆けたように突っ立っていた。

「ねえ、どうして？」

問い詰められ、ごまかすこともできずに、幸一は素直に答えた。

「ついこの間内藤町で出た骨が、この寺に引き取られたって聞いたからさ」

涼子の目がすっと細められた。

「なんだって？　今、内藤町から出た骨とか言った？」

幸一はひやりとした。涼子の声音《こわね》が、変わったからだ。今まではよそ行きのお嬢さんみたいな穏やかな声だったのに、まるで刃物を突き付けられたような気がした。

――誰かに似ている。そうだ、品川屋のおかみさんみたいだ。

そんなことをぼんやり考えていると、涼子が一歩、幸一に近付いてきた。

「ほら、言いなよ。なんで？　ずいぶん余計なことを知っているみたいだけど？」

涼子の剣幕に、幸一は気を呑まれて後ずさりする。涼子が乗ってきた自動車はどうなったのか、ちらりと見やると少し離れたところに、従順な獣のようにうずくまっている。運転手がいるはずだが、降りてくることはないようだ。

女の子一人を相手にこわがることは何もないはずなのに、幸一は明らかに気圧《けお》されていた。涼子はじっと幸一の答えを待っている。沈黙に耐えきれずに、幸一は口ごもりながら言った。

「いや、なんでって、あそこにあった小屋が取り壊されて骨が出たって聞いたからさ、持ち主も不明になってたっていう小屋の……」

「変なことにくわしいね」

涼子がさらにじりじりと距離を詰めてくる。

理不尽に追い詰められている気がした幸一は、だんだん腹が立ってきた。だから、つい言ってしまった。

「くわしくちゃ、いけないか？　そうか、お前がおばあさんと住んでいたところだもんな、気になるか」

その瞬間、涼子の様子が変わった。幸一は思わず、もう一歩下がる。

まるで、涼子の全身から激しい炎が噴き出したような気がしたのだ。

「あんた、私のことを探ってる?」

「いや、別に……」

だが、考えてみれば幸一のしていることは探偵活動だ。探っていると言われても反論のしようがない。

「何の権利があって、そんなことしているのよ！」

権利などない。

その通りだ。

「ねえ、言いなさいよ」

「いや、別に。お前に関心があるわけじゃない」

「嘘」

涼子はぴしゃりと言う。

「だったらどうして、こんなところにいるのさ」

迫力に押されながらも、幸一は涼子をさらに観察した。

制服は清潔そうで、ものがよさそうだ。薄っぺらい、大京中学のものとは違う。そして涼子のけわしい目を見ているうちに、むくむくと反感が湧いてきた。

「ただ、小野田涼子の身の上に関心があっただけだよ。父が蒸発、母が出稼ぎ、祖母は死亡。なあ、貧しかった小野田涼子は、どうして進学できたんだ?」

言ってから後悔したが、もう遅い。

涼子のまとう空気は変わらない。幸一は思い当たった。これは、敵意というやつだ。

「ずいぶん下種《げす》なことを聞くね」

下種と言われてかっとする。その時、幸一はもう一つ、思い当たった。ここまで言ったら、全部ぶちまけてやりたくなる。

「下種ついでに言ってやる。大京中学でクラスメートだった、明美って覚えているか?」

「さあ」

涼子の口調は相変わらず冷たい。同じような口調で幸一は続けた。

「お前のこと、『裏切り者』って言ってたぞ」

涼子の表情は動かない。

「なかなか強烈な言葉だけどさ、おれ、意味がわかった気がするよ。明美は今、小さな印刷会社の事務員だってさ。進学できなかったんだ。たぶん、家の事情で。つまりは、金がなくて。明美は小野田のことも、自分と同類だって思ってたんじゃないのか？　なのに、風の噂で小野田がちゃんと進学できたと聞いた。明美にとっては裏切りだよな」

「冗談じゃない」

涼子の目が光る。

「自分で自分の道を切り拓けないような人間に、どうしてかまわなくちゃいけないの！」

そして、初めて涼子は幸一から目をそらした。表情を読まれるのを恐れるように、半身をそむける。涼子の薄い肩を幸一はぼんやりと見ていた。そのうちに、その肩が震えているのに気付く。

まさか、泣いているのだろうか。

一気に幸一の熱が冷めた。

――おれは何をやっているんだ。

「そうか。……そのとおりだよな」

幸一に、涼子をなじるどんな権利があるのか。いや、涼子の事情を穿鑿する権利も、だ。

それなのに出しゃばって、挙句、こんなきれいな子を、泣かせてしまった。

幸一はからからに乾いた口を開いた。何か言わなければ。

だが、涼子は待ってくれなかった。

くるりと背を向けて、幸一から去っていく。少し離れてから、最後の言葉を投げかけてきた。

「もう、私にはかまわないでよね」

そして、つかつかと靴音を響かせて歩き去った。すぐそこに、大きな車が、ドアを開けて待っている。涼子が乗り込み、慇懃《いんぎん》に頭を下げている運転手——がっしりした体の若い男——が静かにドアを閉める。

そのまま、車は発進してしまった。

小野田涼子が泣いていたのかどうか、確かめることもできなかった。

健太のことで礼さえ言わなかったと気付いたのは、家に帰った後だった。


オリンピックが始まった。新聞もテレビも、連日オリンピックのことしか取り上げない。

だが、十八日の朝だけは、さすがにそうもいかなかった。

十月十六日、中国がタクラマカン砂漠で原爆実験を成功させた。

以前の新聞を読み返してみると、国際面には、継続的に小さく関連報道がされていた。十月に入ってからも、どうにか中国の姿勢を翻《ひるがえ》させようと、日本も国連も説得を続けていた。だが、東京オリンピック参加も拒否していた中国は、世界各国の呼びかけも無視して、世界中がオリンピックに注目している最中に原子爆弾を爆発させたのだ。

三日後。新潟県で、放射能雨が観測された。それから、福岡県久留米市で、鹿児島市で、通常ではありえないレベルの強い放射能が観測された。

さらに、東京でもついに通常の百倍もの放射能が観測された。だが、健康に影響はないと片付けられ、続報もなかった。

幸一は世界地図を引っ張り出した。タクラマカン砂漠のロプノールというところで実験は行われたそうだ。広いユーラシア大陸のその部分を見つけてから極東に目を転じると、日本列島はとてもちっぽけに見えた。

この小さな日本列島に、放射性のチリがまき散らされている。

幸一は毎朝、空を見上げるようになった。どこまでも澄んだ秋空のもと、オリンピック選手たちは平和の祭典を繰り広げている。だが、彼らの上にも幸一の上にも、死をもたらす化学物質は静かに降っているのだ。

「マラソンは、スタートからゴールまで、生中継するんだって」

弟の健太がはしゃぐのも、優しい気持ちで聞けるようになった。

考えてみれば、十九年前に広島や長崎に落とされた原爆だって、日本各地に放射性のチリを降らせたことだろう。ロプノールよりずっとずっと近いところなのだから、放射線量だってずっと高かったはずだ。

それでも何も知らずに日本人は生活して、敗戦を迎えて、戦後の復興も成し遂げた。

今回だって、その時と何も変わらない。どうせ、一介の国民にできることなんてないのだ。子どもをこわがらせても何も始まらない。

そんな幸一でも、閉会式には感動した。開会式では国別に分かれて軍隊のように行進した選手たちだが、閉会式には打って変わり、国も種目も関係なく、互いに肩を組み、抱き合って競技場になだれ込んできたのだ。それはたしかに国境を越えた光景だった。

史上最多の参加国だと日本が自慢げに発表しても、参加できない国もたくさんあったけれど。中国も北ベトナムも、参加を拒否した。南アフリカはアパルトヘイト政策を理由に、オリンピック委員会から拒否された。北朝鮮とインドネシアは日本に一度入国したものの、開会式直前に選手団を引き上げた。

そんなことは何も知らないかのように日本人は選手をたたえ、オリンピック成功を喜んでいた。

オリンピックが終わると、東京も日本も気の抜けたような空虚さに襲われた。空気は日ごとに冷たくなり、それに比例するかのように、じわじわと不景気がしのびよってくる。

オリンピックに間に合わせることを至上命令として進められた道路工事は、ぱたりと止まった。あるところまでアスファルトが敷かれ、あるところで未舗装のまま取り残された道路は、そのまま乾いた埃をまき散らした。ボーナスの少なさを愚痴るサラリーマンたちは安酒に酔うと、また所かまわず道端で立小便をし、反吐《へど》を吐くようになった。うわべだけの行儀の良さをかなぐり捨てた悪ガキのように。

二学期の終業式の前日、健太が学校から文集を持って帰ってきた。『オリンピック記念文集』と表紙にある、活版刷りの立派なものだった。

「学校全員がオリンピックの思い出を書いたんだ。だって、ぼくたちは国立競技場に一番近い小学校の児童なんだから」

健太はそう言って、自慢げに自分の作文のページを開いて家族に見せびらかした。両親が喜んで読んだ後で、幸一も目を通してみる。

健太は国語が苦手だから、はっきり言って面白くはない。もっともそれは、クラスの大半に言えることだ。

だが、文集を閉じようとした時、健太の下の子の作文のある一節が、幸一の目を引いた。

——整列した時、ぼくの隣の高橋君の靴が青く汚れていたので、ぼくの靴にもつかないか心配でした。

オリンピックの思い出を書くはずが友だちの靴の汚れに注目してしまうとは、だいぶピントがずれている。だが、小学生の作文なんて、こんなものだろう。

それはともかく、青い汚れという言葉が、一気に幸一の推理を加速させた。

あの予行演習の日の夕方、妙にしおれて「少年キング」を借りに来た高橋太郎君。幸一の靴についた青いペンキを彼の靴にもつけてしまったのかと恐縮したが、この作文によれば、あの日登校した時にはすでに太郎君の靴も汚れていたことになる。とすれば、太郎君の靴の汚れは幸一のせいではない。その前についていたのだ。

太郎君は一人っ子だ。モダンな団地に住んで、両親は共稼ぎ。オリンピックの競技場に息子が入る、生涯一度きりかもしれないという晴れの日に、まだべたべたする汚れのついた靴なんて履かせるはずがない。朝、家を出る時には真新しい靴が、学校で整列した時には青く汚れていた。その汚れはいつ、どこでついたのだ？

――太郎君は涼子お姉さんに叱られたと言っていた……。

東京のいたるところで工事中とはいえ、青い汚れがつくところで太郎君が登校中に行けるところは限られている。

太郎君は、学校に行く前に、幸一が行ったあの場所で、小野田涼子に会ったのではないか？

内藤町の、五軒長屋の取り壊し現場だ。太郎君はあの場所を知っている。幸一が、涼子が去年まで住んでいた場所として、太郎君に住所を教えてやったのだから。

そしてあの場所で涼子に会ったのではないか？

――学校前に通りすがりの若い者がちらほら……。

その若い者とは何人かいたらしい。きっとその中に涼子と太郎君がいたのだ。

では、涼子はあの朝、自分がかつて住んでいた、そしていよいよ取り壊されることになったあの場所で、何をしていたのだ？


幸一は一晩考えた挙句、終業式が終わるのを待ちかねて、例の推理小説研究会の先輩を探しに行った。

先輩は部室で、傷だらけの机の上に新聞の切り抜きを広げて作業中だった。

「東京でオリンピックなんて、これが最初で最後だろうからな。記念に、作家たちが何を書いていたか残してやろうと思うんだ。これなんか、すごいぜ。『めでたさの祭り』だとよ。こういう輩《やから》が二十年前には戦争万歳を叫んでいたんだろうな。『頽廃《たいはい》はかげりだに無し』、か。けっ、頽廃なくして文学が存在できるもんか。こっちのも傑作だな、『古代ギリシャの若者を刻んだ像という像が、世界各地のミュウゼアムの中で爪立ち、背のびし』て、東京の開会式を見ているってさ。この作家、こんな文章が後世に伝えられてもいいのかね」

「あの、先輩、聞いてもらいたいことが……」

「まああましなのは、獅子文六《ししぶんろく》くらいだな。東京オリンピックは『貧乏人が帝国ホテルで、結婚式をあげたようなものだが、ともかく無事にすみ、関係者のみなさんに、お役目ご苦労さまと、本気で、ごあいさつ申しあげる気になった。』これだよ、これ。文学者は常にシニカルでなくちゃあ」

そこでようやく先輩は顔を上げた。

「それで、何の用だっけ?」

幸一は先輩の向かい側に腰を下ろした。

「この前、中学の同級生のことで先輩に相談しましたよね? そのあとどうにも引っかかることがあって、色々調べたんです」

それから幸一は、先輩に自分の疑念をぶちまけ始めた。

「おいおい、終業式の日、それもクリスマスイブの日に、ずいぶん殺伐とした話題だな」

先輩はあきれながらも幸一の話に付き合ってくれる。自分の調べたことをすっかり話した後で、幸一は尋ねてみた。

「おれ、変なこと考えてるんですかね? でも、小野田涼子は、やっぱり行動が怪しいんですよ。おれ、最初は見かけの怪しさだけを追っていた。自分の家が内藤町とか近いくせに、霞ケ丘のモダンな団地に入り浸っていたこと。自分の周りに『お嬢さん』なんて持ち上げてくれる変な男たちを侍《はべ》らせて。黒塗りの車って金持ちの象徴かもしれないけど、その金をどんな手段で稼いだかなんてわかりませんよね。太郎君を追い払った連れも、同じ奴だと思います。小野田はそのくせ、自分を好いてくれる団地の子を利用したりしている。最初は単に、団地が快適だからだとおれは思いました。でも今は、もっと深い理由があったんじゃないかって考えてるんです」

「深い理由？」

「それを話すには、まず、小野田涼子の父親のことから始めます。霞ヶ丘団地ができる前に蒸発したと言われる父親です」

「『と言われる』、か」

先輩の反応に、幸一は勇気づけられた。

「さすがです、先輩。そう、小野田涼子の父親の辰治は蒸発したことになっている。博打に手を染めて、知り合いも破産させて、自分も首が回らなくなったと。でも、蒸発じゃないんじゃないか」

そこで幸一はずばりと言った。

「もう、死んでいるんじゃないか」

「それはいつのことだ？」

「だから、蒸発したと言われている時ですよ。一九五七年の夏。その死を、みんなが隠したんじゃないか」

「みんなって、誰だよ」

「小野田涼子の家族ですよ」

「めったなことを言うなよ。小説とは違うんだぞ。まず、死体はどうした」

「埋めたんです。内藤町の、小野田涼子の祖母のキヨが住んでいた家に。それが今回掘り出されたんですよ、きっと。涼子とキヨは辰治がいなくなっても住み続けていたが、とうとうオリンピックのために取り壊されることになった。だから涼子は心配で、取り壊されたあと——十月三日——に現場を見に行った。たしかに、骨は見つかった。でも、空襲の犠牲者だということで処理された。それを見届けて、涼子は安心して立ち去った。そこを高橋太郎という小学生に見られたが、太郎も涼子がそこにいる真の目的には気付かなかった」

「真の目的って、なんだよ」

「辰治の死因が見破られないか、確かめるということですよ」

幸一の口調が、興奮のために早くなる。

「そもそも、家族が死んで、その死体を人知れず埋めるなんて、死に方に後ろ暗いところがあるからに決まっているでしょう？　誰かが辰治を殺したとすれば……」

酒飲みで博打打ちで、厄介者の男。

「……殺したのは辰治の家族というわけか」

「そうです。それから、その死体を埋めた場所に涼子たちは住み続けたんです。いよいよ取り壊されるまで。そう考えると、涼子が太郎君の住んでいる団地を利用した本当の理由がわかるんです」

「どういうことだ？」

「家が遠いから休ませて、なんていうのは嘘っぱちですよ。涼子は内藤町あたりの工事がどうなっているか気がかりだった。でも、工事現場は仕切られて一般人にはよくわからない。それになにしろ、工事範囲も広すぎる。全体を見通すには、高いところから見下ろすに限る。だから小野田涼子は工事の進行状態を観察できる場所を確保した」

そして、幸一は一息ついてから言った。

「霞ヶ丘団地の四階。太郎君の家です。一般人が立ち入れる高い建物なんて、あの一帯にあの団地しかない。太郎君の家の窓からは、新宿一帯がよく見下ろせたはずなんです」

そうだ、だから小野田涼子は太郎君に接触したのだ。きっと、太郎君と同じような条件の家ならどこでもよかったのだろう。たまたま不良に絡まれた太郎君に巡り会えたのを、幸運だと喜んだのだろう。健太が二回も出くわしたあと、同じ場所に張り込んでも太郎君が会えなかったのは、涼子のほうで警戒して足を向けなくなったからだと考えれば、筋が通る。

「……一応、論理は破綻していないな」

先輩はじっくり考えた後で、そうつぶやいた。

「だが、すべて机上《きじょう》の空論だ」

幸一はがっくりとした。たしかにそうだ。証拠は何一つない。十月三日に掘り出されたのが本当に辰治の遺体だとしても、すでに問題なしと処理されて愛染院の無縁塚に葬られている。

先輩は続ける。

「そうだ、それに、幸一の推理にはいくつか弱点があるぞ」

「どんな?」

「まず気になるのは、先週内藤町で発見された骨が、空襲の犠牲者と判断されたという点だ。だったら、怪しまれるようなものは骨と一緒に出てこなかったことになるよな。戦後の洋服とか貨幣とか煙草とかが発見されたら、一発で犯罪だとばれる」

「そうですよね。だから死体は身ぐるみ剝がされて何も持たない裸の状態で埋められたんだと思います。辰治の母親の家の床下に埋めるんだから、そういう細工はいくらでも可能だったでしょう」

「だが、それなら骨はきれいだったはずだぞ」

「え？」

「幸一が話を聞いた発見時の目撃者は、『焦げた骨』と言ったんだろう？　たしかに、空襲の犠牲者なら骨もきれいなはずはないよな、焼けていて当然だ。だが、戦後に埋められた死体が骨になったたっていうなら、きっときれいなはずだ。少なくとも黒焦げではない。一九五七年に辰治が殺されて埋められて、その骨が黒焦げになるためには、辰治は焼殺されたことになる。だが、五軒長屋なんて人がごちゃごちゃ住んでいるところで人ひとり焼き殺すのか？　目立ってしょうがないぞ」

「あ、そうですね……」

幸一は痛いところを突かれた思いだった。

「だとしたら……」

幸一は声に出してさらに考えてみる。

「死体を埋めたあと、一度掘り出したとしたらどうでしょう。時間が経って、骨になった頃に。そして適当に焼け焦げを作る。そうすれば、ばれずにすむんじゃないですか」

「たしかに可能だな。だが、相当な知恵と体力と精神力が必要だと思うぞ」

「はい」

「老人や子どもにできることじゃない」

「はい」

そこで先輩は座り直した。

「幸一の推理がすべて事実だとしたら、気になる人物が一人いるな」

幸一はうなずいた。

「はい。涼子の母親、辰治の妻ですね」

そんな幸一を、先輩はつくづくと眺めて言った。

「それにしてもだ、曽根幸一はどうして立証もできないような、机上の空論に夢中になっているんだ?」

「え?」

幸一はどぎまぎする。

「おれの見るところでは、幸一の執着には純粋に推理を楽しむ以外の邪念が入っている気がするぞ」

幸一は何も言えずに先輩を見返す。

先輩はにやりと笑った。

「なあ幸一、その美少女が気になって仕方ないんじゃないか?」

# 第三章　美代

二十年近くも来ることのなかった東京は、まったく別の世界になっていた。

上原美代《うえはらみよ》が列車を降りた上野《うえの》駅は大幅に拡張され、記憶が全く頼りにならない。なにしろ美代がこの前上野に来たのは終戦の年の十二月、旦那様の龍一郎《りゅういちろう》様にせめてお歳暮のご挨拶にと出向いてきた時だ。すすけて痩せこけた顔に殺気立った目を光らせた男たちばかりの電車を乗り継ぎ、粟餅《あわもち》と芋を詰め込んだリュックを人にぶつけて怒られながら、ようやく駅構内を通り過ぎたことしか覚えていない。数えてみればあれから十九年。変わって当たり前だ。

美代は何度も駅員に聞きながら、ようやく正しい国鉄駅のホームにたどり着くことができた。目指すのは、船橋《ふなばし》にある甥《おい》の治郎《じろう》のアパートだ。治郎は今年三十歳になる。年の離れた兄夫婦の一人息子という関係だが、戦争でほかの身寄りをすべてなくした美代と治郎は、一時期肩を寄せ合い、親子のように暮らしていた。だから、普通の叔母と甥というよりずっと気心は知れている。赤城《あかぎ》山の見える町はずれで美代と暮らしていた治郎は、高校を卒業すると東京の機械工業の会社に就職するために上京していたが、順子《じゅんこ》という女性と職場結婚をしたのが今年の初めだった。そしてすぐに子どもに恵まれた。ハネムーンベビーというのだそうだ。

今回、治郎夫婦に呼ばれたのはオリンピックを見物しないかという名目だが、本音では十一月に控えている順子さんの出産に手助けが欲しいのだろうと、美代はにらんでいる。治郎は両親を空襲で亡くしたし、嫁の順子さんのお母さんもすでにこの世の人ではないから。

久しぶりの東京行きと思うと、胸が躍った。仕立物を発注してくれる洋裁店のおかみさんは、美代がしばらく東京で暮らすと言ったら、大げさに心配してくれた。

「まあ、東京なんておっかなくないかい？　悪い人ばかりで、私らみたいな田舎者が行ったら身ぐるみ剝がされないかい？」

「そんなことないですよ」

美代は笑って答えた。

「そうだったか。美代さんは江戸っ子だもんねえ。私らとは生まれが違うんだったわ」

「そんなたいそうなものじゃないですよ」

美代は笑って受け流したが、内心ちょっと得意だった。美代は神田《かんだ》の下町の生まれで山の手のお屋敷で女中奉公をしていた。敗戦の年に縁あって赤城へ移り、そのまま東京に帰ることもできずに、今は洋裁の腕を活かしてほそぼそと一人暮らしをしている身だ。

あのまま東京で暮らしていたら、どうなっていたのだろう。

美代が奉公していたのは久我《くが》様という、千駄ヶ谷のお屋敷だ。女中というのは高等小学校を出たくらいの年齢で勤めを始め、家事全般を叩き込まれ、年頃になったら適当な相手を紹介してもらって結婚する。そういうものだったはずだ。

だが、あの戦争がすべてをぶちこわした。

昭和二年生まれの美代は十四歳で開戦を迎えた。久我家に上がって二年目の冬だった。ご当主の龍一郎様が難しい顔で開戦を告げるラジオに聞き入っていたことをはっきりと覚えている。

美代にふさわしい年頃の若者は、みんな戦争に取られていった。お屋敷からも男手が消えて、龍一郎様の指揮のもと、美代は防空壕を掘ったり町会の避難訓練に出て行ったり、戦局が悪化してからはお庭の芝生を掘り返してサツマイモやカボチャの畑を作ったりした。

窮乏生活になっても、お国のためだと、旦那様も大奥様も泣き言を言わなかった。一人息子の勝彦《かつひこ》様が応召されて消息が不明になっても、戦地への出発間際に結婚された若奥様や、その赤ちゃんが命を落とされても。

——我が家だけの悲運ではない。日本全体が耐えねばいけないのだ。

龍一郎様はそうおっしゃった。勝彦様は一人息子で、お二人の掌中《しょうちゅう》の珠《たま》だったのに。

——美代、この家を頼む。父と母と、妻を。

戦地へ出発する前夜、勝彦様は美代風情《ふぜい》に頭を下げてそう頼まれた。学徒動員の後、内地で訓練を受けている合間を縫ってばたばたと結婚されていたが、若奥様はかわいらしいお人形さんのような方で、お屋敷の家事一切は美代にゆだねられていたのだ。

美代も、何があってもお屋敷と運命を共にするつもりでいた。勝彦様の出征後に若奥様の妊娠がわかっても、その決心は鈍るどころか、強くなる一方だった。日本が勝って勝彦様が無事にお戻りになり、「美代、よくやってくれた」とねぎらいの言葉を下さるまでは、石にかじりついてでも久我屋敷を守るのだと。

一九四四年の秋、勝彦様の若奥様は早産で女の子を産み落とされたものの、産後の肥立《ひだ》ちが悪く、そのまま息を引き取られた。残された赤子のお嬢様を皆で必死に育てようとしたけれど、お乳もなく、粉ミルクも足りずに、一週間と経たずに逝《ゆ》かれてしまった。あの時の旦那様と大奥様のお嘆きは、見るのもつらかった。

——勝彦に、合わせる顔がない。

それは美代も同じだった。戦地からお帰りになって、勝彦様がどんなに落胆されることか。でも、まだ美代にはしなければならないことがある。旦那様と大奥様をお守りすること。勝彦様から託された、美代の使命だ。

だが、時局はどんどん悪くなった。

終戦の年の三月の大空襲で、治郎の両親——美代の兄夫婦と幼いその娘が一瞬で命を奪われたのも、美代にはつらかった。

助かったのは、学童疎開をして赤城のお寺にいた治郎だけ。

三月十一日、美代は兄夫婦の住んでいたあたりを歩き回ったが、何も残っていなかった。ようやく生き残った近所の人に巡り会えたのは五日も後で、兄一家はすでに埋められていた。

——あんた、見なくてよかったよ。むごい有様で、見たところで顔もわからなかっただろうよ。

ゆっくり悲しむ暇もなかった。お屋敷に戻っても乏しい食料をかき集めるだけで日が暮れるし、空襲警報もどんどん頻繁になっていった。あげくに、五月の山の手空襲ではお屋敷も焼け、かろうじて残った離れの一角に、龍一郎様ご夫妻とどこにも行き場のない美代のような使用人たちだけが身を寄せ合うようにして住まうようになった。

それでも、美代はお屋敷を離れるつもりはなかった。赤城にいる治郎のことも気がかりだったが、すでに会いに行くのもままならない交通事情だったし、それに東京よりよっぽど安全な土地だ。赤城の寺にいる限り、とにかく治郎の命だけは無事なはずだ。

それより美代には、勝彦様に頼まれたことがあるのだから。このままお屋敷を捨ててしまったら、復員してきた勝彦様に合わせる顔がないではないか。

やがて暑い夏が来て、そして八月十五日を迎えた。

勝彦様は帰ってこなかった。

こうなっては、治郎を疎開先に任せておけない。甥を育てるのが自分の務めだ。

こうして美代は泣く泣く旦那様夫婦にお暇《いとま》を告げ、赤城に向かった。東京に帰れないでいる疎開児童たちのお寺に住み込み、子どもたちの世話をしながら、生きていく手段を探した。やがてあらかたの子どもたちの身の振り方が決まった頃には、美代も生きるための次の手立てを見つけられていた。

お屋敷で女中頭《がしら》に洋裁を習っていたのを活かし、安く譲り受けた古いミシンを使って洋裁を始めたのだ。これでどうにか治郎と二人、食べていける。

——あのまま、久我様にご奉公を続けていたら。

これまでに何度も、そう思った。

敗戦のあと、勝彦様の死亡通知だけが届いたそうだ。グアムで戦死されたと。遺品一つなく、もちろんお骨《こつ》もなく。その訃報と戦後の窮乏生活に耐えられなかった大奥様が亡くなったと知らされても、治郎を育て上げなければいけない美代は、一度伺うくらいのことしかできなかった。

そうやって、時間ばかりが過ぎた。

勝彦様はとうとうお戻りになることはなかった。戦死の報などあてにならない、実は復員できた人もずいぶんいると、わずかに望みをつないでいたけれど、それもかなうことはなかったのだ。赤城の暮らしは平穏だけど、何も起こらない。小さなアパートで一日中ミシンを踏み続けて終わる。

それでも日本が復興してきたのは感じられた。最初の何年か、美代のところに持ち込まれるのは古い和服をほどいて夫の背広や子供の学生服にしてほしいとか、母親の着物を娘のワンピースに仕立ててほしいとかの再利用のものばかりだった。中には母親の帯で息子のランドセルを作ってほしいなどという人さえいた。その後サンフランシスコ条約が結ばれて進駐軍がいなくなった頃から、少しずつ、まっさらの布地が持ち込まれるようになった。

ああ、時代がよくなった、とはっきり美代が感じたのは治郎の成人式を祝ったあとだ。昭和三十一年。イギリス製の上等なツイード生地を持ってきたのはあたりで一番金持ちと評判の家の奥さんとお嬢さんで、婦人用のスーツを作ってほしいという注文だった。

「お仕事着ですか」

美代が聞いたら、奥さんはとんでもないと言わんばかりに手を振り、お嬢さんは顔を赤らめた。

「この子を職業婦人なんかにさせるもんですか。これはね、この子のハネムーン用ですよ。熱海は遠くてお金がかかるって先方が渋るんでねえ、行先は草津ですけど」

「ハネムーン？」

「新婚旅行のことですよ」

美代はまぶしい思いでお嬢さんの晴れやかな顔を見つめた。若いけれど、二十九歳の美代と十歳も違わないだろう。

もはや戦後ではない。

政府にそう言われても実感はなかったのに、この時はっきりわかった。若い男が戦争に取られ、娘たちが黒く染めた簡単服にモンペを穿いて慣れない畑を耕したり軍需工場で働いたりした時代は、遠く過ぎ去ったのだ。

朝から晩までミシンに向きあって自分と治郎の食い扶持《ぶち》を稼いでいるうちに、美代は年を取ったのだ。

上質のツイードは襟なしの上着とタイトスカートに仕立てられ、大層喜ばれた。気前よくもらえた余り切れで美代は自分のハンドバッグをこしらえて、今も愛用している。

あのお嬢さんも今頃はいいお母さんになっていることだろう。

美代の青春はすすぼけて終わったけれど。

それでも、恨む気持ちはなかった。誰を恨めばいいのか。爆弾を落としたアメリカ兵か、美代をいじめた町内会長か配給米もよこさなかった因業《いんごう》な米屋か、それとも極東国際軍事裁判にかけられ処刑された東条英機《とうじようひでき》首相か。恨む相手が多すぎて大きすぎて、美代なんかにはぴんとこない。

もっと頭のよい、学のある人だったら、誰を責めればいいかわかったのだろうか。

たとえば、勝彦様とか。

勝彦様は慶應義塾大学法科の三年生だった。学業を続けるために博士課程に進むか法律家になられるか、旦那様とそんなことを話し合っていらっしゃった。旦那様が創設した志学女子学園の理事に加わるのはまだ早いと。

――勝彦はもっと経験を積まんことには教育家にはなれん。

旦那様はそうおっしゃっていたから。でも、とにかく前途洋々とした若者だったのだ。

そうした夢は、昭和十八年に絶たれていた。戦局が悪化し、文科の学生は卒業を早めて戦地に駆り出されることになった。勝彦様も。

政界につながりのある龍一郎様は、勝彦様の召集を遅らせる手立てをお持ちだったのかもしれない。いつも龍一郎様に従順だった大奥様が、この時ばかりは泣いて懇願していたのを美代は扉越しに聞いたことがある。でも龍一郎様はそれを潔《いさぎよ》しとしなかった。

――すべての若者と同様、勝彦もお国のために身を捧げるべきなのだ。

それからばたばたと勝彦様は結婚され、そして戦地へ赴かれた。

昭和十八年十月に行われた出陣学徒壮行会に、美代は龍一郎様とともに――大奥様は体を壊されて枕から頭を上げられない状態だったので――臨んだ。神宮競技場の広いトラックを行進する二万五千人もの文科大学生の中から、勝彦様の姿を見つけることはできなかったけれど。冷たい雨の中、学徒の皆さんは本当に立派で、見つめる美代は涙を止めることができなかった……。

ぼんやりと回想にふけっているうちに、美代を乗せた電車は船橋駅に滑り込んだ。

治郎のお嫁さんの順子さんはいい人だ。だが、あまり気が回らない。台所のほか六畳と四畳半の二間だけの団地は、美代の住まいと広さは変わらない。新築同様なことだけが取り柄と言っていい。

「おばさんはそう言うけどさ、ここに入れたのだってすごく運がいいんだぜ。最初に募集があった時の抽選には外れたんだ。でも、ぼくらの前にここに住んでいた人が急に引っ越したらしくて、その追加の募集の時にやっと当たったんだ」

「ほんと、運がよかったのよねえ。私もう七か月になってたんで、引っ越しは本当に大変だったけど。暑い時期だったし」

「うん、順子はよく頑張ったよ」

美代は無言でそんな二人のやりとりを聞いていた。狭い室内には、まだ紐《ひも》で縛った行李《こうり》やみかん箱が残っている始末だ。

たしかに、大きなおなかを抱えての引っ越しは大変だっただろう。だが、すでに二か月も経っているのに、荷解《にほど》きさえすんでいないというのは、主婦の怠慢ではないのか。

今日は遅出にしてもらった、美代おばさんを迎えるのだから、という治郎を仕事に送り出してから、順子さんはじっくりと新聞を読んだり、洗濯物を干しにベランダに出たはいいものの、そのままお隣の奥さんとベランダ越しにおしゃべりを始めたり、とにかくのんびりやなのだ。

「おばさんは、こっちの四畳半の部屋を好きなように使ってくださいな」

二つある部屋のうちの一室が美代にあてがわれたのはいいものの、そこにもまだ段ボール箱が積み上がっている始末だ。美代はじっとしていられずに、くるくると働いた。こんな部屋では落ち着けない。

その日のうちに四畳半に押し込められていたすべての段ボール箱は片付いた。

治郎は帰りが遅くなるというので、美代は順子さんと向かい合って夕食をいただく。おかずは明らかに出来合いとわかるコロッケだけ。そして炊飯器で炊いた御飯。それでも美代は文句を言わずに箸を取った。自分はいいが、順子さんのおなかの赤ちゃんは、こんな食事で大丈夫なのだろうか。

食後、テーブルに載った食器をそのままに、順子さんは月賦《げっぷ》で買ったというテレビに見入っている。美代はじりじりしてきた。テーブルから流しまではほんの数歩だ。二人分の茶碗と皿を流しに運んで洗うのに、何ほどの手間もかからないだろうに。

その時、玄関のブザーが鳴った。

「はあい」

順子さんは明るい声で立ち上がる。まだ身動きは大儀ではないらしい。

玄関先で順子さんが何やら押し問答をしているのをいいことに、美代は食器を片付けた。

「あら、おばさん、すみません」

「いいのよ。食卓が散らかっていると落ち着かないでしょう」

「そうですか？　私は平気ですけど」

私は平気ではないの、そう言い返したいのはぐっとこらえる。順子さんはお茶の支度をしながら不平をこぼし始めた。

「もう、いやになっちゃう。ここに前に住んでいた人に、いまだに郵便が届くんですよ。こういうの、私たちが受け取るわけにもいかないでしょう？　どうしたらいいんでしょうね」

「郵便局に言えばいいんじゃないかしら」

「やっぱり、そうですか？　でもなんで、私たちがわざわざそんなことしなきゃいけないのかしら。こっちが悪いわけでもないのに」

美代はそれどころではなかった。流しが曇っているのが気になる。流しを磨くのに、食器を洗うスポンジを使うわけにはいかない。何を使って掃除したらいいのだろう……。

「あの、おばさん、ちょっとお隣へ行ってきますね」

美代がやきもきしているうちに、順子さんは玄関で靴を履いている。いったい何の用なのか、なかなか帰ってこない。

美代はその隙に流しの下からたわしを見つけ、それでステンレスをごしごしとこすり始めた。いくら探してもクレンザーの類《たぐい》がないから落ちが悪い。

明日、掃除道具を色々買ってこなければ。


小さな家の取り柄は、片付けるのも早いところだろう。散らかっているように見えて、ちょっと新聞だの雑誌だの治郎の脱ぎ捨てた上着だのをちゃんと元の場所に戻してやれば、見違えるようにすっきりするのに。

「おばさん、本当に働き者なんですねえ」

「順子さん、褒めてくれるのはありがたいけどあなたも少しは動いたほうがいいんじゃない？あまりじっとしているとお産も重くなるわよ」

「だって治郎さんが、おなかの子に障るから大事にしろってうるさいんですもの」

そう、一つだけ不満があるとすれば、治郎が順子さんに甘いことだ。治郎は働きのいい男であるばかりでなく、身の回りのことも何でもできる。美代がそうしつけたからだ。二人だけの暮らしだったから、納期が迫ってミシンから美代が離れられない時には、治郎が簡単な夕食を作ったりもした。皿洗いや洗濯も慣れたものだ。

そのおかげか、今も、美代が順子さんに何かを注意すると順子さんより先に治郎が動いてしまう。なかなかうまくいかない。もっと家計にも注意したほうがいいのに。洗濯は朝早いうちに。家事は段取りをつけて……。美代はいくらでも言いたいことが出てきてしまう。

やがて、治郎夫婦が使っている六畳の部屋はますます狭くなった。柵付きの小さな寝台がデパートから届いたのだ。ベビーベッドというそうだが、値段を聞いて美代は仰天した。五千円もするのだという。治郎の月給の三分の一近くだ。高いお金を出してまでこんな立派なものを買わなくても、と美代は思う。赤ちゃんは母親と一緒の布団に寝かせれば十分ではないのか。勝彦様の若奥様でさえ、赤ちゃんのためのベッドなど用意されなかったではないか。

「あら、おばさん、今はこれが普通ですのよ」

順子さんは美代の小言など気にも留めない。

本当に、これで立派な子が育つのだろうか。


三日目、家の中もすっかり片付いてしまうと、美代はすることがなくなった。順子さんは産科の検診に出かけている。何か手仕事でもないかと順子さんたちが使っている六畳の部屋に行き、簞笥をそっと開けてみたが、何も見当たらない。押入に入っている安手の衣装ケースも、既製品のベビー服やおくるみが入っているだけだ。がっかりして元のように押し戻そうとすると、何か変な手ごたえを感じる。衣装ケースごと外に出してみると、何かまだ押入の奥にあるのが見えた。

美代は体を突っ込んでみた。

手が触れたのは、紐でくくられた何かの本の束だった。引っ張り出すと、本ではなく、大学ノートだということがわかった。ノートの表紙は古びていて、『古典演習』と書いてある。治郎が学生の時に使っていたものだろうかと思ってから、違う、と気付く。

治郎の学生時代のものなら、処分されたか、まだ赤城の家に残っているか、どちらかのはずだ。それでは順子さんのものかと思っても、たとえばカレンダーに書き込んである順子さんの字とは筆跡が違うようだ。

「ああ、それ、私たちが引っ越してきた時から押入にあったんですよ。すっかり忘れてたわ」

かなり経ってからようやく帰ってきた順子さんはそう言った。美代はあきれてしまう。

「そういうものはさっさと前の人のところに送るか、処分すればいいじゃないの」

「そう思ったんですけどねえ。前の人の住所なんか知らないし、人のものを勝手に捨てるのもいやだし」

美代はさらにあきれたが、たしかにどうすることもできない。結局、元の通りに押入に突っ込んだ。

「ああ、疲れた。でも、この団地の入り口で迷子になっているおじいさんがいたんですよ。所番地を書いた紙は持っているんですけどね、それがあきれたことに、うちの住所なの。おじいさん、ここには別の人が住んでいるんだから何かの間違いよ、って言ったんですけど。ご近所さんに相談しても埒《らち》が明かなくて。じゃあ、自治会長さんのところはどうですかって私言ってみたんですけど、会長さん昼間はお留守なんですって。結局、そのおじいさんの家族の人に細田《ほそだ》さんが連絡してくれて、引き取りに来るからってところまで見届けて、帰ってきたんです」

細田さんというのはお隣の住人だ。美代も、この人だけは知っている。順子さんが親しくしているからだ。

それにしても、順子さんのお節介ぶりにはあきれてしまう。

「順子さん、そんなところまで付き合ってあげなくてもいいのに」

今日は夏みたいに暑いのに、大きなおなかで。

「だって、気の毒じゃないですか」

そう、順子さんは悪い人ではないのだ。だが、美代はこうしておしゃべりに時間をつぶすのは性に合わない。

だから順子さんの長話に付き合うのは早々に、美代は外出することにした。赤ちゃんの支度に足りないものが色々あるのに気付いたのだ。新宿に行けば、大体のものは手に入る。三越や伊勢丹で買うのは身分不相応だが、見て回るだけで楽しい。それから美代はオカダヤで毛糸や一反分《いったん》の晒《さら》し木綿を買い、中村屋の栗饅頭を化粧箱に詰めてもらってから都電に乗った。車輌は新しくなり、左右の風景も見違えるようだが、路線そのものは変わっていない。

少し遠いけれど四谷三丁目で降りて、信濃町の方向に歩き出す。四谷のあたりはくわしい。四谷小学校の裏手に小さな商店街があって、美代はよく買い物に行き来していたから。

ここから十五分も歩けば、千駄ヶ谷の久我様のお屋敷に行けるのだ。建物はあらかた焼けてしまったけれど、戦後も同じ場所にお住まいを建て直したと、龍一郎様が何年か前の年賀状で知らせてくださっている。

新宿通りへ出た時、ふと空を見上げた美代は仰天した。青空に、一本の白い線が引かれている。

「まあ、たまげた」

思わず独り言が出てしまった。誰が、どうやったら空に線を引くことができるというのか。よくよく目を凝らすうちに、どうやら空を行く飛行機の後から、細く長い雲が引かれているのだと見えた。

飛行機というのは、あんな芸当もできるのか。東京はとんでもなく文明の進んだ地になってしまったらしい。

だが、ぽかんと空を見上げているのは美代ばかりだ。スマートな服を着た勤め人や奥様方は、さっさと横断歩道を渡っていく。美代もあわてて後に続いた。

歩き出すとすぐに、懐かしさで鼓動が速くなった。見慣れた建物はほとんど残っていないが、道は変わらない。

だが、お屋敷に近付くにつれて、美代は別の意味で息が苦しくなってきた。

目の前に迫ってくる、この建物は何だろう。美代のよく知っている神宮競技場はどこにも見えず、代わりに、もっと大きな、すり鉢のような形のものがそびえているのだ。こんなすり鉢が使えるのはおとぎ話に出てくる巨人しかいないだろうが。

ここは、美代の知っている千駄ヶ谷ではない。

「あれは新しい国立競技場だ」

龍一郎様はすっかりお痩せになっていた。でも、鋭い眼光と、そしてお声は変わらない。

「東京オリンピックを招致するために前の競技場は取り壊し、そのあとに政府が建設したと聞いている」

「そうでございますか……」

それ以上の感想を美代は控えた。

龍一郎様も口にされたくないようだ。

「そうだ、美代に引き合わせておきたい者がいる」

龍一郎様が書き物机の上の呼び鈴を鳴らすと、順子さんと同じくらいの年頃の女が顔を出した。女中だろう。

「シマ、涼子は学校から帰っているな」

「はい」

「呼んでくれ」

シマさんはきちんとお辞儀をして下がった。さすが、久我家にお仕えする人間は今でもちゃんとしている。順子さんとは大違いだ。

シマさんが出ていくのを見送ってから、龍一郎様は向き直った。

「実は、養女を迎えようと思っているのだ」

「まあ」

美代は驚いた。お家のことに口を挟むような分際ではないけれど、龍一郎様はこのまま、お一人で老いる覚悟を決められているのではないか。奥様に先立たれ、勝彦様も戦地から戻られなかった。若奥様もお孫様も、あんなことで……。

「そんなつもりはなかったのだが、その……、心を惹かれる娘でな」

そしてあわてたように言い足す。

「何も、けしからんまねなぞするつもりはないぞ」

「わかっております」

美代は心から言った。本音を言えば、龍一郎様のようなお金持ちなら、後妻さんを紹介するような方はひっきりなしだったと思う。でも龍一郎様は奥様一筋だった方だ。八十に近い今になって、色恋に惑わされるような方ではない。

入ってきたのはセーラー服姿の華奢な娘さんだった。

一目見て、美代はどきりとした。

年の頃は十代の半ばほどだろう。白い肌、切れ長の目のきれいなお嬢さんだ。

だが、それだけでなく、どこかで会ったような気がする。

そんなはずはない、二十年近くも東京に足を踏み入れていない美代が、たぶん東京育ちのこのお嬢さんと以前に会ったことはないはずだと、頭ではわかるのだが。といって、それでは誰か自分の知り合いに似ているのかと頭の中をさらっても、思い当たる人はいない。

美代が見とれながらもそんなことをあれこれ考えているうちに、お嬢さんは近付いてきて、丁寧に頭を下げた。

「お初にお目にかかります。小野田涼子と申します」

あわてて美代も立ち上がり、さらに丁寧に礼を返す。

「美代と申します。こちらのお屋敷には本当にお世話に……」

「存じております。父からよく話を伺っております。美代さんの作る茶碗蒸しは天下一品だ、赤《あか》坂《さか》あたりの割烹店よりよほど上等だ、と」

「まあ、そんな……」

涼子さんは話の上手な方だった。どんなお家からいらしたのか、たぶん名家なのだろう。

治郎夫婦にいい土産話ができた。


その日の夕食に、久しぶりに思い出した茶碗蒸しを作ってやったのだが、順子さんの箸は進まない。

「このくらい、食べられるでしょう。おなかの子によくないわよ」

「すみません。でも、吐き気がするんです」

あとで美代は、流しに茶碗蒸しの食べかけが捨てられたのに気付いた。間違いない。初物をおごった銀杏《ぎんなん》が転がっていたから。高かったけど、茶碗蒸しに銀杏がなくてはしまらないと、無理をしたのに。

順子さんは、食べ物を平気で捨てるような、罰当たりなことができるのか。

ますます異質なものを感じてしまう。

だが、赤ちゃんが無事に生まれるまではここに留まるのが、美代の義務だ。

美代はあてがわれた四畳半にこもり、晒しでおしめを縫ったり赤ちゃんの服を編んだりするのに精を出すことにした。ミシンさえあればいくらでもベビー服を作ってあげられるのだが、順子さんは嫁入り道具のミシンさえ持っていないのだ。

そうやって手を動かしていると、隣の部屋の話し声が筒抜けに聞こえる。順子さんが仲よくしているお隣の細田さんの声だ。どうやら、順子さんをどこかへ誘っているらしい。

「それでね上原さん、予定日が十一月の妊婦さんは是非、今月のうちに体を慣らしておいたほうがいいんですってよ。ほら、産科の検診も妊婦さんがいすぎて、一人ひとりにはなかなか行き届かないでしょう。初めてのお産は不安なものなのに」

「まあ、そうなの。そのうち行ってみようかしら」

「ええ、私がお勧めしている人は以前助産婦をしていた先生でね、数え切れないくらい赤ちゃんを取り上げてきた人だから、とにかく安心よ。でもそんな人だから希望者がいっぱいで、いつお願いできるか、間際にならないとわからないらしいんだけど。ところで順子さん、予定日は？」

「十一月三日なんです」

「まあ！」

隣からの声にあまりに感情がこもっていたので、つい美代も聞き耳をたててしまった。

「それはありがたい日ね！」

「ありがたい日なんですか……？」

「何を言ってるの。十一月三日と言えば明治天皇がお生まれになった日じゃないの。きっといい子が生まれるわ。だったらなおのこと、順子さんもお母さんになるためにできるだけのことをしなければ。知りたいこと、たくさんあるでしょう？」

「ええ、それはもう。なにしろ、私、母がもういないし、お産にくわしい人なんて周りにいないから心細くて……」

美代の心に、ちくりと棘《とげ》が刺さった。

――お産にくわしい人なんて周りにいない、ですか。

わざわざ美代は、赤城から出てきてやったのに。お屋敷で勝彦様の赤ちゃんを取り上げるお手伝いだってしたし、産湯《うぶゆ》も使わせたのに。

――それでもあのお嬢様は結局育たなかったではないの。

そんなふうに心の中でささやく声もしたが、断固としてはねのける。

あのお嬢様が生きられなかったのは、物資が窮乏していた時代だからだ。今の恵まれた世の中を見るがいい。妊婦には行き届いた検診があるし、清潔な衣類も消毒薬も粉ミルクも、何でもそろっている。こんないい時代にお産ができるのに心細いなんて、なんと甘ったれたことを言っているのか。

それなのに、隣室の細田さんの声はまるで順子さんのご機嫌を取るようだ。

「わかるわ、その気持ち。なんと言ったって初産《ういざん》を控えている女の心細さは、他人にわかるもんですか。だからねえ、ぜひ、わかってくれる人の助言を受けに行きなさいよ」

「ええ、そうしたら私、やっと安心できそうです……」

たまりかねて、美代はがらりと境のふすまを開けた。

「あら、おばさん、ちょうどいまお茶を淹れて声をかけようと思ったんです」

順子さんは悪気のない笑顔でそう言う。

「ええ、それじゃあ、もらおうかしら」

美代は精一杯威厳を繕《つくろ》って座る。細田さんはそそくさと立ち上がった。

「じゃあ順子さん、その先生の時間が空いたらすぐに呼びに来るから、いつでも出られるようにしていてね」

　そして細田さんは、美代にも愛想笑いを振りまいて帰っていった。

　その翌週から、例の「先生」のお呼びがかかるようになった。細田さんの勧め方がどうにも熱心すぎる気がした美代は内心眉唾ものだと思っていたが、案に相違して胡散臭いところはなかった。

　その「先生」はこの団地の三棟向こう側に住んでいる人で、一時間ほど使って妊婦体操のやり方や、離乳食の作り方を教えてくれる。その内容は別に目新しくもないが、あやしげなものでもなかった。何より美代が疑っていた金銭のことについても、心配はいらなかった。

「先生」は、順子さんが熱心に申し出ても、一切の謝礼を受け取らなかったのだ。これはこれで奇特すぎるやり方だと思うが、とにかく人様の安産を願うだけだと「先生」が言うので、それ以上こちらがとやかく言うことではない。

　きっと「先生」は仕事を辞めて暇を持て余している善意の人なのだろう。

「先生」の手が空いている時に見てくれるという説明だったが、それはだいたい水曜日の午後のようだ。初めのうちの三回ほどは美代もついていって——細田さんが是非にと言うものだから——、そういう子細を見届けた。

　それから馬鹿らしくなった。おかゆの作り方も野菜の茹で方や裏ごし方も、何も美代は教えてもらうに及ばない。なんなら、美代のほうが「先生」より手際がいい。赤ちゃんのイニシャルの刺繍の仕方だって、本職の美代が教えてもらう必要はないし、妊婦体操に至っては、狭い部屋で大の大人が伸びをしたり足腰を曲げたりするのに付き合うなんて滑稽すぎる。

「順子さん、私はごめんこうむるわ。あなた一人で行ってらっしゃい」

四回目に細田さんから声がかかったある午後、美代はそう言った。順子さんが大きなおなかでそろそろと階段を降りるのだけは見届け、さっさと四階まで戻る。上がる分には階段も危険ではないだろうし、そんなに妊婦を大事にしたいなら、帰りはその「先生」や細田さんがここまで送ってくればいい。

順子さんの帰りを待ちながら、クリーム色の毛糸で帽子を編む。もう少しで出来上がるという時だ。ドアのブザーが鳴った。

まだ一時間経たないが。そう思いながらドアを開けると、そこには一人の老人が立っていた。

「こちらはスダさんのお住まいでしょうな」

声が少し聞き取りにくい。入れ歯のせいだろう。

「いいえ、違いますが」

美代は用心深く答えた。

「いやいや、こちらの住所のはずです。ほら」

老人が、持っている紙切れを読み上げた。たしかにそれは治郎の所番地だ。

「それでも、そんな人は住んでいませんから」

気味悪くなった美代はつっけんどんに言う。

「隠さないでください。ここにサチコはおるんでしょう」

老人の目が、美代の手元を見ている。気付くと、美代は編みかけのベビー帽を持ったままだ。

「ほら、赤ん坊がおるんじゃないか」

中に入ろうとする老人を押し出し、美代はドアを後ろ手に閉めた。

「とにかく、そんな人は知りません。帰ってください」

年寄りといっても男だ。無理に家に上がり込もうとする輩には、本能的に恐怖が湧く。

だが、老人は急に元気をなくしたようだ。

「……都会の人は、冷たいのう」

その捨て台詞を残して、しおしおと去っていく。それでも美代は油断せずに、老人がとぼとぼと棟を出ていくのを、階段の踊り場から見張っていた。と、ありがたいことに細田さんが老人を捕まえ、どこかへ引っ張っていってくれた。

そこまで見届けて、美代はようやく室内に戻った。


その日、順子さんの帰ってくるのがいつになく遅かったせいで、美代はつい不機嫌になってしまった。せっかく作ったイワシの生姜煮に、順子さんがまるきり箸をつけなかったせいもある。ショウガと梅干を入れて、丁寧に炊き上げたのに。

「カルシウムとタンパク質は、赤ちゃんのために必要なのよ。少しでも食べないと」

「なんだか、赤ちゃんが胃のあたりを押している感じで、食べると気持ち悪くなりそうなんです」

臨月になると、そういうこともあるのだろうか。順子さんは大儀そうに横になる。

オリンピックが終わってからは、面白いテレビもない。オリンピックについては、どれも観戦希望が多いしすごい混雑ぶりだというのにおじけづき、身重の順子さんを置いていくわけにもいかず、終始テレビで観戦するだけだった。一度目にした外苑周辺の変わりように、美代は気が乗らなくなったというのも大きい。

それでも、テレビがあってよかったと思う。オリンピック観戦がなかったら、美代と順子さんだけでは間がもたなかったから。

寝転がった順子さんをなすすべなく見守っていると、次の文句が来た。

「すみませんけど、おばさん、その魚のお皿下げてくれません？　匂いだけで吐きそう」

「まあ、よくないわね。お医者さんに行く？」

言葉だけは優しく声をかける。だが、順子さんは頑固そうに首を横に振った。

「いいえ、横になっていれば大丈夫です」

「あ、治郎が昨日買ったシュークリームが冷蔵庫にあるけど」

「とにかく何も食べられそうにないんです」

話の接《つ》ぎ穂もなくなった美代は、四畳半に引っ込んだ。同じ部屋にいてはくつろげないだろうと気を遣ったのだ。

しばらく経ってのぞいてみると、順子さんはさっき断ったシュークリームを食べていた。

「まあ、よかった。食欲が戻ったのね」

「ええ、おかげさまで」

その声に棘があるのに、美代はびっくりした。

順子さんはシュークリームを平らげると、立ったままの美代をちらりと見上げ、同じような口調で言った。

「おばさん、そんなに私を監視するの、やめてもらえません？」

美代は、どう答えればいいかわからなくなり、やっと言った。

「……監視って、そんなつもりありませんよ」

「そんなつもりなくたって、いつものぞかれていたら息が詰まるんです」

思わず、美代もかっとなった。

「その言い方はないでしょう！　あんたたちが私を頼って呼び寄せたんでしょうが！」

「私じゃないです。治郎さんが、勝手におばさんを呼んだんだわ」

美代は開いた口がふさがらなかった。順子さんは不貞腐《ふてくさ》れたようにそっぽを向く。

「おばさんに、子を産む女の気持ちなんてわかるわけないでしょう？　いいえ、妻の気持ちだってわかりませんよね？」


順子さんとの口喧嘩の翌日、美代は外出することにした。順子さんと顔を突き合わせていたくない。

気がふさいでいるのには、ほかにも理由がある。終戦を知らずに密林にひそんでいる旧日本軍兵のための調査団を厚生省が派遣していたのだが、何の成果も上げられずに帰国したと新聞で読んだのだ。まさか勝彦様が見つかると期待していたつもりでもなかったのに、美代は自分でも驚くほど気落ちしていた。だが、広い東京に、美代の知り合いはほとんどいない。

情けないことだが、美代はまた久我様のお屋敷に来てしまった。

ちょうど学校から帰ってきたという涼子様が歓迎してくれた。

「お忙しい涼子様のお邪魔をしてしまって、すみません……」

「そんなことないわ。秋の初め頃まではお父様が通われる病院へのお迎えに、信濃町あたりまでよく行っていたんですけどね。今はお医者様が往診に来てくださるので、病院通いもしなくてすんでいらっしゃるの」

「龍一郎様、お体の具合がよろしくないんですか？」

そういえば、ずいぶん痩せられている。だが、涼子様は美代を安心させるように笑顔で答えた。

「いいお医者様がついていてくださるから、心配はいらないわ」

「そうですか。なにより、涼子様がいてくだされば龍一郎様も心強いですよね」

立派なお嬢様だとわかると、自然に「涼子様」と呼びたくなる。もう「涼子さん」とは呼べない。順子さんとは違いすぎる。

「こんなおばさんのおしゃべり相手を涼子様にしていただくなんて、畏《おそ》れ多いです」

「そんなことないわ。美代さんのことを聞かせて。それに、昔のこのお屋敷のことも」

涼子様は聞き上手で、龍一郎様の昔のこと、貴婦人だった大奥様のこと、何を話しても身を乗り出して聞いてくださる。

それに比べて……。

話すつもりはなかったのに、いつのまにか順子さんの愚痴になっていた。涼子様が同情的な目で相槌を打ってくださるので、気がつけば、順子さんとのこの二週間ほどのやり取りも、すっかり話してしまっていた。

「すみません、こんなつまらないことを……」

ようやく気付いた美代があわてて詫びると、それまでじっと聞いていた涼子様は、どこからか地図帳を出してきた。

「美代さんのお話、なんだか興味深いわ」

「いえいえ、こんなくだらないお話をしてしまって……」

身を縮める美代の前に、涼子様は地図を広げて言う。

「船橋というと、このあたりかしら。そのお住まいから、何が見えますか？　順子さんのいつもいるお部屋から」

「何って、……普通に隣の棟のお部屋が見えるだけですね」

しばらく船橋あたりの地図を見てから、涼子様は地図帳を閉じた。

「そうよね。団地だったらきっと、その六畳と美代さんが使っている四畳半と、両方に窓がついているでしょうから、順子さんだけに見えて美代さんに見えないものなんか、ないでしょうね」

「涼子様、おくわしいですね」

思わず言ってしまってから、これは失礼だったかと気付く。だが、涼子様は屈託なく笑った。

「私、庶民の生まれなので団地の間取りもわかります」

「まあ」

身分のよいお嬢様だと思ったのに、意外だ。

「それにしても、順子さんを連れ出しているその『先生』は、お金も取らずにそんなに親切にしてくれるなんて、ずいぶん奇特ななさりようね」

「涼子様も、そう思われますか?」

「ええ」

同意してもらった美代は嬉しくなった。だがそれから、涼子様は思いもかけないことを言い出した。

「『先生』のしていることに別に害はないのだとしたら、ひょっとして順子さんに家にいてほしくない理由が何かあるのではないかしら」

「でも、順子さんが留守にしたって、私はあの家におりますよ」

たしかに最初のうちは美代も呼ばれたが、昨日、美代だけ家に残ると言っても別に無理強いはされなかった。

「そうなのね。つまり、美代さんはかまわないのね。それとも、最初の何回か順子さんと美代さん二人を呼び出して、その後、順子さんだけでも用は足りるって判断が変わったのかしら……」

考え込む涼子様の目がきらきらしている。

「涼子様はこういうことを考えるのがお好きなんですか」

涼子様はまた笑った。

「推理小説は好きよ。私、小さい時から図書館に入り浸っていたから。でも、シャーロック・ホームズの読み過ぎかもしれないわ。変なことばかり連想してしまうのは」

「たとえば?」

「順子さんにいてほしくなくて、美代さんはかまわない。順子さんに家を空けてもらうのはだいたい水曜日の午後。でも、そこまで時刻が厳密なわけでもない。『先生』が呼び出すのはその時によってまちまちなんでしょう？　だったら、何かの配達とか、学校の終わりの時間とか、そういうものに関連しているわけではなさそうね」

「はあ」

美代はあっけにとられていた。涼子様は言葉を続ける。

「そもそも、順子さんのお宅から見えてしまう何かを見ないでほしいというのは、違うみたいね。なにしろ団地ですものね。人目は多い。遠くで悪事が行われているのを順子さんの家の窓からだけ目撃されるかもしれない、というようなことではなさそう。団地の昼下がりですから、ほかにいくらでも見ている人はいるもの。順子さんがそのお部屋から出なくてはいけない理由が思い付かないわ。……あ」

「何ですか？」

「一つ思い付いたわ。むしろ、核心は美代さんなのかもしれない」

「私ですか？」

美代は間抜けた返事をしてしまう。

「私、ああいう団地を少し知っているけれど、本当に同じ造りで、何百人もの人が住んでいますよね。よそから来た人間には、どこに誰が住んでいるかわからない。一番下に郵便受けはあるけれど、そこにはだいたい近所のおばさんたちがたまっていて、郵便受けの名前をじろじろ見ていたら、絶対にそんなおばさんたちに見咎められてしまう」

「ええ、そうですね。涼子様、本当によくご存じでいらっしゃいます」

美代もだんだん面白くなってきた。

「治郎の世帯、よその家と何も違わないです」

「いいえ、ただ一つ、治郎さんのお宅にはほかと違うところがあるわ。それは美代さんです」

「私？」

「ただの思い付きと思って聞いてくださいね。誰かが所番地を頼りにその団地を訪ねてくるとしたら。何号棟、何号室と、表示を頼りに探し当てる。でもそこに目指す相手はいない。だからそこの住人に尋ねてみる。ここに誰々さんは住んでいませんか？　いいえ、いません。そんなやり取りがあるのはどんな場合でしょう」

「そういえばこの間もそんなことが……」

言いかけて、美代は思い付いた。

「前に住んでいる人が引っ越した場合です！」

涼子様はうなずいた。

「そう。前にここにいた人はどうしましたか、そう聞かれたらどうするでしょう。美代さんは、失礼だけど団地に馴染みがないから、役に立つようなことは何も教えられないですよね」

「ええ」

昨日訪ねてきた老人も、けんもほろろに追い返してしまった。一人暮らしが長いせいで、美代は用心深い。

「でも、順子さんなら積極的に探し回ってしまうでしょうね。心当たりの人や自治会長さんに聞いてしまう。何しろ人懐っこいし、親切だし、おしゃべりが生きがいみたいな人だから……」

美代はそこまで言って、はっとした。

涼子様が話の続きを引き取る。

「先住者のその後を穿鑿されたくない誰かがいるとしたら。そして、そういう団地に残っている知り合いも、問題の人の引っ越し後のことを隠すのに協力しているとしたら」

「たしかに、治郎のところに郵便屋さんが来たこともありました！　治郎夫婦の前に住んでいた人宛てだったようです！」

「郵便屋が来てしまうということは、普通郵便ではなくて、書留とか小包とか、差出人にとって特別なものということね」

「そうですね」

「そして、重要なこと。普通ならば引っ越す時に、次の住所はこれこれですと郵便局に届け出ます。新しい住所に転送してもらえるように。でも、治郎さんのお宅の先住者はそれをしなかった。知られたくなかったから。行方を消したかったから」

美代にもようやくすべてがわかるような気がしてきた。順子さんが話していたではないか。うちの住所の紙切れを持ったおじいさんがいたこと。細田さんたちに聞いてもわからず、自治会長も昼間は留守。

涼子様は言葉を続ける。

「順子さんも越してきたばかりで、事情を知らない。でも、その先住者――仮にAさんとしましょうか――の事情を、細田さんや団地の古馴染みの何人かは知っているのでしょうね。たぶん、団地のまとめ役の自治会長さんはAさんの現住所を知っているけれど、教えてもらっては困る。

自治会長さんが昼間はいないのを幸い、Ａさんの行方を尋ねてくる人がいたら、自分たちのところでくいとめたい。そう思っている人たちがいるのでしょう」

「『人たち』って、細田さんだけではないんですか？」

「少なくとも、細田さんのほかに、Ａさんの協力者があと一人はいるはずです」

「ああ！　『先生』ですか！」

「そうです。きっと、元助産婦というのは本当なんでしょう。順子さんに、家にいてほしくない時間帯がある。でも、おなかの大きい順子さんは家をなかなか空けない。順子さんを連れ出す一番いい口実は、助産婦『先生』に指導してもらえると持ち掛けること、しかも無料で。これなら、順子さんも断らないでしょう」

　美代は感心して聞いているばかりだ。涼子様は続ける。

「そうやってごまかすのにも限度はあるけど、それはかまわないんでしょうね。順子さんたちが住み続けている限り続く問題ならば、最初からこんな方法は取らない。でも、順子さんは、なにしろ……」

「あの体ですものね」

　まもなく子供が生まれる。生まれれば産院に最低一週間は入院する。退院しても、しばらくは床《とこ》から離れられない。治郎は朝早くから夜遅くまで家を空けている。その間、あの家で身動きが取れるのは、不愛想で知り合いが誰一人いない美代だけだ。

　順子さんが入院するまでは、順子さんを連れ出すことでしのぐ。そして、それから十日か二週間以内に、Ａさん側の「事情」が片付くとしたら。

「そのAさん、行方を知られたくないって、どんな理由があるんでしょう」

つい、美代も夢中になる。だが、涼子さんは夢から覚めたような顔になって、短く言った。

「人の事情なんて、第三者にはわからないことだわ」

美代も、我に返る。

「そうですね……。出過ぎたことをしてはいけませんね」

涼子様は、立ち上がった。

「おしゃべりをしすぎたかしら。順子さんが待っていらっしゃるでしょう」


それでも、帰り道、美代は色々と考えた。昨日、順子さんが「先生」のところに行っている間に訪ねてきた老人。たぶん順子さんが出くわしたのと、同じ人だ。どうしても会いたい誰かがいるのだろう。悪い人には思えなかったが……。

その夕方、順子さんに陣痛が来た。

幸い、産院は近い。治郎と二人、順子さんを励ましながら団地の外まで出てタクシーを捕まえ、無事に送り届けることができた。

そして、明くる日の午前八時。無事に赤ちゃんが生まれた。体重三千グラムを超えた、元気な女の子だった。

生まれたての赤ちゃんと対面してから、そのまま勤め先に向かうと言う治郎と別れ、美代は団地に帰ってきた。病院の待合室で一晩過ごしたために疲れているが、妙に目がさえて眠れない。

美代は押入の奥から、あのノートの束を出してきて、紐をほどいた。

いつ頃書かれたものなのか、手掛かりはなかなか見つからなかった。

だが最後に、学用品の中に一冊だけまぎれていた「家計簿」と書かれたノートに、一枚の葉書が挟まれているのを見つけた。消印は昭和三十四年、十一月一日。宛先はこの治郎の家と同じ所番地で、宛名は須田令子《すだれいこ》様とあった。

一昨日訪ねてきた老人も、たしかに「スダ」と口にしていた。

「令子様
お元気ですか。幸子《さちこ》さんも十五歳になるのですね。きれいな娘さんになったでしょうね……」

美代ははっとして、そこで読むのをやめた。人様の私信を読む権利はない。

だが、ノートの束を元通りにして横になっても、色々な考えが頭の中をめぐる。

昭和三十四年に十五歳になった少女。生まれたのは昭和十九年十一月。

勝彦様のお嬢様と、同い年だ。

そして今年の十一月に成人を迎える。

日本は本当に豊かになった。新聞にも、成人式のために振袖をあつらえましょうと、豪華な写真広告が躍っている。街を歩けば、写真館が記念写真を撮りましょうと呼びかけている。

昭和十九年生まれ。あの戦火と戦後の欠乏時期を生き延びるという僥倖《ぎようこう》に恵まれた子。勝彦様のお嬢様には与えられなかった強運を授かった子。

その強運だけでありがたいとは思えないのかもしれない。生きていてくれるだけでいいとはあきらめきれない、生きているならばその子に一目会いたいと思ってしまうのも、自然の情だ。

戦中戦後の困窮の時代、乳飲み子を抱えた身にとっては過酷な時代だったはずだ。わが子を、わが孫を手放した人たちもたくさんいただろう。日本が平和に豊かになった今だからこそ、その時別れた子に会いたくなってしまうのかもしれない。

一方、生さぬ《な》子を引き取り懸命に育てた側にとっては、生みの親とその係累は歓迎すべき存在ではないのかもしれない。たまに消息を問う便りが来ても、その子に見せることもできず、かといって捨てることもできず、ただ押し隠してしまうのかもしれない。


眠れないと思いながらも、一度眠りに落ちたら、熟睡してしまった。次に美代が目覚めた時、すでに秋の日は傾いていた。何度かブザーが鳴った気がしたが、それも夢だったかもしれない。

美代はあわてて起き上がり、とにかく治郎の夕飯の買い物をと、外に出た。

団地の入り口のところに小さな公園があり、聞き慣れた声がする。

「だからね、おじいちゃん、今お迎えの人が来るから、ここで待っていましょう？　ね、動かないでね」

細田さんだ。そして、もう一人の年配の女性。助産婦の「先生」だ。

その二人に挟まれるように、先日の老人が座っている。

美代と目が合うと、細田さんだけが立ってこちらに近付いてきた。

「順子さん、どうですか？」

「おかげさまで、今朝がた無事に生まれました。元気な女の子です」

「まあ！」

細田さんは顔じゅうをほころばせた。それから美代の視線をたどり、ベンチにがっくりとうずくまった老人を見ながら低い声で言った。

「どちらにも気の毒な事情はあるんですよ。でもねえ、やっぱり優先すべきは育ての親御さんと、何より当人の気持ちだと思うんです」

半分くらいしか事情を察してはいないが、美代は問い返すことはせず、うなずきながら後の言葉を待つ。

「話がまとまった時には、あのおじいさんも承知してたんだそうですよ。一人息子が戦死して、お嫁さんはすぐに再婚話が決まったんだそうです。一歳になるやならずの赤ちゃんもいたけどあのおじいさんには育てられないし、生みの母親は身一つでないと嫁げないしで、子どもがなかった親戚の夫婦が養子にするってことで万事収めたんだそうです」

「あの時分にはよくある話でしたよねえ」

美代が相槌を打つと、細田さんの表情が和らいだ。

「ねえ？　つらくても命さえあればいい、若い未亡人も子どもも、それぞれ生きていければいいって、そういう時代でしたよねえ？」

美代は黙ってうなずく。

「ですが、時が経ってあのおじいちゃんの身寄りは甥夫婦だけになったんだそうです。そうしたら、生きているはずの自分の孫のことがよみがえって、頭にこびりついちゃったんですねえ。おわかりですか、ちょっとぼけも始まってるんです。その割に足腰だけは丈夫だから、一人でどこへでも出かけちゃうって。一昨日もそうして出てしまって、帰ってきてからさんざん言い聞かせたのに、赤ちゃんを見つけたからって、今日もまた、お嫁さんの目を盗んで……」

美代はまたうなずいた。あの老人は、生き別れになったお孫さんの年齢もわからなくなっている。彼にとってはいつまでも自分が別れた時に見た赤ちゃんのままだから、美代が持っていたベビー帽に気を昂ぶらせたのだ。

美代が見てしまった葉書の差出人は女性だった。あの老人の奥さんだろう。その方が亡くなって、老人の心の堰《せき》も壊れたのかもしれない。

「甥御さんたちも、悪い人じゃないんですよ。でもねえ、自分たちの目の届かない曜日がどうしてもあるようで、そういう時におじいちゃんがふらふらと遠出しちゃうのまでは止められませんよねえ。おじいちゃん、本当に体のほうは元気なんだから」

「だから、わざと令子さんの前の所番地におじいさんが来るのを止めなかったんですね」

細田さんが真顔になる。

「あら。令子って、どこでその名前を？」

「実は、片付け切れないものの中に、その人宛ての葉書があって」

中を読みかけてしまったことは言わないでおこう。

細田さんは納得したようにうなずいた。

「そうでしたか。須田さんのご一家、ようやく次の住まいが決まってあのおじいさんの知らないところに越せるって、ばたばたと引っ越していかれましたからねえ。忘れ物があったのね」

そして、細田さんはバツが悪そうな顔になって美代を見た。

「ご迷惑をかけましたよねえ。でもね、順子さんは大事な体だし、面倒ごとは知らせないまま、とにかく元気な赤ちゃんを産んでほしかったんですよ。順子さん、人がいいからあのおじいちゃんに同情して聞き回ったり、自治会長さんに転居先を聞きに行こうとしたりしたでしょ。そんなことして順子さんの体に障っても、よくないし。大切な体なんだから」

「そうですね」

美代は静かにうなずいた。

こういうことには慣れっこだ。

子どもを産む女は大事にされる。一方で、頑丈で使い勝手のいい独身女——美代のような人間——は面倒ごとを押しつけても大丈夫とみなされる。

それが世の中の認識なのだ。

「その甥御さんが、おじいちゃんを迎えに来るんですか」

細田さんはうなずいた。

「ええ、そうなんです。私たち、令子さんが引っ越す時に相談を受けましてね。転居先は郵便局にも知らせないでおくけど、万一訪ねてきてしまう老人がいたら、その人の甥御さんがすべて承知しているからって」

細田さんはちらりとベンチを見る。老人と、「先生」を。

「順子さんには、あとで細田さんからお話ししてくださいね」

美代が念を押すと、細田さんは大きくうなずいた。

「ええ、それはもう。順子さんが無事に退院してきて、赤ちゃんも心配なくなった頃にね。甥御さんの話によると、あのおじいちゃん、ようやく老人ホームに入れることになったんですって。来月、十二月になったら空きが出るんですって。それまでは幸子ちゃんも順子さんも赤ちゃんも、ちゃんと守らないとね」

「ええ、そうですね」

美代はそこで話を切り上げると、商店街に向かって歩き出した。

今夜は、治郎の好きな茶碗蒸しを作ろう。

すべてを聞くと、涼子様は大きくうなずいた。

「順子さんたちはこれからも団地に住むけど、美代さんはじきにいなくなる。そのことを、古くからの住人が利用したのね」

「あの老人がいつ団地を訪ねてくるか、細田さんやほかのおばさんたちも事前に知ることができたんですね。老人の世話をしている甥夫婦と連絡を取り合っていたんでしょう」

美代はほかにどうしようもなくて、笑ってみせた。

「細田さんたちも善意でしたことなんですよ。老人は治郎たちの前に住んでいた生き別れの孫のことにずっとこだわっている。老人と今一緒に暮らす人たちもそのこだわりを捨てさせられない。だから前の住人の須田さんはそれを人づてに知って、細田さんたちに相談した……」

順子さんでは駄目で、美代ならよかった理由。順子さんが聞き回る中に、前の住人のことを知っている人がいて、老人に漏らしてしまうことを恐れたのだ。団地の住人を誰一人知らない美代なら、あきらめさせられる。

あの時、美代に持て余された老人が棟を出るのを見届けたかのように細田さんは現れた。ほかの誰かが老人の世話を焼いてしまうのを恐れるかのように。

――都会の人は、冷たいのう。

その冷たさをありがたいと思う人間もいるのだろう。


順子さんの入院中、美代は好きなようにアパートの中を片付け、治郎の好物ばかりを作ってやった。そしてやってきた待望の赤ちゃんは、本当にかわいかった。

順子さんも人が変わったように美代を頼りにしてくれるので、それからも、つい長逗留してしまった。だが、もうすぐ年が暮れる。美代が仕立てるのは和裁ではないから正月にそれほど忙しくなるわけではないが、年末には帰りたい。

オリンピックもパラリンピックも終わり、東京は静かになっていた。

十二月も押し迫ってきた。ここまで来たら正月までいればよいと治郎は言ってくれたが、美代はやはり、一度赤城に戻ることにした。順子さんも起きて家の中のことくらいできるようになっているし、一家に主婦は二人いらない。

あのつつましいアパートが、美代の家だ。

十二月二十日。美代が明日赤城に帰るとご挨拶に行くと、龍一郎様は人払いをしてからこう切り出した。

「美代の住まいは赤城のふもとだと言ったな」

「はい」

「それでは、伊香保《いかほ》温泉に行ってくれないだろうか」

「伊香保でございますか？」

「そこに涼子の実母がいるのだ。実は美代が上京するすぐ前に一度こちらで手続きを進めていたのだが、その後なかなか上京する機会がなくてな。私から、歳暮の挨拶をしておきたいのだ」

そこが涼子様の生まれ故郷なのか、そんなことを考えていた美代は次の言葉に驚かされた。

「涼子の実母は伊香保の温泉で中居をしている」

涼子様の実家は貧しいのだとは察していたが、まさか、そんな階級の出自とは思わなかった。

「あの、伺ってもよろしいでしょうか……」

「なんだ」

「あの、旦那様は涼子様のお母様とはどういうお知り合いなのでしょうか……」

言ってから、美代は言葉を取り消したくなった。なんという出過ぎた真似をしてしまったことか。

だが、龍一郎様はしばらく考えてから口を開いた。

「美代は本当に忠義者だった。だから、知っておいてもらうのもよいかもしれないな……。涼子の出自について、誰かから変なことを吹き込まれても面白くない。涼子は貧しい家の子で、すでに父はいない。いないことになった」

「あの、いないことになったとは……？」

「この夏、死亡宣告が下りた。七年前に家を出て行方知れずだそうだ」

「まあ、それは……」

「もともとあまり感心しない男だったようだが。とにかく働き手を失ったために、涼子の母は伊香保温泉に働きに出ていた。だから、私も彼女にはまだ三回しか会ったことがないのだ。一度は今年の春、涼子が志学女子学園の高等部に入学する時だ。そして今年の夏、涼子を養女にすると決心した時と、実務を進めるために十月の初め。それだけだな」

そして、はにかむように小さくお笑いになる。「その間に、私のほうにも心境の変わるきっかけがあってな。今は涼子の将来を早く確かなものにしておかねば、という気持ちになっている」

それから、龍一郎様はことの発端から話し始めた。


初めて涼子様に会ったのは、慶應大学病院の前で、一年半ほど前だったそうだ。

龍一郎様は健康にお暮らしだったが、二か月に一度、慶應大学病院で血圧の薬をもらっていた。いつもはもちろん、お屋敷の運転手が病院の正門までお送りして、診察が終わるまで駐車場で待機している。だがその日は外苑前から病院に至る道路が工事のために通行止めになっていた。オリンピックのための道路整備だ。診察時間に遅れそうになった龍一郎様は、やむなく途中で車を降りて徒歩で向かわれた。帰る頃にはもちろん、車が病院に到着しているだろう。だがその日は好天で、気温がぐんぐん上がっていた。聖徳記念絵画館から病院への広い道を歩きながら龍一郎様は眩暈《めまい》を覚えた。そしてふらふらと道端に寄ったところで、声をかけられたのだという。

「あの、どうしましたか」

それが涼子様だった。近くの、新聞を売っている露店の売り子をしていたようだ。

とにかく機転の利く娘さんで、近所の商店まで走って行って水を持ってきてくれ、それから病院まで付き添ってくれた。

そのまま立ち去ろうとする涼子さんを引き留めて、龍一郎様は診察が終わるまで付き添ってもらった。なぜか、涼子様を一目見た時から離れがたくなったのだそうだ。

帰りには、お礼がてら、台場《だいば》さんの車で自宅まで送ればいいと思った。台場さんというのはこのお屋敷の運転手だ。美代も紹介されたが、まだ若いけれど、柔道有段者だそうでがっしりした体の頼もしい人に見えた。

帰りが少し遅くなるが、龍一郎様がそう言うと涼子さんは笑って答えた。祖母と二人暮らしなので、自分が夕食を作る時間までに帰れば誰も心配しないと。


「そんなに離れがたかったのですか」

美代が問うと、龍一郎様は、またはにかんで笑う。

「なぜだろうな。とにかく無事に診察が終わって送り届けたわけだが……」

そこで龍一郎様の目が厳しくなった。

「あの家では、涼子の良さが生かせないと思った。住まいの劣悪さもだが、周囲の環境もよくない。祖母という人には会えなかったが、たぶん経済状態が逼迫《ひっぱく》していると判断した」

その口ぶりで美代は察した。涼子さんの家はかなり貧困に苦しむ層に属しているのだろう。

「どのあたりだったのですか」

「なに、すぐ近くだ。内藤町の、新宿通りから入ったすぐのところ。新宿御苑脇の、裏店《うらだな》が並ぶ土地だ。その頃から私もやや健康状態に不安を覚え、頻繁に病院に通う必要が出てきた。涼子とはいつもその後に顔を合わせるようになった」

　教育者である龍一郎様は、もちろん涼子様の進学について話題にした。そして、中学を卒業したら働きに出るつもりだと聞いた。

「それではもったいない。大げさに言うなら、日本のためになる人材をあたら無駄にすることになると思った」

――どうだろう、私が経営する志学女子学園高等部の奨学生試験を受けてみないか。奨学生になれば学費が免除される。

　去年の冬、龍一郎様は涼子様にそう持ち掛けた。

「私は情実入試など考えもしなかった。そして、実際、必要もなかった。私の期待通り、涼子は優秀な成績で奨学生試験に通った」

　そうやって涼子様と接するうち、龍一郎様には新たな欲が出てきた。

　この娘《こ》が成長するさまを見届けたい。いや、いっそ、手元に引き取りたい。

　それまでも、郷土の若者や伝手《つて》を頼ってお屋敷に身を寄せる者の将来を世話してきた龍一郎様だ。そういった感情は自然に出てきた。だが、涼子様はさらに特別だった。

「私も寂しい年寄りだ。涼子にすがりたくなったのだ」

　ふと、美代は生きられなかった勝彦様のお嬢様のことを思った。生きておいでだったら、今十九歳。匂うようなご令嬢に成長されたことだろう。それより少し若いけれど、そのお嬢様と涼子様を重ね合わせたとしてもおかしくない。

受験願書に書いてあった住所は例の内藤町のもので、保護者欄には小野田道子という名があった。

――父は行方不明、母の道子は地方へ出稼ぎに行っていて、私はこの住所に祖母と暮らしているのです。

志学女子学園には、家柄のよい恵まれた階級の生徒が集まっている。あまりに家の格がかけ離れていたら、どんなに優秀な生徒でも引け目を感じるだろう。だから、龍一郎様はこのお屋敷へ食客《しょっかく》として涼子様を引き取ることにした。

まずは、母の道子さんに上京してもらって、話を進めた。龍一郎様が懸念していたほど崩れた感じの女性ではなく、食客となることにも感謝して賛成した。

そして、涼子様はこのお屋敷に引っ越してきた。新宿区内藤町から渋谷《しぶや》区千駄ヶ谷へ、区をまたいでの転居であるから渋谷区の中学校へ一旦転校もされた。出身校も居住地も新しくして、春からの志学女子学園入学に備えたわけだ。

だがこのお屋敷で生活を共にするうち、龍一郎様の心の中ではさらに新しい望みがふくらみ始めていた。

「生まれて初めてゆとりのある暮らしをしたというのに、涼子は本当につつましい。渋谷区の中学校の制服さえ、新調させなかったほどだ。ほんの二か月余りのために新しい制服など、もったいないですと言ってな。そして、あんな育ちにもかかわらず、優秀なばかりでなく、言葉遣いも立ち居振る舞いもきれいだ。周囲の訛《なま》りに染まらないよう、本で勉強してきたそうだ」

その利発さに、龍一郎様は魅せられた。

単なる同居人というだけではなく、もっと強い絆を作ることはできないだろうか。そんな欲が芽生えたのだ。

だが、保護者の道子さんがどう出るかはわからない。龍一郎様は慎重に、まず涼子様の意向を確かめることにした。

思ったとおり、龍一郎様の申し出に、涼子様は首を横に振った。

——母が何と言うか。それに……。

龍一郎様が父親の失踪のことをくわしく聞いたのは、その時だったそうだ。

——私がまだ小学生の時に、家を出たきり消息もないのです。

それでは法律家の助言も受けながら、涼子様を志学女子学園に通わせ、おいおい話を進めていこう。

そう思っていた矢先、思わぬことが起きた。涼子様の祖母のキヨさんが急死したのだ。実は酒の好きな老女で、一人暮らしになっていたのが災いしたのか、新宿の荒木町《あらきちょう》あたりで飲んだ後、石段から足をすべらせて転落死したのだ。

その死の始末をした後で、母の道子さんが思い詰めたような顔で頼んできたのだそうだ。

——どうか、涼子をこのままお手元で育ててくださいませんか。

自分については、彼女は頑として今の生活を続けると言い張った。

——私が涼子のそばにいては、この子の妨げになります。

よい機会とばかり、龍一郎様のほうでも持ちかけたのはその時だ。

——涼子さんを、私の養女にさせてくれまいか。

実際に養子縁組はまだ成立していないそうだが、涼子様はすでに久我のお屋敷の一員である。

「そういう事情のため、実母の道子さんはまだ伊香保で働いている。涼子は歳暮の挨拶など不要と言うが、それでは私の気がすまない。折に触れ季節の挨拶などはしているが、一度私の名代《みょうだい》で顔を出してくれないか。何、美代の都合のつく時でよいのだ。道子さんはその旅館に住み込みで働いておって、いつでもいると言っていた」

龍一郎様は愛用の手帳を繰って、道子さんの連絡先を便箋に書き写し、道子さんへの小さな金包みと一緒に美代に託した。

矢川《やがわ》旅館。住所と電話番号が書いてある。緊急の用なら、この電話で道子さんを呼び出してもらえるのだそうだ。

龍一郎様の律義な筆跡に、なんだか美代は胸を打たれた。

功成り名遂げたお方でも、このことを美代のほかに頼める人はいないのか。そう察したのだ。

「それでは及ばずながら、お引き受けいたします」

「行ってくれるか、ありがたい」

久我家のご縁類に涼子様の素性の詳細が知られれば、さらに養子の縁談に支障が出るのかもしれない。その点、龍一郎様も忠誠心を買ってくださっている美代なら安心なのだろう。

龍一郎様へのお暇《いとま》乞いの後、涼子様を探すと、納戸《なんど》で何かされているところだった。

「あら、美代さん」

「涼子様、何をなさっているんです？」

「この間迷い込んできた猫なんですけど、どうもおなかが大きいようなの。だからここで産ませてやろうと思って」

納戸の隅にきれいな段ボール箱が置かれていて、涼子様はその前に膝をつき、使い古しのタオルなどを敷いていた。その膝には、当の猫が体を擦《こす》り付けている。ありふれた黒猫だ。

「涼子様は、猫のお産など、慣れておいでではないでしょうに」

「大丈夫。私、よく野良猫の世話をしていたのよ。家では飼わせてもらえなかったけど、空き地やお寺の境内なんかで。世話の仕方を教えてくれる人もいたの」

そこへ、若い男が毛布を持ってきた。美代も庭で見かけたことがある。お屋敷には長年通っている植木屋がいるが、その見習いさんだ。

「お嬢さん、これは牡丹《ぼたん》の囲いに使おうと思っていたんですが、たくさんありますので、よかったら」

「まあ、ありがとう、徹蔵《てつぞう》さん」

毛布を手渡した徹蔵さんは、美代を見ると、どちらへも一礼して引き下がる。

猫の頭をなでながら、涼子様が言った。

「美代さん、母に会いに行ってくれるのですって」

「ええ」

「母に、驚かないでくださいね」

その口調とさっきの龍一郎様のお話から、美代は察した。涼子様は自分の産みの親を恥じているのかもしれない。

「大丈夫ですよ、涼子様。そうだ、涼子様のお母さんがどんな様子だったか、家に帰りついたら電話でお知らせします」

美代の家にはないが、隣の金物屋さんが電話を引いていて、使わせてもらえるのだ。

「まあ、ありがとう」

涼子様は嬉しそうに言うと、そのまま門のところまで見送りに来てくれた。葉が元気に茂った鉢植えが五つほど置かれている。藁《わら》囲いがされていて先端しか見えない。

「これは何でございますか」

「牡丹よ」

「まあ。牡丹と言えば初夏に咲くのに、この季節でも葉がよく茂っておりますね」

「これは冬牡丹というの。丹精すればお正月に花が咲くわ。私、この花が元から好きだったんだけど、手間もお金もかかるし、とても自分で育てるなんてできないとあきらめていたの。でも、思い切っておねだりしたのよ」

久我様のお屋敷に引き取られておねだりが鉢植えの牡丹とは、たしかに涼子様はつつましい方なのだ。

「今年の夏から植木屋さんで育てている鉢植えがあったので、運んでもらいました。お正月には花を咲かせるって、徹蔵さんが言っていました」

「そうですか」

「美代さんにも見てもらいたかったわ」

「今度のお正月は無理ですが、そのうちまた、ご機嫌伺いに上京いたします」

「きっとよ」

「はい」

頭を下げてから体を起こした美代は、ふと空を見上げ、そのまま見とれてしまった。

今日も冬空に、飛行機が見事な雲の線を描いている。

「まあ、きれい。見事な飛行機雲ね」

つられるように見上げた涼子様も、そう声を上げる。

「飛行機雲というのですか。私はこのたび東京に来て、初めて見ました」

「まあ、そうなの」

「なにしろ、赤城のあたりでは飛行機なんてたいして飛んでいませんもの。生まれて初めてですよ。東京はやっぱり違いますね。四谷の駅を降りて初めて飛行機雲を見た時は、空にあんなふうに線を引けるのかと驚きました」

涼子さんは合点がいったというように笑った。

「そう、美代さんが東京にいた頃には、日本に飛行機なんて飛んでいなかったのね」

美代も微笑んで、訂正する。

「飛んでいなかったわけではありませんが、数はずっと少なかったし、そもそも見てはいけないものでしたから」

「見てはいけないもの？」

「お若い方にはもうわかりませんよねえ」

飛行機は軍事機密だから、飛んでいても凝視するなどもってのほかだ。

国民学校でも隣組でも、美代はそう教えられてきた。ましてや戦争の末期に敵機B29が東京に飛来した時は逃げるのに精一杯で、誰も立ち止まって見上げる余裕などなかった。

勝彦様は飛行機雲を見たのだろうか。美代が行ったこともない南の島、グアムで。飛行機が雲を突きぬけ、雲を引いて青空に残す白線を。

「飛行機雲をゆっくり眺められるのも、平和だからこそというわけなのね」

もう一度涼子様が空を仰ぐ。その涼子様の顔を見て、美代は内心、あっと叫んだ。

――思い出した。涼子様が、誰に似ているのか。

実際に会った人ではない。昔お屋敷に奉公していた頃、龍一郎様の書斎の掃除をしていて、積み上がった本の山を崩してしまったことがある。あわてて元に戻そうとした時、一冊の本の間から出てきた一葉の写真があった。若い洋装の女性が斜め上を見上げて笑っている写真だ。

今飛行機雲を見上げる涼子様と同じ姿勢の写真。あの女性に、涼子様はどこか似ているのだ。

美代はもごもごと挨拶をして、お屋敷を出た。心臓が、まだどきどきしている。

あの写真を見た時も、見てはならぬものを見た思いでそっと元に戻した。そのことを誰にも言わなかった。

だって、写真の女性は、龍一郎様の奥様とは似ても似つかぬ人だったから。

こうなってみると涼子様のお母さんに会うのがこわいような気もしたが、一方で抑えきれない好奇心もあった。

龍一郎様は涼子様の出自について、取るに足らぬ生まれと匂わせていらしたが、実は、涼子様が、誰か龍一郎様のお心にかける人の娘だということもあるのではないか。

伊香保の温泉宿で案内を請うと、その人はすぐに出てきた。

小野田道子さんは、涼子様に似ていた。目の形や鼻筋の通り方などに、たしかに親子と思わせるものがあった。道子さんも昔はきっと美人ともてはやされたことだろう。

だが、道子さんはすっかり皺が目立ち、背も丸くなっていたため、美代の記憶の中の写真の麗人とはうまく結びつかなかった。二十年前ならきっと、あの写真の面影と似通っていたのだろうかとも考えてみたが、美代の感触としては、あの写真の人は道子さんではなさそうだった。

「まあ、東京から、わざわざ。ありがたいことですねえ」

口をきくと、涼子様に似た部分もさらに減ずる気がした。言葉遣いなどはむしろ、涼子様より順子さんに似ている。

「あらまあ、久我さんからお便りも。ありがとうございます」

丁寧に頭を下げるが、ちらりとこちらを見上げる目つきには、隙がない。道子さんは龍一郎様からの手紙を押し頂いてお仕着せの安手の着物の襟元に滑り込ませてから、思い付いたように言った。

「こんなところまで来てくれたんですから、お昼、食べていってくださいな」

「いいえ、すぐにお暇しますから」

「いいじゃないですか」

その誘いに乗ったのは、美代のほうにも道子さんの出自を探りたい好奇心があったせいだ。だが、賄場《まかないば》に通してもらう間も、道子さんがひっきりなしにしゃべるせいで、なかなか思うような方向に話を持っていけない。

「大盛りにしてくださいよ、こちら、あたしのお客なんだから」

なれなれしく炊事場の中に声をかけると、顔立ちの整った男が無言で丼を出してくれた。

「さ、どうぞ。遠慮なさらず」

美代が箸をつけてみると、思いのほか味の良い卵丼だった。

「このくらいおごらせてくださいな。涼子がお世話になっているんですから。ちょうど私も昼過ぎまでは休みの時間なんですよ、付き合ってくださいな」

それから、道子さんは涼子様のことを細かく聞き出そうとし始めた。あのすごいお屋敷で、涼子はちゃんと暮らしているのか。誰かにいじめられていないか。

「私は、会いに行くわけにいきませんから。母親がこんな女だって知れたら、お屋敷で肩身の狭い思いをするでしょう」

そこで美代はようやく話のきっかけをつかんだ。

「あの、失礼でなければ……。道子さんはどちらのお生まれなんですか」

「私ですか？　浅草《あさくさ》ですよ」

「まあ、道理で。言葉が、ちょっと懐かしかったもので。私は神田なんです」

「あら、じゃあ同じ江戸っ子だ」

道子さんは手を叩いて喜ぶ。

「私の父は職人でしたが、道子さんのお家は……？」

「いやだ、人様に言えるような家柄じゃござんせんよ。母に女手一つで育ててもらって、あちこちで働いてきた女です」

道子さんは笑って美代の質問をはぐらかす。

やはり道子さんはあの写真の女性ではなかった。写真の女性は高級そうな洋装だったから。

――あの写真の麗人が、たとえば花柳界《かりゅうかい》の人で、道子さんがその忘れ形見とか……？

そんなことまで美代は考えたが、すぐに打ち消した。龍一郎様に限って、そんなだらしのないことはなさらないだろう。また、仮にそういう女性と交渉があったとしても、子が生まれたらきちんと世話をなさるはずだ。

そもそも、道子さんはすでに何回か龍一郎様に会っている。互いに見ず知らずでないのなら、龍一郎様が美代に嘘をついたことになってしまうではないか。

結局、写真のことは、美代のただの勘違いらしい。

美代がそんなことを考えていると、道子さんはちょっと姿勢を改めて言った。

「ですからね、私は涼子にくっついて久我さんのお世話になる気は毛頭ないんです。久我さんのご挨拶はありがたくいただくけど、そんなのも、これっきりにしてくださすっていいんですよ」

美代は感心した。この人は、涼子様にすがって金品をねだるような卑しい真似をするつもりはないらしい。現に、ちゃんと自分で働いている。立派なものだ。

順子さんと比べては、悪かったかもしれない。

また順子さんのことを思い出してしまった美代は、そのまま腰を据えて甥夫婦の愚痴を話し出した。道子さんも聞き上手だ。話が盛り上がる。何度もお茶を替えて引き留められるうちに、午後二時を過ぎてしまった。

「あら、こんな時間。本当にもう帰りませんと」

ようやく腰を上げて外へ出た時、美代はびっくりして立ちすくんでしまった。

どうも冷えると思ったら、雪になっていたのだ。しかも、すでにかなり積もっている。

「あらまあ、これじゃバスが動きませんねえ」

見送りに出てきてくれた道子さんが言う。

「そんな、どうしたら……」

「泊っていきませんか」

「そんな……」

美代はためらいがちに打ち明けた。

「あの、私、お宿代が払えるかどうか……」

すると道子さんは手を振って打ち消した。

「お代なんて、とんでもない。私の部屋に泊まればいいじゃないですか。おかみさんも駄目とは言いませんよ」

さんざん迷ったが、結局美代はその申し出に乗ることにした。どちらにしろ、一人暮らしだからあと一晩帰りが延びたところで誰も心配したりしない。旅の帰りなのだから、泊まる支度もちゃんとある。

よい部屋ではないだろうと覚悟していたとおり、案内されたのは北向きの三畳間の使用人部屋だった。だが幸いなことに、道子さんは一人で一室あてがわれていた。

「ここじゃ古株なもので、結構自由が利くんです」

「ありがとうございます……」

「心配しないでいいですよ、私は今晩ほかの部屋に寝ますから」

そう言って道子さんは片目をつぶった。

「夜遅く、湯の間の鍵をかけずにおきますからね。お客の後でなら温泉にも入れますよ」


道子さんにはああ言われたが、勝手のわからない場所でのうのうと温泉につかる気にはなれなかった。どうせ一晩限りのことだ。美代は押入からせんべい布団を引き出して小さくなって体を横たえる。ここまでの旅で疲れているはずだが、目がさえて眠れない。あきらめて起き上がった。なにか退屈しのぎをと探すうちに、隅の行李の上の本が目に留まった。

『実用法律入門』。

道子さんに似つかわしくない。なかなか分厚くて、辞書によくあるように、小口のところに「民法」「刑法」「商法」「索引」などと薄い色で印刷してある。なかなか本格的だ。裏表紙のところに「松田《まつだ》」と持ち主の署名があった。道子さんは古本屋から買ったのかもしれない。出版されたのも十年も前の本だった。

道子さんは何を勉強していたのだろう。本についている紐のしおりは刑法の箇所に挟まれていたが、美代がぱらぱらとめくっていると別のところが開いた。まるで、ここだけがよく読まれてきたというように。

ページの中ほどの、ある言葉が目に飛び込んできた。

その時、建て付けの悪い板戸ががたりと開いた。

「どうです、一杯やりません？」

道子さんが、片手に徳利を下げて立っている。そして美代の手の中の本に目を落とし、蓮っ葉《はすっぱ》な感じでくすりと笑った。

「似合わない勉強なんかしているんですよ」

悪いことをしている現場を見つかったようにどぎまぎする美代にかまわず、道子さんはぺたりと腰を下ろすと、懐から小さなお猪口《ちょこ》を二つ出して、それに酒を注いだ。

「どうぞ。燗冷《かんざ》ましになっちゃってますけどね。お客さんがろくに飲まずに膳を下げてくれって言ってお風呂に行かれたもんでねえ、もったいないじゃないですか」

そして自分の猪口をくいと空ける。白い喉が美代の目に焼き付いた。

「ああ、おいしい」

それからぽつりと言った。

「死んだ亭主は、これが好きでねえ。稼ぎを全部飲み代にしちまうもんで、喧嘩が絶えませんでした」

「ご亭主ですか……」

「涼子の父親ですよ。なんであんなろくでなしの人間と世帯を持っちまったのか。きつい姑までいたし。でも戦争のせいで、私は頼れる身寄りを全部亡くしていましたからね、ほかにどうしようもありゃあしません。行き場をなくして渋谷の近くまで流れていって、そこで亭主に拾われたんです。亭主の父親は戦死したけど、結構な身分の兵隊さんで、あの辺の住宅を残してくれたそうで。とにかくちゃんとした屋根の下で暮らしたかったから、私は亭主の誘いに飛びついちまった。考えが浅かったけど、なにしろ終戦の年には、まだ十八だったんですからね」

「まあ、それじゃ道子さんは私と同い年ですね」

「そうなんですか？　美代さん、結婚は？」

慣れっこの質問だから、美代は笑って答えた。

「どうにも御縁に恵まれませんでねえ。この年まで、一人暮らしですよ」

「そうですか」

同じ時代を生きた者として、若い男に巡り会う機会にどれほど恵まれなかったか。似合いの年頃の男は皆、戦争に取られてしまっていたのだから。

それは言わず語らずのうちに通じる。

道子さんは話題を変えた。

「ね、涼子のこともっと聞かせてください。うまくやってるんでしょうか」

「ええ、しっかりしたきれいなお嬢様ですね。最後に、私をわざわざ門までお見送りくださいましたよ」

「どんなこと、言ってました？」

道子さんは、いくらでも涼子様のことを聞きたがる。お屋敷に勤める人の名前――運転手や秘書の速水《はやみ》さん、女中のシマさんのことまで、美代はしゃべる羽目になった。それからお屋敷の庭や、内部のお部屋の様子。一度涼子様の部屋に通されたと語ると、目を輝かせてどんな細かいことでもいいからと、食い下がってくる。

美代はだんだん持て余してきた。涼子様の出来のよさを褒めちぎるといっても、話の種には限りがある。

そのうちに顔がほてってきた。飲みつけない酒が回ったのかもしれない。

「少し風を入れていいですか」

立ち上がって障子を開けると、湯殿に向かうらしい渡り廊下が見えた。湯殿の軒先には、藁で包まれた鉢植えがいくつかある。

「道子さん、あの鉢植えは、冬牡丹じゃないですか」

「ええ、私が好きで、置かせてもらってるんですよ。この辺は寒いですけどねえ、湯のそばがちょうどよくあったかいんです」

「さすが、親子でらっしゃる。涼子様も、お屋敷で育てておいでしたよ。育て方をよく知っている植木屋さんがいるからお正月には咲くっておっしゃってましたよ」

「冬牡丹をですか?」

「ええ。お屋敷出入りの植木屋の見習いさんが一緒にお世話をしているんです」

「へえ。元からあのお屋敷にいた人かしら。何て名前でした?」

「たしか、徹蔵とか、涼子様は呼ばれていたかしら」

「へえ」

そこで道子さんは立ち上がると、やがてもう一本徳利を下げてきた。

「もう少し、どうぞ」

しかし、酔っぱらうのは道子さんが先だった。話が回りくどく、堂々巡りになる。

「まったく、男なんてしょうもない。いつまでもつきまとって。涼子の父親だってろくなもんじゃなかった。酔っ払いで博打好きで、親と住んでた家も追い出され、挙句の果てに……」

道子さんの体はぐらぐら揺れている。相当酔っているのだ。

「だから、すぐには涼子を養女にやれなかったんですよ。戸籍の上では、その父親が頑張ってるんだから」

道子さんはくいとあごをしゃくって、美代が畳に置いた本を示した。

美代は思い当たる。

「だから失踪宣告ですか……」

「そう。あの人が消えちまって、警察に届けたんですけどね。七年間音沙汰がないまま待たないと、死んだことにしてもらえないんですってね。それを教えてもらえて、すぐに届けを出しておいて本当によかったですよ。失踪届って言うんですか？　おかげで今年の七月、ようやく死亡届を受け付けてもらえたんですよ」

「そうですか……」

「まったく、死んでからも厄介をかけさせて。でも、今の時代はなんでこんなに、死ぬのにも手間暇かかるんでしょうね？」

道子さんは笑ったが、ちっとも楽しそうではない。

「本当に、お上《かみ》のなさることは頓珍漢《とんちんかん》ですよねえ。あんなにたくさん人が死んだ時は、さっさと埋めろ、片付けろって言ってたくせに」

「え……？」

道子さんは美代を上目遣いに見る。

「空襲ですよ」

「美代さん、終戦はどこで？」

「千駄ヶ谷です」

「そう。あたしは浅草からあちこち流れていました。あの年の、三月からね」

あの年の、三月。その言葉だけでぴんときた美代は、思わず膝を乗り出した。

「そうなんですか？　兄の一家はあの時両国《りょうごく》で暮らしてたんです」

道子さんも、すぐに思い当たる顔になった。

「じゃあ……」

「三月十日の空襲でやられました。私はできるだけ早く捜しに行ったんですが、骨も見つけられませんでした。近所の人から、弔ってはもらえたと、そう話だけは聞けたんですが」

「見なくてすんで、よかったのかもしれませんよ」

道子さんも、あの時の隣人と同じようなことを言う。

「あたしも命からがら、逃げた口ですよ。朝になって戻ってみたら、家はまる焼け。母親をリヤカーに乗せて、埋めに行きました」

淡々とした口調が、かえって美代の胸に迫った。

「小娘にあんな思いさせて、親の死体の始末させて、たかだか二十年も経たないのに、オリンピックだ、好景気だ、国際社会の仲間入りだってねえ。なんだか馬鹿にされてやしませんか？」

たったこれしきの燗酒で酔ったりしない。

道子さんはそう言い張ったが、かなりアルコールが回っている様子だった。部屋に来る前にも、お客にいくらか飲まされていたのかもしれない。美代はこのまま酔いつぶれたらここで寝かせようかと思っていたが、頃合いを見計らったかのようにさっきの男が現れ、道子さんに肩を貸してのっそりと廊下の奥に消えていった。

美代さんの「当て」とはあの男の部屋だったのか。だが、責める気にはならなかった。今助け起こした時の道子さんの体の重み。

十九年前、あの人は自分の親の野辺《のべ》送りをしたのだ。美代と同世代の女の子が。そして女一人、酒飲みの亭主を抱え、涼子様を育て、苦労してこの二十年を生き抜いてきたのだ。

それによいところもある。娘の涼子様があんな立派な久我家と縁ができたというのに、それにたかろうとはせずにみすぼらしい温泉宿で働いている。立派なものではないか。

ただ……。

たった一つ、気になることがあった。

『実用法律入門』のしおりが挟まれていたのは、道子さんが勉強していたという失踪宣告のページではなかった。

「刑法」の章で「殺人」と見出しのついたページだったのだ。

だが、美代は首を振った。お付き合いで口にした酒のせいで、変なことを考えてしまうのだろう。ただの思い過ごしだ。

道子さんが酒癖の悪い、金遣いの荒い亭主を手にかけたかもしれない、などと思ったのは。

翌朝、美代はお客が起き出してくる前に荷をまとめた。自分は客ではないのだから、早々に退散するに越したことはない。

道子さんを捜すと、宿のおかみと何やらやり合っている。

「こんな書き入れ時に、お休みを一日くれなんて。伯母さんが危篤？　それ、本当かい？」

「いいじゃないですか、恩に着ますよ。お正月の松が取れるまでは休みなしに働きますから。ここらあたりじゃ、クリスマスとやらより年末年始のほうが忙しいじゃありませんか」

かきくどく道子さんの声を聞きながら、美代はそっとその場を離れた。おかみさんも道子さんも、どちらにとっても聞かれたくないやり取りだろう。

だが、道子さんは美代の動きに気付いたようで、律義に見送りに出てきた。

「お気をつけてくださいね」

その立ち姿は、やっぱり涼子様に似ていた。

# 第四章　茉莉子

一学期の期末考査が終わると、志学女子学園高等部の校内は一気に浮き浮きした気分に変わった。先生方は成績表をつけるのにお忙しいらしいが、生徒たちはもう夏休みが始まったかのようだ。通常授業はもうない。一学期中に出された課題を提出し終えていない生徒たちは各自教室で焦りながら取り組んでいるが、無事に解放された者は体操着に着替えて校外へ出る。昭和五年に創設された志学女子学園の敷地は広大なため、ぐるりと取り囲んでいる塀も嫌になるほど長い。その長い道路沿いの清掃に駆り出されるのだ。

　夏休みが終わって秋になれば、いよいよオリンピックだ。志学女子学園が面する大通りがマラソン競技に使用されるため、今、大急ぎで舗装されている最中だ。志学女子学園の敷地から道路へはみ出ている樹木の枝も伐採しなければならないし、道路端の溝の掃除も、近隣の方と協力して行うように命じられている。

　志学女子学園は初等部から中等部、高等部、短期大学まで擁《よう》する広大な敷地を誇っているから、とても範囲が広いのだ。

　整備中の道路は埃がひどい。志学女子学園の生徒は家の庭など清掃したことがない者が大部分で、竹箒《たけぼうき》の使い方もたどたどしい。高等部一年生の竹田茉莉子《たけだまりこ》もすぐに両腕が筋肉痛になった。

もっとも、志学女子学園初等部に入学した際も同じようなことが起きた。六歳の茉莉子は入学して初めて、雑巾がけというものをさせられたのだ。あの時も翌朝、腕や太もも、背中の筋肉まで痛くなってびっくりしたものだ。

だが、そのことに苦情を言っても父は笑っていた。

「そうやって苦労することにより、心身が鍛えられていくのだ。やはり、志学女子学園にお預けしてよかった」

父はご満悦だった。陸軍士官学校卒業、終戦は芝浦《しばうら》で迎え、警察予備隊に入ったという経歴の父は、今警視庁で幹部になっている。質実剛健、女子であっても健全な全人教育が必要というのが信条だ。

茉莉子を志学女子学園に入学させたのも父の意向だ。この学園はまだ歴史は浅いが、父が信奉している学者の先生が創設した学園で、父はその方を神のようにあがめている。

本当を言えば、母は志学女子学園に進むことには反対だった。自分の母校、学習院《がくしゅういん》に入学させたかったのだ。

「そんな、志学女子学園なんて昭和になってからできた学校じゃありませんか。私が娘の時分には、志学女子学園に通う人なんて、成績不良でどこにも上がれない娘さんたちしかいませんでしたのよ。あそこでは良縁に恵まれません」

「あなたの思想は古い。茉莉子は新時代の婦人として自立すべきなのだ」

結局、父の意見が通った。

あとになってから気が付いたのだが、父は母の実家から家柄がどうの血筋がどうのと言われるのにうんざりしていたのだろう。母の昔話によると、自分の娘時代は、女学校の課程にいるうちに縁談がいくつも舞い込んできたそうだ。今の茉莉子と同じくらいの年頃だ。だが、志学女子学園でそんな話を聞いたことはない。お友だちはみんな、大学へ進学するつもりでいる。花嫁修業なんてまっぴら。志学女子学園はそういう学校なのだ。母にはあまりくわしく言えないが。

茉莉子は、この学園でよかったと思う。

茉莉子が物心つく頃には、戦後の改革で財産をすべて失った母の実家は——母は旧華族の末娘だ——発言権を失っていた。結婚当時の父は母の実家に頭を押さえつけられていたらしいが、今は違う。母も内心不満はあっても、表面上は父に従っているのだ。

そんな父も、家庭内のことは女の領分だからと母に采配を任せている。だから茉莉子は家の中で掃除や炊事などしたことがない。もちろん洗濯も。雑巾の洗い方も絞り方も、志学女子学園に入って教わった。ましてや自分の娘がどぶ掃除をするなど、母が聞いたら腰を抜かしてしまうだろう。

だから、志学女子学園で行っている清掃奉仕の内容は母には秘密で、ただ、手の手入れだけは母の言うとおりにしている。

「手が荒れたら、お琴もピアノもお稽古できないじゃありませんか」

今、茉莉子は毎晩舶来のハンドクリームを塗って手袋をはめて就寝することを母に命じられている。清掃内容を母に言わないのと同様、美容に関することは父には内緒だ。

「お母様、レモンのしぼり汁を手に塗ってキッドの手袋をはめると手の荒れにはいいそうよ」

「まあ、茉莉子、どこでそんなことを覚えたの」

「ご本よ。『赤毛のアン』と言うの。続編も出ているし、熱心な方は原書を取り寄せて読んでいるわ。今、みんな夢中なのよ」

「まあ、そう」

昨夜もそんな会話を母としたものだ。今晩も忘れずに手入れをしなければ。

騒々しい機械がアスファルトをならしているので、清掃奉仕は暑さとともに騒音との戦いでもある。

ようやく終了のベルが鳴ると生徒たちはいそいそと校舎に向かう。少し先を歩いている同級生を見つけた茉莉子は、急いで近付いた。

「お疲れ様、涼子さん」

「お疲れ様」

「本当に、今日も疲れたわねえ」

涼子さんはにっこりとして返事してくれる。

「私は慣れているのよ。家では、お掃除は私の役目でしたもの」

「さすがだわ」

茉莉子はうっとりと涼子を眺める。高等部から入学してきた涼子さんは、とても美しい人だ。

「ねえ、今日も涼子さんのお宅にお邪魔してよろしい？」

今日は木曜日だ。週日の中で唯一、茉莉子が放課後の習い事をまぬがれている日。おまけに、母はいつも木曜を外出日にしているので、夕食の時間までに帰れば母にも寄り道が知られずにすむ日だ。

奨学生の涼子さんのお家は、本当を言うとご裕福ではない。けれど、茉莉子にとっては宝物があるお家なのだ。涼子さんは、にっこりしてうなずいてくれた。

「ええ、どうぞ」

だが、それから困ったように付け足した。「でも、私のような者の家に来ること、茉莉さんのおうちの方は反対じゃないのかしら」

茉莉子はあわてて首を横に振る。

「そんなことないわ、父はいつも、精神の高潔な者が一番貴《とうと》い、茉莉子はそんな人を友としなさいって言っているのよ」

その父の言葉には、母の友人への当てこすりが含まれている。戦前、まだ学生だった頃に母と結婚した父は、華美な生活に慣れていた母やその親族に、さんざん悩まされたようだ。また学習院のお付き合いが娘の代にまで持ちこされたらたまらないと思っているらしい。そして母も、そんな父に内心不満を抱きながらも従っている。母の実家は没落し、今となっては父のお給料で茉莉子の家は維持されているのだから。

もっとも母にけなされた志学女子学園だって、今ではお嬢様学校として有名らしい。

志学女子学園は宗教を建学理念に掲げず、流行にもとらわれず、質実剛健を旨として正しい日本女性を育てることを校規にする女子校だ。その趣旨に賛同する各界のお偉方が子女を送り込んでいるので、学友の中には驚くほど名門のお嬢様もいる。母親が旧華族の子女、父親は退役軍人で現在は警察官僚、という茉莉子の家くらいでは、大きな顔などできない。

それなのに、母の気位《きぐらい》の高さには、困ったものだ。

茉莉子は涼子さんに気付かれないように、そっとため息をつく。実を言うと、涼子さんとお友だちになったことを、両親にはまだ打ち明けられないでいる。父はともかく、母は、涼子さんの人となりを聞くより早く、こう言うに決まっているからだ。

「その方のお父様は、何をしていらっしゃるの？」

いや、違うかもしれない。涼子さんの姓とお母様の旧姓を先に聞きたがるかもしれない。母は、日本の名家といわれる家々の結びつきやおおよその家系図をすべて把握していることが、自慢なのだから。

ふと見ると、涼子さんが面白そうな顔でこちらを見ている。まるで茉莉子の悩みなど、お見通しだというように。

茉莉子はあわてて話題を探す。

「ねえ、またお宅のレコードを聴かせていただいてもよくて？」

「ええ。『She loves you』が増えたわ」

「まあ、素敵！」

茉莉子は飛び上がる。

「それも、ビートルズの大ヒット作よね？　是非、聴かせてくださいね！」

今年の春、涼子さんとお友だちになったのも、ビートルズがきっかけだった。

茉莉子にビートルズを教えたのは、親戚の鼻つまみ者になっている従兄の渡会《わたらい》光太郎《こうたろう》だ。名古屋に住む母の姉夫婦の一人息子で、三年前から学習院大学の経済学部に在籍しているため、都内で一人暮らしをしていた。素行が悪いせいで、特に茉莉子の父は嫌っている。それでも義兄夫婦の手前、一応光太郎の身元引受人になっているという関係だった。

だが、幼い頃から親しんでいる茉莉子にとっては、光太郎は何でも知っている憧れのお兄さんだ。それは今も変わらない。

光太郎のマンションには志学女子学園から都電ですぐに行けることもあり、幼い頃から親しくしていた茉莉子は以前から時々こっそりとそこへ遊びに行っていた。

伯母は光太郎の望むものは何でも買い与えていた。茉莉子が高校入学を翌年に控えた晩秋のある日、光太郎のところへ遊びに行くと、初めて聴くレコードがかかっていたのだ。床に無造作に置かれたレコードのジャケットには、『Please please me』というタイトルが読めた。

「これは何という音楽ですの？」

光太郎は笑って答えた。

「今、欧米で大ヒットしているらしい。ビートルズという、イギリスの港町出身の若者四人組のバンドだ」

英語だから、茉莉子にはよく意味がわからない。だが明るいメロディ、自然と足が弾むような軽快なテンポの音楽は聴いているだけで楽しくなるようだ。

うっとりと聞き入る茉莉子に、光太郎は不思議な笑い方をした。

「まだまだ子どもだな、茉莉子は」

「失礼ね。来年の春には、高等部に上がるのよ」

「そうか、もうすぐ結婚できる歳になるのか」

そう言われると、急にどぎまぎしてきた。

だがそこで光太郎は気楽な調子でこう言った。

「ビートルズが、今映画を撮っているそうだ。来年封切られる。そうしたら見に行こうか」

「ええ！」

だがそう言ってから、不安になった。光太郎と二人きりで映画館に行くなど、父も母も絶対に許してくれない。

光太郎はそれをちゃんと見てとっていた。

「パパやママのお許しが出ないか、気になるのか。ほら、やっぱり茉莉子は子どもだ」

「そんなことないです」

すると、光太郎の目がまたおかしな光り方をした。

「『Please please me』の意味も知らないで、男の部屋で喜んで聴いている奴がか？」

男？

光太郎のことを男だと意識したこともなかった。あくまで幼い頃から知っているお兄さんでしかない。茉莉子が男という言葉で思い描くのは、父か、志学女子学園の理事長先生か、父お抱えの運転手か、そんな年配の男性ばかりだ。

ふと、茉莉子は今までにない思いに駆られた。ここは光太郎のマンションで、二人きりだ。

——皆さんは若い女性なのですから、身を慎んで……。

生活指導の先生がいつもそうおっしゃるが、具体的に、何から「身を慎」めばいいのか。その「何か」には、たぶん、母が家にお呼びしたお友だちと時折小さな声で口にする「ふしだら」とかいう言葉にも通じるものがありそうだ。秘密めかした匂いのする「何か」が。でもその正体が、茉莉子にはよくわからない。

今自分が若い男と二人きりでいるのは、「ふしだら」なことなのだろうか。

「あの、光太郎兄さん……」

茉莉子が身をすくめて口ごもっていると、不意に光太郎は大声で笑いだした。

「駄目だ、駄目だ。茉莉子じゃ相手にならん」

「まあ、失礼ね」

いつもの光太郎に戻ったことにほっとして、茉莉子は口をとがらせてみせた。

「まあいい。ビートルズの映画が日本でもかかったら、きっと連れて行ってやる」

「本当ね？　約束よ？」

「わかったよ。おれが日本のどこにいても、封切の日に茉莉子とビートルズの映画を見る」

だが、その頃からかもしれない。光太郎の持つ雰囲気が少しずつ変わっていった。何となく、すさんだ香りを放つようになったのだ。

——光太郎兄さんは、お酒を飲み過ぎるのかもしれない。

茉莉子の前で飲んでいたことはないけれど——そして茉莉子が知る限り、小さなキッチンにお酒が転がっていたりもしないけれど——、時々妙にはしゃいでいる時や、反対に二日酔いらしくぐったりしているのに気付くことが増えた。そういう時の光太郎兄さんは、まるでお付き合いで酔っぱらって帰ってきては翌朝具合が悪そうに不機嫌でいる時の父と、そっくりなのだ。

そんな時でも、茉莉子がねだると光太郎兄さんはビートルズをかけてくれる。そしてそのうちに、元の兄さんに戻っていくのだ。

茉莉子は内心かすかに不安を感じながらも、相変わらず光太郎のマンションに通った。そんな不安を持つ自分は、クラスメートに比べて少し大人になったような気もしていた。

そして、今年に入ってすぐ、いつものように光太郎のマンションを訪れた時のことだった。

「年が明けたら、茉莉子もなんだか大人っぽくなったな」

「そうよ。今年はいよいよ高等部入学だもの。光太郎兄さんだって、大学の四年生でしょう?」

「大学? やめてやろうかな」

「え?」

茉莉子は仰天して光太郎を見つめる。光太郎の家は名古屋で輸入業を営んでいる。卒業したら、もちろん光太郎はその跡を継ぐはずだ。

「大学なんて、くだらない。縛られている感じがたまらないんだよ。こういう枷《かせ》を捨てたら、さっぱりするだろうな」

また、光太郎の目に茉莉子を不安にさせる光が宿っている。茉莉子がおびえていたのだろう、光太郎は笑った。だが、楽しそうな笑いではない。

「子どもの茉莉子に聞かせる話じゃなかったな。もう帰れ」

「だから、子どもではありません」

その時だった。

いきなり、茉莉子の唇に何か柔らかいものが触れた。そしてすぐに離れた。

「ほら、子どもじゃないか」

今触れたのは、光太郎の唇だ。そう気付いた茉莉子は動けなくなってしまった。光太郎は乱暴に立ち上がると、玄関のドアを開ける。

「ほら、帰れよ。ここにいて、どうなっても知らんぞ？」

茉莉子がぎくしゃくと立ち上がると、コートが後ろから着せかけられ、そして背中が押された。逃げるように外を出る時、閉じかけたドアの向こうで光太郎が口笛を吹いているのが聞こえた。『Please please me』だった。


——もう、光太郎兄さんのところに行ってはいけない。

茉莉子はそう自分に言い聞かせていたが、やがて辛抱できなくなった。光太郎のほうもそれまではたまに茉莉子の家にご機嫌伺いに来ていたのに、あれ以来ぱったりとやんでいた。

茉莉子はじりじりしながら日を過ごした。

——私に、あんなふしだらな真似をして、謝りもしないなんて。なんてひどい男だろう。だがそのうちに、考えついた。

——私にあんなひどいことをしたから、光太郎兄さんはこの家に足を向けられないと思っているのではないかしら。

そうだ、父や母に顔向けできないと思っているのだ。

だったら、茉莉子のほうから自分が怒ってはいないこと、父や母には秘密にしていることを教えてやるべきではないのか。

そう、茉莉子はあのことを、怒ってはいないのだから。

たまらなくなって光太郎のマンションに向かったのは、二週間後のことだった。日曜日の朝、光太郎は必ず家で寝坊しているタイミングだ。行く途中の道に白梅が香っている。季節は春に向かっている。

茉莉子が行ったら、きっと光太郎は、この間のことを謝るだろう。そうしたら、許してやるのだ。優しく、でも、もう決してあんなことをしてはいけないと毅然《きぜん》とした口調で。

だが、マンションのドアのチャイムをいくら鳴らしても、応えはなかった。気がつくと、表札も消えている。

嫌な予感がした茉莉子が勇気を出して一階にいる管理人に尋ねたら、不愛想にこう答えられた。

「渡会さん？　引っ越しましたよ。親御さんが急に荷物をまとめてねえ」

茉莉子は家に飛んで帰り、母に問いただした。

「どうしたの？　光太郎兄さんに何があったの？　なぜマンションから引っ越したの？」

だが、母の答えは要領を得ない。

「もう、光太郎さんはいないものと思いなさい」

「どういうこと？」

どこかへ出かけるらしい母を追いかけて茉莉子が攻め立てていると、後ろから険しい声がした。

「茉莉子、なぜ光太郎がマンションを引き払ったことを知っている？」

父だ。茉莉子はぎくりとした。日曜日の朝で、いつも忙しい父も在宅していることなど、すっかり頭から抜けていたのだ。

これ幸いとばかりに、母は出て行ってしまう。

「答えなさい、茉莉子。なぜだ?」

父になぜと聞かれても、マンションの管理人に教えてもらったとは言えない。それでは、今まで光太郎のところに茉莉子が通っていたことが、知られてしまう。

だから、茉莉子は懸命に知恵を絞ってこう答えた。

「いえ、ただ……。光太郎兄さんが、高等部に進んだら英語の辞書を譲ってやると約束してくれていたのです。だから、光太郎兄さんのところへ電話をかけてみたら、もうつながらなくて、だから引っ越しをされたんだと考えたのですが……」

この言い方なら、ぼろが出ないですむだろう。光太郎兄さんの電話番号は、電話室の住所録にあるのだし。

冷や汗をかきながらも、茉莉子が無邪気なふうを装って父を見上げていると、父はしばらく茉莉子を見つめてからこう言った。

「光太郎は、出雲《いずも》の本家へ預かりになった」

「え? 出雲というと、渡会のご本家のことですか?」

そういえば伯母の嫁ぎ先——つまり、光太郎の父方の本家渡会家——は、出雲の大変な旧家だったはずだ。

「でも……。大学は?」

「学習院には休学の届けを出したと聞いている」

「そんな……。あと一年で卒業なのに」

「茉莉子」

父の声が、さらに厳しくなった。

「あんな男のことを、なぜそこまで気にかける?」

はっとして茉莉子が口をつぐむと、父はくるりと踵を返した。

「もう、あの男のことを口にしてはならない」

それきりだった。


光太郎に抱いていたものが恋愛感情なのかどうか、茉莉子にもわからない。だが、光太郎がいなくなったことはショックだった。

それ以来、家の中で光太郎のことは誰も話さなくなった。まるで存在などしていなかったかのようだ。

まもなく彼岸の入《い》りになり、恒例になっているとおりに渡会の伯母が上京した。茉莉子は伯母に会うのを待ち望んでいた。何と言っても実の母親なのだもの、きっと光太郎のことをくわしく話してくれるだろう。

だが、その当てははずれた。伯母も、光太郎のこととなると口をつぐんだ。

ほかに変わったことと言えば、母以上に華やかなことが好きで贅沢な伯母が、上京したのに遊び歩かなかったことだ。いつもだったら、伯母が来るとなれば、母は帝国劇場や歌舞伎座の観劇の手配をして待ち構え、連れ立って出かけるし、時には茉莉子も連れていってくれる。派手好きの伯母に対抗するかのように何日も前から自分の装いの準備にも念を入れるし、茉莉子に合いそうな振袖を吟味したりもする。

今回の伯母の上京には、そうした浮かれた空気が一切なかった。

それどころか、母や伯母の母校である学習院関係の行事にも、ぴたりと足を向けなくなった。春と言えば謝恩会や同窓会が華やかに執り行われる季節だというのに。

「今年はどこにもお出かけなさらないの?」

茉莉子が不思議に思って尋ねると、伯母は目に見えて狼狽《ろうばい》し、母がかばうように口をはさんだ。

「茉莉子、今年はそれどころではないでしょう。なにしろ、ほら、相模湖《さがみ》で……」

「ああ、そうでしたわね」

そうだった。

三月二十日、恐ろしい事故が起きた。神奈川県の相模湖でレースに出ていた学習院大学チームのボートが転覆し、乗員五名全員行方不明になったのだ。

光太郎の友達も、遭難なさったのかもしれない。だから、母も伯母も慎んでいるのか。

結局伯母はいつものような長逗留もせず、三日ほど滞在しただけで、買い物も芝居見物もしないままひっそりと帰っていった。

「本当にありがとうございました」

帰りがけに父にそう言って、深々と頭を下げたのが印象的だった。

茉莉子が釈然としない思いで伯母を見送っていると、弟が袖を引っ張った。

「ねえ、伯母様は超能力があるんだよ、きっと」

「何を変なこと、言ってるの」

茉莉子が叱りつけると、弟は口を尖らせた。

「嘘じゃないよ。だって、いつもの伯母様とは全然違っていたじゃないか。あれは、学習院ボート部の事故の予感があったんだよ。きっと伯母様には事故が起きる前から、今年の春は悪いことがあるってわかってたんだ、だからうちに来てもおとなしくしてたんだ」

「馬鹿をおっしゃい」

茉莉子が相手をしないでいると、弟はさらに言った。

「だってね、ゆうべお父様にこんなこと話してたのが聞こえちゃったんだ。『どちらももうないものと思わざるをえませんの』って、すごく沈んだ声で」

「『ないもの』？　どういうこと？」

「ね。あのボート事故の部員さん、まだ二人発見されていないんでしょう？　きっとその二人も、もう『ないもの』になったんだ」

「縁起でもないこと、言うもんじゃないの」

茉莉子は叱りつけたが、ぞっとした。

だが、本当に震え上がったのはその翌朝だった。

捜索の結果、最後の二人の遺体が相模湖で発見されたのだ。


そんなわけで、茉莉子の春休みはさんざんだった。いつもどおりに庭の桜は咲き、父は観桜の会を催したが、浮かれた気分になれないまま、茉莉子は高等部の新学期を迎えた。

それでも、新しいクラス、新しい教科書は心を浮き立たせる。光太郎のことも伯母のことも、茉莉子の意識から徐々に薄れていった。何と言っても、高等部となれば学内の権力者だ。

しかも、茉莉子のクラスには、志学女子学園には珍しい転入生がやってきたのだ。

「小野田涼子と申します。どうぞよろしくお願いいたします」

つややかな黒髪を三つ編みにした、きりりとした目元の方だ。端整なお顔立ちだけど、クラスの中で目立つような美形ではない。茉莉子のクラスには由美《ゆみ》さんという、大変な美人がいるのでなおさらだ。

だが、小野田さんは格好の注目の的になった。何と言ってもクラスメートは全員小学生の時から十年越しの知り合いで、成績もおうちのことも知り尽くしている。ミステリアスな転入生に興味が集中するのは当然だ。小野田さんのことはすぐに、クラス内でひそひそとささやかれるようになった。

――小野田さん、奨学生なんですって。

――じゃ、学費を払わずに志学女子学園にいるの？

――まあ。道理で、時計もしてらっしゃらないし、お持ち物が地味ね。万年筆も持ってらっしゃらない。

全員同じ制服、同じ通学かばんであっても、人となりや個性は出るものだ。たとえば下敷き、筆箱の中身、舶来のノート、先生に隠してつけるエルメスやディオールのオーデコロン……。

小野田さんは、質の悪いざら紙でできた大学ノートと鉛筆しか使わない。それでも成績は優秀で、特に数学と古典がすばらしく、中間考査では学年トップとして名前が廊下に貼り出された。

現代社会の授業でも、先生相手に時事問題の議論を戦わせる。

――すごいのね、小野田さん。

素直な賞賛も、ただ受け流して勝ち誇るでもない。そんな小野田さんは、クラスで一目置かれるようになる一方、一部の生徒から敵視されるようになった。特に、由美さんたちのグループから。

友人からのんびりやと言われる茉莉子は、そのどちらにも与《くみ》しないで過ごしていた。

そんな六月のある日、茉莉子は新宿に一人で出かけた。高等部に進級してから、行先を母に告げれば日中の一人歩きを許してもらえるようになったのだ。

大人になったような気持ちで新築の紀伊國屋ビルをうろついていた時、茉莉子は懐かしい音楽を聴いた。

――ビートルズの、これはたしか……。

久しぶりに聴いたメロディだった。光太郎が出雲へ行って以来、ビートルズの音楽も聴けなくなっていたから。茉莉子の父は軽佻浮薄《けいちょうふはく》な洋楽など、家の中で流すのはもってのほかという堅物だ。茉莉子が欲しいものなら大抵母のお許しが出るけれど、はやりのレコードなど買ってはもらえない。茉莉子が欲しいものなら大抵母のお許しが出るけれど、はやりのレコードなど買ってはもらえない。家の客間にビクターの蓄音機はあるけれど、父が聴くのは謡曲や落語やクラシックだけだ。ラジオは買ってもらえたものの、それも弟と共有で、聴くのを許されているのはＮＨＫの英会話講座だけ。

引き寄せられるようにレコード売り場に行くと、思いがけない人を見つけた。

質素な白いブラウスに紺のスカート。日曜日だというのに学校の制服を着ているかのような、小野田涼子さんだった。

驚き、そして声をかけたものかとためらう茉莉子とは違い、涼子さんは茉莉子を認めると、すぐに近付いてきて、こう話しかけた。

「こんにちは。何をご覧になっているの？」

「あ、あの……。小野田さんは？」

「私？」

涼子さんが手にしたのは、『Please please me』だった。

「輸入盤なのね。ちょっと、興味があって」

「私も、その曲聴いたことあるの……」

茉莉子は光太郎がいつも聴かせてくれたことを思い出していた。そして唇の感触も。

あの日のことは、涼子さんにも打ち明けられない。だがいつのまにか、茉莉子はほかのことはすっかり話してしまっていた。従兄の光太郎が突然休学して出雲に行ってしまったこと。もうビートルズが聴けないでいること。父が警視庁に勤める謹厳実直な人間で、洋楽など許してくれないことも。

するとと、涼子さんがこう言った。

「ね、よかったら一緒に聴かない？」

「いいの？」

「ええ、今日は無理だけど、今度、学校帰りに一緒にいらっしゃらない？　ビートルズのレコードがそろっているわ」

あれが涼子さんとの友情の始まりだった。涼子さんのおうちは小さいけれど、一目見て、茉莉子は気に入った。

光太郎のマンションに、造りが似ているのだ。

それに、おうちが裕福でないとしても、涼子さんは本当に立派な人だ。頭がいいだけではなく、しっかりと自分というものを持っている。茉莉子の愛読書『小公女』の主人公、セーラのようだ。セーラは上流階級の子女が集まる寄宿学校で女王のように君臨していたが、父の死によって、一転、召使いのような境遇に落とされる。それでも誇りを失わず、常に気高く、誰にでも優しいリトル・プリンセスとして清貧に甘んじるのだ……。

涼子さんが一緒にいてくれたら、きっと映画も見にいける。八月に松竹で封切られる『ビートルズがやって来る！ ヤァ！ ヤァ！ ヤァ！』という映画だ。光太郎が、連れて行ってやると約束してくれた映画。だが、その光太郎はもういない。そして、茉莉子一人では映画館になど行けない。光太郎は、もう茉莉子の家に迎えに来ることはできないだろう。あの父の剣幕では、絶対に追い返されてしまう。

でも、映画が封切られる時には光太郎がきっと映画館にいるような気がするのだ。八月なら、東京に来られるのではないか。

そんなことを考えながら、今日も茉莉子は涼子さんと肩を並べ、千駄ヶ谷の坂を下っていく。志学女子学園では車での送迎が禁じられているので、全員徒歩または電車通学だ。ほかの学校ではそんなものは建前で、道を一本裏に入ったら高級車がずらりとお嬢様のお帰りを待っているという話だが、そこが志学女子学園の真面目さなのだ。

ここから徒歩で行ける涼子さんのおうちは、小さくてかわいらしい。

外苑西通りを渡ると、やがて、そのおうちが見えてくる。白い積み木をいくつも立てたような一角だ。近付くにつれ、その積み木はどんどん大きくなり、やがて、校舎ほどになる。四角い窓がいくつも見えてくる。そんな、校舎のようなビルとビルの間はアスファルトで舗装された道路になっていて、タイヤが三つしかない自動車や自転車が行き交う。

このたくさんのビル——全部まとめて団地というらしい——の中の一つの、そのまた片隅が涼子さんのおうちだということも、昔の茉莉子にはわからなかっただろう。光太郎のマンションを知っていたからこそ、勝手がわかったのだ。ただこの団地は、光太郎のマンションよりも内部の通路が狭い。その通路の中を涼子さんに案内され、学校の非常口みたいな狭い階段を上った四階に、涼子さんのおうちはある。

「お邪魔します」

勝手がわかっているので、通学かばんを四つも並べたらいっぱいになりそうな沓《くつ》脱ぎできちんと靴を脱ぎ、お部屋へ上がらせてもらう。

お部屋は二つだけ。ほかに玄関の右手には小さなお手洗いがあり、ダイニングテーブルを置いた狭い台所がある。ダイニングキッチンというのだそうだ。

最初、ダイニングキッチンというのが、茉莉子にはわからなかった。ダイニングは食堂だし、キッチンは台所だ。その二つの場所がくっついているなんて、それでは料理人が仕事できないではないか。だが、それからまた光太郎のマンションを思い出し、このおうちには料理人はいないのだと気付いた。

まったく、涼子さんとお話ししていると、自分がどれほどもの知らずかが、しみじみとわかる。

奥のお部屋が涼子さんと弟の太郎君のものだそうで、そこに蓄音機と、ビートルズや茉莉子の知らない演奏家のレコードがある。

「いいわねえ、お父様はご理解があって」

「そんなこと……」

涼子さんはさらりと受け流す。

二人で音楽を聴く間、弟の太郎君は隅で宿題をしているのを、涼子さんは手伝ってあげている。小学生の勉強なら、茉莉子と話をしながらだって、涼子さんには何の支障もない。なにしろ、学校のお点もすばらしいのだから。

「お姉さんたち、これあげる」

宿題が終わると、太郎君がダイニングキッチンから黄色い小箱を持ってきた。

「まあ、ありがとう」

茉莉子にも見覚えがある森永のキャラメルだ。その半透明の包み紙を剝きながら、茉莉子はさりげなく切り出した。

「そうだわ、涼子さん、夏休みはどうなさるの」

涼子さんは顔を上げて困ったように笑った。

「どうと言われても……。毎日家にいるだけよ」

「そうなの。私はいつも母と弟と一緒に、七月の終わりから八月半ばまで軽井沢《かるいざわ》の別荘に行くんだけど」

茉莉子の言葉を聞いている涼子さんの細い指先が、器用に動く。キャラメルの包み紙を真四角にして、細工をしているようだ。

その手元を見ながら、茉莉子は思い切って言ってみた。

「よかったら、八月に東京の私の家で一緒に勉強会をしない？　何日かお泊まりになって」

涼子さんは面白そうに聞き返した。

「それは、八月になったらお母様や弟さんを置いて、茉莉さんだけ東京に帰っていらっしゃるということ？」

「ええ」

そううなずいたものの、茉莉子は頰がほてってきた。

「ほら、高校になってお勉強が難しくなってきたでしょ……。私、夏休みの間に取り戻したいの」

涼子さんはすぐには返事をしなかった。その間にも、指の間で何か形作られている。

やがて、小さな小さな、紙飛行機が出来上がった。

「涼子さん、器用なのね。こんな小さな紙でそんなものを作れるなんて」

「たいしたことないわよ。私の母なんか、この包み紙で鶴を折るわ」

それから涼子さんは顔を上げて、ずばりと聞いた。

「茉莉さん、本当に、お勉強会だけが目的なの？　八月に東京に帰ってくるのって」

茉莉子はうつむいてしまう。

やっぱり涼子さんに隠しごとはできない。

「……あの、正直に言うわね。私、新聞広告を見たの。八月一日から松竹会館で、ビートルズの映画が上映されるの。一緒に行ってくださらない？　その少し前から涼子さんに私の家に滞在していただいて、当日の昼間一緒に行きましょう」

ビートルズの映画など、父も母も許さないから、内緒の行動だ。八月一日なら母も弟も軽井沢の別荘にいるし、使用人の数も少なくなる。でも、勉強があると言えば、茉莉子だけ東京の家に戻るのは認められるだろう。なにしろ父は東京に残っているのだから。

そして当日。その父はもちろん朝から警視庁に出て行ってしまうし、お目付け役の母もうるさい弟もいない。家に残っている使用人にも、ただ買い物に行くとでも言えばいい。

「ご家族に隠しごとはよくないわ」

「でも……」

しょんぼりしてしまった茉莉子の前に、涼子さんは今度は小さな折り紙の風船を転がしながら、言った。

「まだ時間があるから、もう少し考えましょうよ。私も八月になったら忙しくなりそうなの」

そして晴れやかに笑う。

「そんなにビートルズの映画を見にいらっしゃりたいなら、茉莉さんの願いがかなうといいわね」

ふと、茉莉子は思い出した。光太郎が『Please please me』について、「茉莉子には意味がわからない」と言ったことを。

このことは、まだ涼子さんにお話ししていなかった。英語もお出来になる涼子さんなら、光太郎の言った意味がわかるのではないか。

茉莉子が説明すると、涼子さんはレコードのジャケットにある『Please please me』の歌詞をじっと読んで、それから言った。

「その従兄の方、ひょっとしたら……」

「え？　何かおわかりになった？」

だが涼子さんは笑顔で首を横に振る。

「ううん、私にもやっぱりわからないわ。それより、ね、茉莉さん、最近何か面白いご本を読んだ？」

「そうね。『若草物語』って、涼子さんはご存じ？」

「ええ」

「『赤毛のアン』も、クラスでは人気があるけれどね。そうだわ、涼子さんは『若草物語』の主人公のジョーと、アンと、どちらがお好き？」

最近、クラスでよく出てくる話題だ。想像力豊かで少女趣味で会う人をすべて魅了してゆくアンと、ぶっきらぼうで女の子らしいものが大嫌い、でも文才に秀でたジョー。

涼子さんは即答した。

「それはもちろん、ジョーよ」

「あら。どうして？」

意外な気もする。涼子さんはジョーと違って、人を惹きつける人なのに。それとも、表面的な少女らしさではなく、ジョーの正直さを高く買っているのか。

ところが、涼子さんは思いもよらない答えをした。

「だって、アンはすぐにたくさんの友だちを作れるでしょう。でも、『若草物語』の中に、ジョーの友だちは一人も出てこないの。ジョーはひたすら、家族と自分の文学への野望だけを大事にしている。そういうジョーが、私は好き」

「まあ」

茉莉子は急いで『若草物語』の内容を思い返してみた。

「……本当だわ。姉のメグや、妹のエイミーには友だちがいる。引っ込み思案で家の中にしかいないベスも、いろんな人と仲よくなっている。でも、そうね、活発なジョーなのに、自分だけの友だちを持っていないわね。私、全然気が付かなかった」

しきりに感心する茉莉子に、涼子さんは笑った。

「そんな、たいしたことじゃないわ。……さあ、すっかり遅くなってしまったわね。もう帰らないと」

「あら、大変！　本当だわ」

まだ日は沈んでいないから、油断してしまった。六時をとうに過ぎている。

「すぐに帰らないと！」

「茉莉さん、そこまで送るわ。……あ、お茶碗を片付けるまで待っていて」

「いいえ、大丈夫」

茉莉子は涼子さんを待たずに階段を駆け降りた。駅まで、何ほどの距離もない。いつもは一番近くの門から出てぐるりと通りを回って駅に行くのだが、考えてみればこの団地の中を突っ切ったほうが早いはずだ。団地の案内板を見ると、いつもの門のほかにも、通りへの門はある。茉莉子は気が急くまま、そちらに向かって歩き出した。

高い建物が、長い影を作っている。

何か、ごみの捨てられている横を通ろうとした時だ。鋭い口笛が聞こえた。

見ると、塀の陰の暗がりに座り込んだ人たちがいる。まるで夕闇に溶け込んでいるようだったので、すぐには気付かなかったのだ。

「よう、姉ちゃん。かわいいねえ」

にやにやしているのは、若い男のようだ。日に焼けていて、白い歯と、白目のところだけが薄暮の中に浮き上がる。着ているシャツの襟がはだけて肌が露出しているのに気付き、本能的に目を背ける。

「あの……」

「おれといいことしない？」

何を言われているのか、茉莉子にはわからない。ただ、

――こわい。

この人たちは、こわい。何かがそう茉莉子にささやいている。

茉莉子は踵を返して、走ろうとした。

「おい、待てよ」

げらげらと笑いながらそんな声が追いかけてくる。茉莉子はもつれそうな足で懸命に逃げるが、背中から聞こえるいくつもの足音が、どんどん大きくなる。

その時だった。

茉莉子の腕をぐいとつかんで、一緒に走り出した者がいる。一瞬茉莉子は恐ろしさに心臓が止まるかと思ったが、すぐに泣きそうな安堵感に包まれた。

「涼子さん……」

「こっちよ、茉莉さん」

「でも、あの人たちは？」

「追いかけてはこないわ。別に、乱暴なことをしたりはしないの。ただ、茉莉さんなんかが近付くべき人間じゃないわ」

「こわかった……」

涼子さんは茉莉子の腕をつかんだまま足早に歩きながら、続けた。

「みんな、困っているのよ。この団地の住人ではないのに、どこからか入り込んでしまって、追い出すこともできないんですって。ほら、昼間は男の人が少ないでしょう」

「そうなの……」

「誰か、頼れる人たちがこの団地に住んでくれるといいのだけれど。……さあ、もう大丈夫」

いつのまにか駅が目の前にあった。茉莉子は恐る恐る振り返ってみる。

あの男たちは、まだ見えるところにいた。だが、涼子さんの言うとおり、こちらを追ってはこないようだ。たしかに乱暴なことをするつもりではなかったらしい。ただ、遠目に、一人が手を上げたような気がした。

こわがりの茉莉子をからかっているのだろうか。

「茉莉さん、一人で帰れる？」

「え、ええ……」

もう大丈夫だ。改札口を抜ければ、こわいことは何もない。

そこで、涼子さんが改まった調子で言った。

「もうすぐ夏休みだし、私の家に来るのもこれで終わりにしたほうがいいと思うわ」

「え、そんな……」

もうビートルズが聴けなくなるのか。涼子さんはなだめるようにこう言った。

「また、学校でお会いしましょうね」

「え、ええ」

「ごきげんよう」

「ごきげんよう」

一人で電車に揺られていると、さっきのこわい体験よりもこれからのことが心配になってきた。いつもより三十分も遅い。家に帰ったら、母に叱られる。父はたぶんまだ帰宅していないだろうが、きっとあとで言いつけられる。

それでなくても、父は最近不機嫌なことが多い。今の東京の浮ついた風潮を、苦々しく思っているのだ。

——最近の若い者は、どいつもこいつもなっておらん。オリンピックの好景気はいいが、万事派手に、軽薄になっている。みゆき族などという若者を銀座から追い払うにも一苦労だった。

——東京中を工事しているために肉体労働の男たちが増えているが、工期に追いつかないのか、疲労回復や一時の快楽のためにあやしげな薬に頼る脆弱《ぜいじゃく》な精神の者が目立つ。

家を訪れる同僚や部下の方々と、父はそんな嘆かわしい世の中を嘆いている。ひょっとしたら、今茉莉子が遭遇したのも、そんな若者たちであるのかもしれない。父に知れたら、茉莉子は通学もお目付け役付きになってしまうかもしれない。

だが、幸か不幸か、そんなことはなかった。

家に帰ると、茉莉子のささやかな事件などは吹き飛ばすようなニュースがテレビで流れていたのだ。

「島根県の松江《まつえ》市、出雲市に災害救助法が発動され……」

――出雲？

「これは何のニュースなの？」

茉莉子の問いに、ソファに寝ころんでいた弟が振り返る。

「知らないの？　お姉様。山陰地方が豪雨で大水害に見舞われているんだってさ。死者が相当出ているらしいよ」

茉莉子は体が冷たくなる思いだった。

出雲には、光太郎がいるのだ。

「お母様！　お母様！」

茉莉子が母の居間に駆け込んでみると、母も一人で自分専用のテレビを見ているところだった。

「お母様！　出雲でひどい水害ですって……」

「ええ、そうなのよ」

母は刺しかけの刺繍を置いて立ち上がる。

「大変そうね。やっぱり渡会のお家《うち》にお見舞いの電話をかけたほうがいいかしら」

「お母様、まだお電話してなかったの？」

「ええ、ちょっと刺繡に熱が入ってしまっていたものだから。まずは姉さんにかけてみたほうがいいわね」

茉莉子はいてもたってもいられずに母のあとについていき、電話をかけるのを聞いていた。

「ええ、ええ……。じゃ、渡会のご本家のあたりはご無事なのね？　奥様のご実家も？　まあ、よかった」

そこで受話器を置いた母は茉莉子に気付き、けげんな顔をした。

「どうしたの？　茉莉子。渡会のお家は高台ですからね、被害はなかったそうよ。どうしてそんなに気にするの？」

「お母様こそ、どうしてそんなにのんきなの？　光太郎兄さんは？」

母はびっくりした顔になった。

「光太郎のこと？　……ええ、ええ、無事よ、もちろん」

「そんな他人事《ひとごと》のように……。お母様にとってもかわいい甥の一大事でしょう！」

「何ごとだ」

いつにもまして苦い顔をした父が入ってきた。だが、茉莉子は父の機嫌どころではない。

「お父様！　出雲で豪雨のために大勢の死者が出ているって……」

だが、父の反応は、母に輪をかけてそっけない。

「大変だが、茉莉子にできることはない。どうしても気になるなら、学校で支援活動をしなさい。

募金でも呼びかけたらどうだ」

そして外出してしまった。

茉莉子の目に、悔し涙がにじんだ。

光太郎は、きっと、夏には東京に帰ってきてくれるはずだったのに。

母や弟が軽井沢にいる八月一日には、会えると思っていたのに。

山陰地方の水害は、翌朝のニュースによると、さらに被害が拡大していた。だが、朝の食卓で、母はそのことを話題にしようともしない。

茉莉子が学校を休むことも許されなかった。

「何を言っているの。今日は終業式でしょう」

仕方なく登校した茉莉子は、涼子さんに会うなり、思いの丈を訴えた。光太郎のことを何でも打ち明けてきた涼子さんなら、きっと茉莉子の気持ちをわかってくれる。

と、難しい顔をした涼子さんが終業式のあとで、こんなふうにささやいてきた。

「ね、茉莉さん、これから、ある場所へ一緒に行ってもらっていいかしら?」

水害の地方とは打って変わり、梅雨が明けた東京は日差しが照りつけている。涼子さんに導かれ、茉莉子は国鉄の高架をくぐって新宿通りまでやってきた。そして、新宿御苑と通りを隔てた向かいの建物に入る。

「ここは?」

「新宿区の図書館よ」

涼子さんはこの建物に慣れているようで、ある区画につかつかと歩いて行った。たくさんの種類の新聞が専用の紙ばさみに挟まれて架けられている。そこで山陰の豪雨の記事を読むのかと思ったら、涼子さんは壁際の棚に向かい、事典のような大きな本の並んでいる前に立った。

「涼子さん、それは何?」

「新聞の縮刷版よ。新聞そのものでは大きすぎて、まとめても読みにくいでしょう。だから、小さく印刷しなおして、一か月分を一冊にまとめてあるの。ね、茉莉さん、その光太郎さんがマンションから引っ越したのはいつですって?」

茉莉子は記憶をたどって答える。

「今年の二月だわ。私がマンションに行ったのが建国記念日のすぐ前の日曜日だったはずよ」

涼子さんは真剣な顔で縮刷版のページを繰る。やがてはっとしたように、あるページに目を落とすと指を挟んだままそれを閉じ、茉莉子のほうを振り向いた。

「図書館の中では私語厳禁だけど、この場所はめったに図書館の人も見回りに来ないの。幸い今は私たちのほか誰もいないし、小さな声なら大丈夫ね……。ね、茉莉さん、少し私の考えを話してもいい?」

「ええ」

茉莉子はなんだかどきどきしながら涼子さんの口元へ耳を寄せる。

涼子さんがささやくような小さな声で話し始めた。

「昨日、茉莉さんのお母様が出雲のご親戚のことをお姉様に問い合わせた時のことが、私には不審だったの。茉莉さんは、お母様が光太郎さんのことをちっとも心配しないと憤慨した。でもその話を聞いて、私は別の印象を持ったの。お母様、まるで光太郎さんのことを忘れているみたい。でも光太郎さんのこと、お母様もかわいがっていらしたんでしょう。自分のお姉様の嫁ぎ先の本家なんて、関係としては薄いわ。そんな方たちにはお見舞いのことを思い付くのに、かわいがっている甥のことを忘れるはずはない。だとしたら……。光太郎さんは出雲にいないのではないかと思ったの」

「いない？」

おうむ返しに聞いてから、茉莉子ははっとした。

光太郎が出雲にいるとは、母も伯母も一言も言っていない。そう言ったのは父だけだ。

――光太郎は、出雲の本家へ預かりになった。

父が茉莉子にそう告げた時、母はその場にいなかった。

「出雲は遠いわ。もうすぐ新幹線が開通するといっても、京都で乗り換えてから先、山陰本線でまだまだかかる。すぐに行けるような場所ではない。うまい具合にそこに伯父様ゆかりの方々がいるから、お父様はとっさに光太郎さんが出雲にいると、茉莉さんにごまかそうとしたのではないかしら。だから今回の水害でも、お母様も伯母様も、光太郎さんのことを心配しなかった。実は、光太郎さんは出雲になどいないのだから」

「それでは、光太郎さんは無事なのね！」

茉莉子は、どっと安堵の思いに包まれた。だがすぐに、次の疑問が浮かび上がる。

「じゃあ、じゃあ……。光太郎兄さんはどこにいるの？」

すぐにはその問いに答えず、涼子さんはさらに続けた。

「その次にね、今年の春に伯母様が上京された時のことを考えてみたの。お芝居もお買い物も楽しまれなかったそうね。その理由について、学習院のご学友にご不幸があったからとお母様は説明なさった。でもね、そのボート事故が起きたのは三月二十日だわ。前もってお芝居の券の予約もせずに上京したのなら、伯母さまが芝居見物を控える理由はボート事故とは関係なく、ほかにあったことになる。まさか、伯母様に予知能力があったわけでもないでしょう」

「そうね、そんなの、現実離れしているわ」

超能力話にかぶれた弟の、他愛もない空想でしかない。

「それと、伯母様が涼子さんのお父様にお礼を言われたことも気になるわ。まるで、伯母様は身を慎んでいるようだと思わない？」

「でも、なぜ伯母様が身を慎むの？」

「そうよね。謝恩会や同窓会を欠席したり旧《ふる》いお友だちに出くわしそうな観劇をあきらめたり、この春の伯母様の振る舞いは、まるで学習院の関係者に顔向けができないと思っていらっしゃるかのようよね」

「顔向けができない……」

そこで茉莉子は思い付いた。

「顔向けができないのは、光太郎兄さんのせい。兄さんは、学習院を休学したのではなく、退学させられたのね」

涼子さんはうなずいた。

「そう考えたの。それでね、茉莉子さんのお父様は警視庁にお勤めなのでしょう」

「ええ……」

茉莉子はゆっくりと言った。

「光太郎兄さんはただの不祥事で退学させられたのではない。私の父が便宜を図るということは、刑事事件を起こしたのね」

涼子さんは静かに縮刷版を開いた。

『名門大学生、薬物摂取で逮捕』。

名前は載っていないけれど、逮捕されたのは二月三日、場所も、詳細は伏せられていたが、西新宿のマンション。

「その後の続報はないわ。たぶん、不起訴になったのね」

「不起訴？」

「逮捕というのは、刑事罰を犯した疑いのある者に対して警察が身柄を拘束するということ。でも、はっきりと容疑が固まらなかったり、まだ罪が軽いとなったりすれば、検察官が立件しないこともあるの。または、逮捕された者に情状酌量してやってくれと、実力者から声がかかったりしたら」

自分の生まれ育ちや華やかな人脈を誇る権高な伯母が、殊勝に父に頭を下げ、自慢の母校に顔も出さずに帰っていった……。

「この記事。名門大学生というところも、逮捕された時期も、マンションの場所も、すべて光太郎兄さんと一致するわね」

茉莉子が乾いた声で言うと、涼子さんは気の毒そうに言った。

「確かなわけではないのよ。光太郎さんが姿を消したのと、この事件が全く無関係な可能性だってあるわ」

「いいえ、そうだと思うわ」

茉莉子はきっぱりと言った。光太郎は、何か薬物を打っていたのだ。今となっては、茉莉子はそう思う。あの感情の浮き沈みの激しさ、時折見せただるそうな様子。

——疲労回復や一時の快楽のためにあやしげな薬に頼る脆弱な精神。

父の言葉が思い返される。

それに、弟が聞いたという、伯母さまの言葉もある。

——どちらももうないものと……。

だとしたら……。

「どちら」というのは二人の人間をさすのではないのだろう。たとえば、「光太郎自身」と「光太郎の将来」の「どちらも」、ではないか。

「私も、竹田家の娘ですもの。人に後ろ指をさされるような危険を冒してはいけないの。光太郎兄さんは、もう私の世界の人ではないんだわ」

涼子さんが何かを恐れるような顔になった。

でも、これが、茉莉子が幼少から叩き込まれてきた教えなのだ。

「ありがとう、涼子さん」

茉莉子は心から言う。

「涼子さんのおかげで、自分を取り戻すことができたわ」

ビートルズの音楽は、今でも好きだ。でも、もう聴かなくてもいい。

「すっかりお世話になってしまって。どうしたら涼子さんにお礼ができるかしら」

「お礼なんて……」

そう言ってから、涼子さんは思い切ったようにこう切り出した。

「私のほうにも、茉莉さんに謝らなければならないことがあるの。あの霞ヶ丘の団地はね、私がお世話になっているけど、私の家ではないの」

「家ではない？」

涼子さんは寂しそうに笑った。

「私には、父も母もいないのよ。身寄りは誰もいないの」

「まあ、悪いことを……」

「ううん、今まで黙っていてごめんなさい」

「いいのよ。どんなお家にも、人に知られたくない事情はあるものだわ」

光太郎のことのように。

そういう場合は、聞かないふり、知らないふりをするのがマナーだ。

考えてみれば、住まいを何軒もお持ちのお宅だってたくさんある。

涼子さんの事情も、別に知らなくていい。知られたくないことを探るのは、卑しい者のすることだ。

茉莉子の態度にほっとしたように、涼子さんは続ける。

「それで、あの団地のご一家にもお世話になったんだけど、茉莉さんも知ってのとおり、あそこは少し治安が心配でしょう」

「ああ、そうだったわね」

すっかり忘れていた。昨日のことなのに。

夕闇の中にうずくまっていた、同じ人間とは思えないような影たち。

「誰か、刑事さんみたいな人があの団地に住んでくれればいいのだけれど」

「ああ、それなら任せてちょうだい」

茉莉子は胸を張った。

「お父様に言うわ。お友だちのお世話になっているご家族が困っているって言えばいいもの」

言ってから、そのためには父に色々とごまかさなくてはいけないことがあるのに気付く。けれど、何とかしよう。涼子さんのためだもの。

「任せて。警視庁にも、住宅難で、遠方から仕方なく大変な通勤をしている人がたくさんいるそうよ。霞ヶ丘なら、警視庁もすぐ近くだもの。そうだわ、父は警察学校の幹部の方とも懇意だから、そういう方に武道の達人の若い人を紹介してもらって、住んでもらえばいいんだわ」

「よかった」

涼子さんは笑った。

「実はね、私、身辺の事情が変わるの。まだ正式に決まっていないので茉莉さんにも内緒なんだけど、新学期にはお話しできるわ」

なんだかわからないけど、涼子さんが楽しそうだと茉莉子も嬉しい。

だから、茉莉子はマナーどおりの答えをした。

「楽しみにしているわね」


茉莉子は、八月一日を軽井沢で迎えた。もう映画に惹かれることもない。母や弟と、いつもどおりの避暑を楽しんでいた。

旧軽井沢のケーキ店であの音楽を聴いたのは、別荘に招待していた米国大使館勤務のご家族を案内していた時だ。

茉莉子にとって懐かしくもほろ苦くもあるそのメロディーに耳を傾けていると、お客様のマダムが顔をしかめた。

「どうしましたの？」

母が英語でそう聞くと、マダムは何か早口で言い、母も大げさに賛同してみせた。

「何のお話をしていたの？」

そっと茉莉子が聞くと、母は不潔なものに触れたというような口調で答えた。

「あんな低俗な音楽は子どもの耳に入れてはいけない。そういうお話をしていたのよ」

そしてテーブルを離れた弟が近くにいないことを確かめてから、教えてくれた。

「『Please please me』ですって？　ふしだらな」

「ふしだら、なの？」

茉莉子は、ただ、明るい歌だとばかり思っていた。

「茉莉子ももう高校生ですからね。知っておきなさい。『Please』は俗には、誰かを楽しませる、という意味の動詞でもあるのです。『楽しませる』にどういう意味が含まれるか、それは自分でお考えなさい」

「え、それではあの歌詞は……」

おいで。どうか、ぼくを楽しませてよ。

――『Please please me』の意味も知らないで、男の部屋で喜んで聴いている。

光太郎の声が耳によみがえるのを茉莉子は抑えつけ、素知らぬ顔で紅茶のお代わりをマダムに勧めた。


八月十五日は、志学女子学園の登校日だ。生徒たちは講堂に集められ、終戦記念日の式典を行い、黙禱《もくとう》する。

その後教室に集合した時、茉莉子は由美さんたちのグループが涼子さんの机を取り囲んでいるのに気付いた。

一学期中、由美さんたちは、涼子さんを目の敵《かたき》のようにからかっていた。でも涼子さんは全然相手にしない。学業も優秀で先生方のお気に入りの涼子さんは、クラスメートの敵意などには動じないのだ。本当の、小公女のように。それに茉莉子も、及ばずながら涼子さんの側に立ってきた。

今度は何だろう。

茉莉子が近付くと、こんな声が聞こえてきた。

「ねえ、小野田さんのおうちは国立競技場近くの団地なんでしょう?」

違う、あれは涼子さんのおうちではなく、お世話になっている昔の知り合いのお宅だ。だが、涼子さんが訂正しないのだから、茉莉子が口を出してはいけないだろう。

由美さんの嵩《かさ》にかかったような声が続く。

「ね、私たちを招待してくださらない？　来週、外苑でオリンピックを記念した花火大会があるでしょう。でもきっとすごい人出で、出かけてもよく見えやしないに決まっているわ」

「そこへ行くと、その団地とやらは、高い建物なんでしょう。邪魔なものにさえぎられないから、きっときれいに花火が見えるはずよ」

茉莉子は脇で聞いていて、はらはらした。由美さんたちは、涼子さんに恥をかかせるつもりなのだ。あの狭いおうちに、由美さんたちは着飾って押しかけて、お金持ちであることをひけらかそうと思っているのだ。

「それとも、私たちなんかがお邪魔してはいけないところなのかしら？」

どっと上がった笑い声がおさまったところで、涼子さんの静かな声が響いた。

「残念ですけど、私、あの団地にはもう行くことはありませんの」

「あら、どうして？」

「引っ越しましたの」

由美さんはわざとらしく言う。

「あら、小野田さん、そんなふうにごまかさなくてもよろしいのよ。私たちがお邪魔しようにも狭すぎて入り切らないと、はっきりおっしゃってくれればいいのに」

由美さんの嫌味な調子にはかまわず、涼子さんは冷静な声で言った。

「それよりも皆様、私の新しい家にならご招待できてよ」

由美さんはわざとらしい声で笑った。

「まあ、ありがたいお誘いね。ぜひ伺いたいわ」

「あら、じゃあ私も行きたいわ」

「私も」

「私も」

由美さんの取り巻きが口々に言う。

好奇心に負けて、茉莉子も口を出した。

「私も、いいかしら」

涼子さんは、皆に平等に笑顔を向けて、小公女のように優雅に言った。

「ええ、もちろんよ」


当日の午後五時、打ち合わせていたとおりに絵画館前に集まったのは、総勢七名だった。

涼子さんは約束の時間少し前に、軽やかなカッティングレースの白いワンピースで現れた。

「さあ、では行きましょうか。少し歩くけれど、今日は警察の交通規制が厳しくて、このあたりには自動車の乗り入れが許されないの。ですから歩くしかなくて」

この花火大会は、警察としてはオリンピックの人出を想定した警備の予行練習を兼ねているそうだ。父はそう説明して、茉莉子が夜まで外出することを許してくれた。

——今夜の外苑周辺は、日本で一番安全な場所だ。茉莉子や友だちのような娘たちが外出しても、最高の警備が守ってくれるから何の心配もない。

千駄ヶ谷の古いお屋敷が並ぶ道を上り、やがて連れていかれたお屋敷の前で、一同はぽかんと口を開けた。みんな、この中に入ったことはない。でも、このお屋敷の外観は全員見慣れている。なぜなら、志学女子学園のホールに写真が飾ってあるから。

由美さんの取り巻きの一人が、恐る恐る口を開く。

「まさか、ここは……」

涼子さんはさらりと言った。

「そう。志学女子学園の理事長、久我龍一郎先生のお宅。私、龍一郎先生の養女になるの」

茉莉子も仰天して涼子さんを見つめる。と、涼子さんは皆をホールに誘導しながら、茉莉子の腕を引いてそっとささやいた。

「ごめんなさいね、茉莉さん。でも、本決まりになるまでは誰にもお話ししないように、弁護士の先生に言い渡されていたの」

「いいえ、いいのよ」

こんな重大な問題を、事前にどこにも漏れないようにするのは家として当然の処置だ。

「それにしても、涼子さんご立派だわ」

茉莉子は感嘆して言う。

「そんなことない。私は、いつもの私よ」

「それでは、涼子さんは久我涼子様になるのね」

「ええ、もう少し先の話だけど」

「やっぱり、涼子さんは本当の小公女だったわ」

茉莉子が言うと、涼子さんは笑って茉莉子を導いた。

「さあ、行きましょう。花火が始まってしまうわ。ベランダからよく見えると思うのよ」

二学期になっても、涼子さんの姓は小野田のままだった。だが、理事長先生のお宅にいるということがあっというまに学校中に広まり、今度こそ涼子さんは誰からも一目置かれることになった。

妙なもので、そうなると茉莉子は涼子さんと親しくすることができなくなった。涼子さんの取り巻きが多すぎることも原因だが、

——涼子さんはやっぱりジョーではないのだ。

そんな思いにとらわれたからかもしれない。

オリンピックは無事に終わった。

父は大過《たいか》なく務めた功績がたたえられ、春の人事ではまた昇進できそうだと、すっかり機嫌がよくなった。

可もなく不可もなくという程度の二学期の通知表をいただいた翌日。クリスマスイブに、茉莉子は母に連れられて帝国劇場に観劇に出かけた。

街はスモッグにくもり、車はなかなか進まない。振袖の着付けがいつもよりきつめだったのか、袋帯が苦しい。

だが、良家の子女として、茉莉子はにこやかな態度を崩さなかった。

演目も素敵だったが、それ以上に茉莉子は隣に座った青年に心を奪われていた。母の同窓のお

友だちの、甥だという。

これが略式の見合いだということにも気付いていたが、素直に受け入れる気持ちになっていた。

# 第五章　茂

木村茂《しげる》のことを、下の名前で呼ぶ人は少ない。

商店街の中では「木村堂の三代目」だし、家の中では「お兄ちゃん」。学校ではずっと「木村」だった。

自分のことを、とっつき悪い外見なんだろうな、と思う。でも、親にもらった顔は変えようがない。自分が地味で、注目されるような人間ではないことを、茂はずっと前に悟っていた。

オリンピックは、つむじ風みたいに商店街を通り過ぎて行った。

東京オリンピックのために国立霞ヶ丘競技場や周辺の道路がきれいに整備される。商店街にそう通知された時は、店主たちは躍りあがって喜んだものだ。オリンピック開会式がどこで開かれるかは二転三転した。一時、世田谷《せたがや》区の駒沢《こまざわ》に決まりそうだと噂された時は、みんなで気をもんでいた。

だから、最終的に国立競技場で開会式が行われると決定した時は、親父も大喜びだった。

「いやあ、霞ヶ丘に決まってよかった、よかった。何と言っても注目のされ方が違う。どれだけ人が集まることか。これでうちの商店街は、お客さんひっきりなしだぞ」

それでなくても、商店街の周りはどんどん変わっていった。茂が中学に上がった頃に近くに大きな団地ができ、若い世帯がどっと増えたことも大きい。

新しい時代は、舶来のものがもてはやされる時代でもあった。

だから、昔ながらの和菓子を扱う木村堂はそこまで繁盛したわけではないが、商店街全体の客足がどんどん伸びるから、恩恵は充分受けていた。

それに満足して、背伸びしなければよかったのに。

商才のない者は、分相応のところで甘んじているべきだったのだ。

亡くなった茂の祖父が生きていたら、父をそんなふうにたしなめてくれたのかもしれない。

だが、茂の父は見誤った。

――あの人は、昔からお調子者だったから。

母がそう嘆くのも、もっともだと思う。

親父は茂が小学校を卒業した直後、結構な金を払って店舗部分を改築し、前面の木戸をガラス張りに変えた。木村堂はぐっと明るくなり、コンクリートを敷いた店内にも土間とは違う清潔感が出た。

だが、思ったほどに客足は伸びなかった。

親父は、商店街仲間に張り合いたかったのだろう。商店街には父と同年代の仲間が何人かいて、オリンピック景気に乗じて大儲けしている者もいた。中でも親父が意識したのは、幼馴染みが木村堂のすぐ近くで営んでいる洋菓子店「メリー堂」だ。去年からオリンピックの五輪のマークをケーキの上に五色のクリームで描いて、大々的に売り出したのだ。

この「オリンピックケーキ」は飛ぶように売れている。

和菓子と洋菓子は違う。洋菓子は表面を白っぽいバタークリームでおおい、何色もの色粉を利用して鮮やかな模様をその上に描ける。茂は見せてもらったことがあるが、絞り出し袋に色付きのクリームを入れて、まるで絵の具を絞り出すように動物の顔や人の名前も書くことができるのだ。道行く人の目に留まりやすい。

一方、和菓子は見た目が地味すぎる。メリー堂と同じようなガラスのショーケースを思い切って買っても、そこに並べるのは茶色の饅頭や白い大福だけだ。洋菓子に比べて圧倒的に見劣りする。

「洋菓子は、なんならその日の気分で飾りを変えられるんだ。饅頭は、そうはいかない」

そうこぼしながらも親父としては工夫して、五輪の焼き印を特注した。木村堂定番のこしあん饅頭の上に、五輪マークが黒く押される。

それでも、白いクリームの上に五色で五輪マークが飾られるケーキとは、違いすぎる。

「お饅頭って、きれいな色じゃないものね、お兄ちゃん」

妹の良恵《よしえ》がこっそりささやいたものだ。

東京は活気づき、商店街を行き来する人も増えた。だが、その多くは仕事で出入りする工事関係者だった。人並みに近代的になった木村堂のガラスケースに目を留めるどころではなく、商店街に流れてくる人たちは腹を空かせ、甘い菓子よりも定食屋や飲み屋に吸い込まれていった。

ほかに目立つのは、新しく団地に住み始めて、勤め帰りにしゃれたケーキを妻子への土産にしたがるサラリーマンだ。

——和菓子っていうのは、どっちつかずで中途半端なんだな。

茂はそう思い知らされた。

結局、木村堂の商品の中で一番売り上げがあったのは、ある人に助言されて始めていた、磯辺餅だった。

その助言者――小野田涼子――と言葉を交わすようになったのは、茂が中学二年の冬だ。

毎年、秋の終わりになると親父の機嫌は悪くなる。商店街がクリスマス商戦に入るからだ。年々、クリスマスの祝いはにぎやかになる。十二月に入ると新聞広告はクリスマスプレゼントをアピールし始めるし、人の背より高いクリスマスツリーとやらもあちこちの店が競うように立て始める。

そんな風潮に親父は頑として逆らった。

「和菓子屋が、舶来の祭りに何ができるって言うんだ」

それが親父の口癖だ。だから木村堂のしつらえは、十二月になっても変わらない。そのくせ、メリー堂の箱を提げた買い物客が店の前を通るのを指をくわえて見ているのは、業腹《ごうはら》らしい。

親父のその気持ちはわからないでもないが、家の者に八つ当たりするのはやめてほしい。

茂はそんな家の中が嫌で、良恵と一緒に逃げ込めるところを探し、見つけたのが図書館だったのだ。

図書館はいい。暖房は効いているし椅子があるし、何より、開館中はいつまでいても追い出されることがない。

そして、十二月初めの日曜日のこと。

その日は、閲覧室が満席だった。茂と同じくらいの年頃の男女がぎっしりと席を埋め尽くして、参考書を広げている。考えてみれば、期末考査が目前だ。だが、勉強の嫌いな茂には、テスト対策という頭がなかった。いい成績を取ったって仕方ない。どうせ木村堂を継がなきゃいけないんだから。

やむなく、雑誌の棚の前をぶらぶら歩いて週刊誌をめくっている時、隣のおっさんがぐいと手を伸ばしてきた。茂の前にあった週刊誌を取りたかったらしい。何気なく後ろへ下がったら、誰かにぶつかった。振り向いたのは、よく知っている顔だった。

「あれ、小野田」

同じ中学に通う女の子だ。クラスは違うが、一度、学校帰りに道で転んで泣いている妹の良恵を家に連れてきてくれたことがあるので、名前を覚えていたのだ。

新聞のつづりをめくっていたらしい小野田は、茂が声をかけてもちらりと見やっただけで、また新聞記事に目を落とす。

「あ、この間のお姉ちゃんだ。あの時はありがとう」

人懐っこい良恵が大きな声を上げたので、茂はあわてて制した。図書館の人に怒られる。ぺこりとお辞儀をした良恵につられるように茂も何となく頭を下げたが、また小野田に無視された。

むっとする茂と違い、良恵は小野田の反応も気にせずにその手元をのぞきこんだ。

「何読んでるの？」

「東京版の、最終記事」

「変なもん、読んでるんだな」

思わず茂も口を挟んでしまった。新聞の地方版なんて、どこで事故が起きたとかどこで火事があったとか、せいぜい学校の珍しい行事とか、そんな地味な話題しかないのに。大体、新聞そのものも親父が難しい顔をして読むものだと思っていた。

「役に立つことが色々載っているからね」

小野田は茂を無視して、良恵に話しかける。

「それより、そろそろ暗くなるのに、うちへ帰らないの？」

「夕御飯になるまで帰りたくないの。お父さん、こわいんだもん」

そんな二人を放っておいて、茂は小説の棚に向かう。女の長話につきあってはいられない。

ところがその帰り道だ。手をつないでいた良恵が、こんなことを言った。

「ねえ、商売繁盛させたかったら、もっと別のものを売ってみたら」

「なんで突然、そんなことを言い出すんだ？」

「だから、お店の景気がよくなったらお父さんの機嫌もよくなるんじゃない？」

「そりゃあそうだけどさ、別のものってなんだよ」

「工事の人たちのおなかにたまるもの」

「え？」

思わず、声が出てしまった。

「工事の人たちって、今、競技場建設や道路工事やってる人たちのことか」

「うん、そうだと思う」

そこで茂は気付く。こんな大人っぽいことを、小学二年の良恵が自分で考えるわけはない。

「それ、さっきの姉ちゃんに言われたのか」

「うん」

商売のことを知らないくせに、一瞬そう思ったものの、茂はいつになく真剣に考え込んだ。

木村堂のお得意さんは近所の寺や、馴染みの年寄りたちだ。体を使い汗を流して働く男たちは、飲み屋や定食屋に寄っていくが、和菓子なんてちまちましたものには見向きもしない。今までそう思っていた。親父が引き込もうとしているのも、洋菓子を喜ぶ若い女性や家庭の主婦たちだ。

だが、今商店街の周りで目立つのは、たしかに工事現場の男たちだ。

「とは言ってもなあ……」

あんな男たちが、和菓子を喜ぶだろうか。体を使って働く男たちに歓迎されるには、小野田の指摘のとおりに、まず、量があって腹にたまるものでなくてはならないだろうが、饅頭に代表される蒸し菓子を大きくするのは難しい。蒸気で中まで火を通すのに時間をかけると、皮の風味が落ちる。それに数多く作れない。だから蒸し菓子の大きさはだいたい決まっているのだ。とびぬけて大きな饅頭もあるが、それは葬式の時に配られる特別あつらえの、いわゆる「葬式饅頭」だ。あれを目玉商品にできるわけがない。縁起が悪すぎる。

だが、良恵の一言は茂を考え込ませた。洋菓子を喜ぶ女たちを振り向かせることができないなら、狙いを男に向けるのは理屈に合っている。

和菓子屋に欠かせない砂糖と縁のない売り物はないか。なおかつ、腹にたまるもの。

そして茂は思い付いた。

「餅だ」

和菓子屋は、「蒸す」という作業に熟練している。だから、同じく蒸す工程が重要なもち米の扱いならお手の物だ。赤飯だって売っている。ただ、木村堂の店内は狭く、席を設けて食べてもらうことはできない。持ち帰って食べてもらうことが前提だ。腹にたまって、甘くなくて、手で持って歩きながらでも食べられるもの。

うってつけのものが一つあった。

磯辺餅だ。切り餅を焼いて醬油をつけ、海苔でくるむのだ。

茂は、まず母親を説得することにした。和菓子を売ることに意固地になっている父親より、話がわかる。

餅の難点は、固くなりやすいことだ。焼きざましでは売り物にできない。だから工事がひける日暮れ時を待って、店先で餅を焼き、香ばしい醬油の匂いを道行く人に嗅がせる。一個二十円。頑張って、餅はかなり大きめにした。

これが当たった。仕事帰り、腹を空かせた男たちが、磯辺餅を二個、三個と買っていってくれる。

木村堂は忙しくなり、茂は図書館に逃げる暇もなくなった。

だが、良恵は相変わらず図書館に通っている。まだ小さくて厨房には入れてもらえないのだ。

年が明け、茂は三年生になった。小野田とはクラスが一緒になった。

こうなると、何か挨拶をしなくてはいけないだろう。

「あのさ、いつも妹が世話になってる?」

そう切り出すと、小野田は相変わらず不愛想な応対だった。

「べつに。時々話をするだけ」

「そう」

話の接ぎ穂がなくて、そのまま別れた。茂は自分のことを愛想がないほうだと思っていたが、気が付くと小野田も同類だった。クラスの女子たちから、遠巻きにされているのがわかる。なんだかまとっている空気が違うのだ。かといっていじめられている様子もない。

ただ、無視されている。

「小野田さんて、こわいんだよね。なんだか、教科書に出てくる人みたいなしゃべり方するし」

女子の一人がそう言っているのを小耳に挟んだ時は、なるほどと思ったものだ。たしかに小野田は、国語の教科書を音読する時みたいな言葉を遣う。ただし、それは学校の中でだけだ。良恵と話す時は、ずっとぞんざいな、悪く言えば乱暴な口調になっている。

四月末の天皇誕生日から五月初めの三連休にかけての時期を、映画館を擁する繁華街はゴールデンウィークと名付けて、客足を誘う。

木村堂の周囲が、またざわついたのは、その頃だ。

それまで用地買収にも取り残されていた商店主たちに、追加買収がありそうだという噂が広まったのだ。用地買収と言っても、正式に都から持ち掛けられた話ではない。だが、道路がさらに拡張されるという噂は、少しずつ内容を変えていつまでも消えなかった。

「外苑あたりの道路を、もっと広げるんだそうだぞ。となると、おれたちのところも道路にされるんじゃないか」

広げるならどちら側だ、いや、造られるのは道路ではなく報道センターとかいうものらしい、いやそうではなくて……。

噂の一つ一つに振り回されるのはごめんだが、とにかく、オリンピックに向けた整備がまだ足りないというのはいかにもありそうなことだと、茂も思った。

学校の行き帰りに、飽きるほどのトラックやブルドーザーを見てきている。昨日まで家が建っていたところが、夜が明けたら取り壊され、その日の帰りにはまっさらの土地になる。このスピードで変わっていくなら、何が起きても不思議ではない。東京都に用地として買い上げてもらって大金を手にし、郊外で新しく店を出す人間の話もよく聞く。

オリンピックまで、あと一年余り。これが最後のチャンスかもしれない。

だが、いつまで経っても正式決定は発表されなかった。

じれた商店主たちは、だんだん疑心暗鬼になっていった。

「表向き、おれのところには声がかからないなんてとぼけておきながら、実は陰で買収交渉してる奴がいるんじゃねえか。買収するほうだって、売主が一致団結して売値を吊り上げるのはごめんだろうからさ、できるだけ安く買いたたくように隠せって指示してるんじゃねえのか」

木村堂の店先で、裏の居酒屋の店主がそう言った。親父も賛成している。

「商店会も、一枚岩ではないからな」

「当たり前よ。自分の利益しか頭にねえのは誰も同じだ」

どこを道路が通るかによって店を存続する者、撤退する者が分かれる。結局は自分が得したい、そんな欲が噂をますますつかみどころのないものにしていった。

木村堂の店先に、目付きの悪い男たちが目立つようになったのは、七月に入ってからだ。親父だけが相手をしているが、結構な額の金の話が漏れ聞こえてくる。彼らがやってきたその日の夜、親父の仕事着のポケットから名刺が出てきた。

富士興商という不動産屋らしい。住所は新宿二丁目。

「親父は、買収を持ち掛けられたらどうするんだ？」

ある時、そんな男たちがこわい表情で立ち去った後で茂がそう聞いてみると、親父はいつもの頑固な顔で即座に言った。

「あいつらに、どんなに大金積まれても、売る気はねえよ。親の代からの店だ。ここで菓子を作り続ける」

茂はほっとした。ひょっとしたら大金が入るチャンスなのかもしれないが、この店がなくなるのはいやだ。

「そうだよな、店の改修の借金だって、なんとか目処《めど》がついたところだもんな。ここで売ったら馬鹿らしいよな」

「こましゃくれた口利くんじゃねえ」

いつもの図書館で小野田涼子が突然茂に話しかけてきたのは、親父とそんな会話をしていた頃だった。

「お父さん、土地を売れって言われてない？」

「なんだよ、藪から棒に」

「いいから。土地を買いたいって、口のうまい人間が、店に来たりしてない？」

言われて、茂は少しだけ打ち明ける気になった。

「なんだか、目付きの悪い男が二人、これまで三回くらい親父と話してた。でもうちの親父頑固だから、店を手放すつもりはないぜ」

「気を付けてね。役所からの直接の話でなかったら、乗っちゃ駄目だよ」

「なんで小野田がそんなお節介焼くんだよ」

「あんたの妹を、泣かせたくはないでしょ」

「小野田、何を知ってるんだ？」

小野田は値踏みするように、じっと茂を見つめた。そしてしばらくしてから口調を改め、こう言った。

「木村、秘密を守れる？」

「え？」

「くわしい話をしてくれる人を知ってる。でもその人のこと、ほかで漏らさないで。広めたくない話だし、その人にこれ以上迷惑かけたくないの」

「そんなことを、どうしておれに教えてくれるんだよ」

「あんたのためじゃない。言ったでしょ、良恵ちゃんのため」

そして小野田は閲覧室の中へ入っていって、一人の男を引っ張ってきた。まだ若い。背は高く、痩せ型だが、肩のあたりはたくましかった。体を使う仕事をしているのか、それともスポーツに精を出す学生だろうか。

「その、目付きの悪い男たちって、どんな奴らだ？」

開口一番、男はそう聞いてきた。

「誰だよ、あんた」

「財産失った、間抜けな男の被害者だよ」

男は複雑な笑い方をしてそう答えた。

「おれのことはテツと呼んでくれ」

茂はふと気付いた。この男、どこかで見たことがある。

テツさんは続けて言った。

「おれの親父も、財産取られた口だからな。富士興商に」

その名前に、茂ははっとした。親父に会いに来た奴らの会社ではないか。

「富士興商に、財産取られたんですか？」

「結果的にはそういうことだ。ところで、お前の親父、賭け事は好きか？」

茂は大きくかぶりを振った。

「全然。博打も、酒も、大嫌いです。だいたいうち、そんな金ないし」

「金なんかなくても、賭け事に溺れる人間はいるんだよ」

テツさんの口調がさらに苦々しくなる。

「そうやって金を巻き上げて借金させて、借金のかたに土地を奪う。そういう手口の奴らだ。あ、うちがそうやって取られた地所の一つが、涼子ちゃんの住んでいた家だったよ」

なるほど、この人と小野田はそういう知り合いなのか。

「あいつら相手に駆け引きできるなんて思うな、素人《しろうと》は関わらないのが一番なんだ」

茂は息を呑んで聞いていた。

「たぶん、うちの親父はそういうのには引っかからないと思うけど……」

「それでも、油断するな。相手は、悪知恵だけは回る奴らだ。役所の人間が正式の書類を持ってくるのでない限り、口車には乗るな。とにかく商売を守れ。商売人は、商売物以外のことで儲けようとしたら、道を誤るんだ」

「はい」

茂はしっかりとうなずいた。


磯辺餅が当たって以来、親父も茂の言うことに耳を傾けるようになっていた。だから、テツさんのことを――具体的な名前はぼかして――話すと、真剣に考えてくれたようだ。一方、茂は親父が渡された名刺を頼りに、富士興商を探した。新宿通りから花園小学校のほうに入った、古いビルの一階だ。近付くのはやめておいた。たしかにガラの悪そうな顔が見えたから。中には、中学の先輩で、在学当時から札付きの悪と噂された若者もいた。

あんなところと取引するのは絶対にやめたほうがいい。茂はそう思ったし、日を改めて引っ張っていった親父も同感だったようだ。

そうやって富士興商を偵察した帰り道、親父がぽつりとこんなことを聞いてきた。

「茂、お前、高校行きたいか?」

「いいよ。おれは商売を継ぐ」

「いいのか?　高校くらい、なんとか出してやれるぞ」

「そりゃあ、ありがたいな。でもおれ、勉強嫌いだから。木村堂を継ぐよ」

「そうか」

親父は目に見えてほっとしていた。

やっぱり、進学資金も危ないのか。茂はそう思い、だがそれでいいのだと自分を納得させた。いつもの図書館で、自分は雑誌をぱらぱらめくるくらいで、どっちかと言うと座り心地のいい椅子が目当てだ。だが、頭のいい奴は目の色変えて勉強している。小野田やテツさんみたいに。

ああいう頭が自分にはないんだから、仕方ない。

それからも、富士興商の手先は店先をちょろちょろした。だが、親父は粘り強く断り続けた。商店会の中にも親父と同意見の店主が現れ、一部だけでも団結できたのは、大きかった。

商売人は、商売物以外のことで儲けようとしたら、道を誤る。

みんな、そう肝に銘じている大人たちだった。

なんとか、この場所で木村堂を守れるかもしれない。

茂は親父にくっついて、商店会の会合にも出席するようになった。面倒くさい話し合いも——わからない内容が多いけど——聞いているようになった。

やがて、茂のことを、地域の大人たちも認めてくれはじめた。

そんな夏休み間近のある日曜日、新宿通りの大木戸あたりで、茂は小野田を見かけた。

声をかけようとしてためらったのは、小野田が一人ではなかったからだ。三人ほどの男たちと一緒だ。

しかも、その中の一人に茂は見覚えがあった。

富士興商の社員だ。

――どうして、小野田が一緒にいるんだ？

男たちは黒いネクタイをつけ、黒い腕章を付けている。それで茂にもわかった。あの男たち、きっと葬式帰りだ。そういえば、小野田も制服姿だ。

茂の視線を感じたのか、小野田がこちらに気付いた。悪びれるふうでもなく、じっと茂の凝視を跳ね返す。

その小野田に男たちも気付き、こっちを見た。茂は反射的に身構えるが、男たちはそのまま小野田を残して歩き出す。

「じゃ、お嬢さん。ねえさんによろしく」

一人がそう声をかけたのが聞こえた。

三人が新宿の雑踏に呑み込まれたのを待ってから、茂は小野田に近付いた。

「小野田、今の奴ら、なんだ？　富士興商の社員だろう？　どうして知っているんだ」

「ただの知り合い」

小野田はだるそうに短く答えた。

「じゃあなんで、お前のこと、お嬢さんなんて呼んでいたんだよ」

「別に。ただの挨拶」

「あと、ねえさんによろしく、って、何のことだよ」

「それは、うちの家族のこと」

――そういえば、おれは小野田のことを何も知らない。

茂はいまさらながらにそう思った。学校ではほとんど話をしないし、小野田は一切、自分や家のことを話さない。

すっきりしない茂はさらに追及した。

「あの中に、この間、うちの店に来た奴がいたぞ」

「ああ、そうかもね。でも私だって親しいわけじゃない。本当に、ただ、顔を知っているだけ。木村があいつの顔を知っていたのと同じこと」

そう言われると、茂も問い詰められなくなった。ひょっとすると、小野田の家も不動産がらみでもめているのかもしれない。だからあいつらと面識があるだけなのかもしれない。

梅雨の匂いを含んだ風が吹きつけた。小野田はうるさそうに自分の髪をはらう。その拍子にふと線香の匂いがした。

「……いったい、誰の葬式だったんだ」

「木村には関係ない」

その口調もあまりに取り付く島がなかったので、さすがの茂もかっとなった。

「そんな言い方ないだろう！　お前いったい何考えて……」

「木村」

小野田はいきなり茂の言葉をさえぎった。

「あんた、進学するの？」

「……なんだよ、急に。高校には行かないよ。店を継ぐ」

「そうなんだ。じゃあね、これだけ言っておく。もう、しつこく土地買収を言ってくる奴はいなくなる。だからお店、頑張りなね」

「……どういうことだ？」

「すぐにわかる」

背を向けて立ち去ろうとする小野田を、茂は呼び止めた。

「なあ、どうしておれたちにお節介焼いたんだ？」

小野田は振り向いた。

「あんたにじゃない。でも、まだ小さい妹がいる。子どもは、守ってやらなくちゃいけないから」

それから、こう付け足した。

「私も、守ってもらったから」

「たとえばテツさんにか？」

茂がちょっと意地悪い気持ちで聞くと、小野田の白い頬に、かすかに赤みがさした。

「テツさんは、私のこと憎んでも仕方ないのに、優しくしてくれる」

茂は思いがけずうろたえた。

いつもとげとげしい小野田が素直なことに、調子が狂ってしまう。

だが、小野田はすぐに元の調子を取り戻した。

「あ、そうだ。私、転校するから」

「え？」

「今、決めた。渋谷区の中学に通う。そうして高校にも行く」

進学する金はあるのか、そう聞きかけてから、失礼だと思ってやめる。

夕焼けの最後の光が、新宿の空を染めている。それを見ながら小野田はぽつりと言った。

「ねえ、木村。子どもは生まれてくる家を選べないよね」

「あ、ああ、そうだな」

小野田は意外に明るく笑う。

「そうか、木村のところはうちともテツさんのところとも、違うものね。ちゃんとお父さん、子どもを守ってるもんね」

「危なっかしい守り方だけどな。酒も博打もやらなくても、調子に乗りやすい性格だし、和菓子作る以外にできることはなさそうだし」

「文句を言うなんて、贅沢だよ」

小野田は新宿通りの向こう側を指さした。

「ねえ、あそこにおいしい鯛焼きのお店があるんだよ」

「鯛焼き?」

「木村堂も、やってみれば?」

「親父が承知するかな」

「どうして? 鯛焼きだってあんこを使うお菓子じゃない」

茂は考え込む。たしかに、鯛焼きもあんを使うだろう。だけど、上品な和菓子とは言いがたい。オリンピックを前に景気が良くなっている今、高級なものに目が集まっている気がする。どちらかというと庶民の食い物に人気が出るだろうか。

考え込んでふと顔を上げると、小野田はもういなくなっていた。

小野田の言葉どおり、それ以来、富士興商の男たちはふっつりと姿を見せなくなった。もっとくわしいことを小野田に聞きたくても、学校は夏休みに入ってしまっている。

だが、良恵がクラスメートからあることを聞いてきた。

「その富士なんとかって看板、あのビルから消えたって。あの前を通って学校に来る子が教えてくれたよ」

半信半疑で雑居ビルに駆けつけ、たしかに消えていることを自分の目で見てから、茂は図書館に急いだ。あれ以来なぜか小野田は図書館にも来ないが、夜になればテツさんは現れる。いつもは茂も遠慮して話しかけずにいたが、今はそれどころではない。

「ああ、そのことか。富士興商の社長が急死したんだよ。社員たちと景気よく飲み会やってて、その席で倒れたそうだ。心臓の発作だったたってさ」

テツさんはそう教えてくれた。

「なにしろ、社長が戦後の焼け野原を強引に自分のものにして興した会社だ。痛い腹を探られる前にってことで、社員は散り散りだとよ」

「くわしいですね」

そこで茂はあることに気付いた。葬式帰りの男たち、そして小野田。

――まさか……。

「どうした？」

テツさんが不審そうな顔になった。

「テツさん、小野田って、富士興商とつながりがあったんですか?」

驚き顔のテツさんに、茂は先日小野田に会ったことを説明した。制服の小野田も、葬式帰りだったのではないかと思ったことも付け加えた。

「そうか。茂も知っちゃったのか。うん、涼子ちゃんの家は、というか親父さんやおばあさんが富士興商と親しかったんだよ」

「それなのに、テツさんは小野田とどうして仲よくできるんです? どっちかと言うと敵同士じゃないですか! テツさんだって富士興商にやられた側でしょう?」

テツさんはちょっと笑った。何か面白いから楽しいから、というわけではなく、ただ表情に困って笑ったように思えた。

「涼子ちゃんも巻き込まれているのは同じだからさ。おれと変わりない。むしろ、涼子ちゃんはおれたちにすまながってせめて力になろうとしてくれているからな。おれもやりきれないことは色々あるが、涼子ちゃんにぶつけることじゃないと思っている。……まあ、いつもいつも、そう割り切れてもいないけど」

そして要領を得ない顔の茂を見て、また笑った。

「わからないか? まあ、人間は複雑だってことさ。うん、富士興商の社長のことは涼子ちゃんから聞いたんだよ。だから確かな情報だ」

「それで、土地を売れって言ってくる奴もいなくなったのか……」

「そういうこと。富士興商の社員は今、事業を広げるどころか、自分の身の振り方に追われているんだろうさ」

　それから、テツさんは別のことを言った。

「茂は、高校どうするんだ」

「おれは進学しません。店を継ぎます」

「そうか」

　テツさんはまぶしそうな目で茂を見る。

「えらいな」

「そんなことないです。おれ、頭よくないから。テツさんたちとは違います」

「おれだって肉体労働者だよ」

「でも、学費ためて、そのうち大学行くんでしょ？」

「運がよければ、な」

「あの……、小野田とはどういう関係なんですか」

　テツさんは噴き出した。

「どうって、気にかけている妹みたいな存在だよ」

　それからしばらく考えて、言い直した。

「妹じゃないな。姪、かな」

　秋に入り、東京都が新たな開発計画を発表した。

　木村堂はすれすれのところで、その計画地域からはずれていた。

計画に含まれていたメリー堂は店をたたみ、土地を売ってどこかに移転していった。

「お父ちゃんもお金儲けしたかった？」

親父にそう尋ねた良恵は、親父が首を横に振ると喜んだ。

「よかった！　あたし、引っ越したくなかったんだもん！　それに、うちのお饅頭好きなんだ」

木村堂も商店会も、ようやく落ち着きを取り戻したようだ。茂の平凡な毎日は続く。教室で見る小野田は、茂のことなど知らん顔だし、茂も話しかける勇気はなかった。なぜか茂のそばに来たがる女子生徒もいたのだが、茂はその子が苦手で、女子全般から遠ざかって男連中でつるむようにしていたからというのもある。

年末になって、家族そろって出かけた歳の市《いち》を歩いている時に、茂は唐突に思い出した。

――テツさんを、この歳の市で以前に見かけたことがある。

売り手側としてだ。たしか、法被《はっぴ》を着て縁起物の松や梅の盆栽を売っていた。見事に咲いた冬牡丹もあった気がする。

でももう、テツさんはこういう市に店を出すことはできないのだ。テツさんの家は、商売のよりどころの店を失ったのだから。

――ちゃんとお父さん、子どもを守ってるもんね。

小野田の言葉がよみがえる。

やっぱり、親父には感謝しなければいけないらしい。

年が明けた一九六四年。三学期の始業式のあと、担任が小野田は大京中学から転校したと事務的に告げた。

——あいつ、自分の言葉を守ったんだ。

忘れかけていたが、小野田は別れも言わずに去ってしまったのだ。小野田らしいとも言える。

「木村君、小野田さんがどこへ転校したか、知ってる？」

茂はなぜか、クラスメートの山口という女子にそう聞かれた。例の、茂に話しかけたがる女の子だ。

「いや、知らない。それより、どうしておれが知っていると思ったんだ？」

「だって、木村君と小野田さん、時々図書館で仲よくしてたじゃない」

自分たちが注目されていたことに、茂は驚いた。

「そんなんじゃないよ」

「本当に？　木村君、小野田さんのことが好きだったんじゃないの？　前に小野田さんに聞いたらそんなことないって言ってたけど……」

「おい、何を余計なこと聞いたんだよ！」

狼狽したせいで、口調が強くなってしまった。

「余計なことって、私、何も言ってないよ。ただ小野田さん、私のことも木村君に聞いてみてあげるって……」

「馬鹿らしい」

茂は吐き捨てるように言った。小野田が、誰が誰のことを好きだの、そんなくだらないことを茂に話すわけがない。どうせこの子にしつこくされるのが面倒で、適当にあしらったに決まっている。

「いい加減にしろよ」

山口は顔を真っ赤にして逃げるように去っていった。あとで茂は「山口さんを泣かせた」と一部の女子に責められたが、そんなことまでかまってはいられない。

テツさんは、その後も図書館で勉強を続けていた。本格的な和菓子作りの修業を始めた茂は前よりも図書館に行くことは少なくなっていたが、それでも夕方たまに図書館に行くと、習慣でテツさんの姿を探すようになっていたのだ。

だが、声はかけなかった。テツさんは勉強で忙しそうだし、そもそも話すこともない。

小野田のほうは、それきり図書館でさえ見かけることもなくなった。

ただ一度、別の場所で、茂は小野田を見たような気がするが、確信はない。

千駄ヶ谷の駅から南へ向かう立派な車に乗っていたからだ。


オリンピックに向けて親父がひねり出した次の策は、またもはずれた。きっかけは、オリンピック直前、八月に行われた神宮花火大会だった。千駄ヶ谷駅から明治神宮外苑にかけてはものすごい人出で、見物に出かけた親父は大張り切りで帰ってきたのだ。

「沿道で、ホットドッグだの焼き鳥だの、車を出して売っていた奴らが大儲けしていたぞ。これからオリンピック本番なんだ、うちもあそこで団子と磯辺餅を売るぞ」

今まで古い自転車でお得意さんを回っていた木村堂は、思い切って月賦でオート三輪を購入した。

母が心配そうに言う。

「ねえ、大丈夫なの、お父さん。ああいうところで商売するんなら、話をつける必要があるんでしょう。一帯を仕切っているテキ屋の元締めみたいな人に」

「心配するな。当てはあるんだ」

その「当て」というのをくわしく聞いて、茂も母もあきれてしまった。なんと、去年威圧的に木村堂の土地を売れと持ち掛けてきた富士興商出身の男たちだったのだ。

「本当に大丈夫なの」

陰でささやく母に、親父は自信たっぷりにうなずいた。

「あいつらが雇われていた富士興商は社長が死んで、あいつらも新宿を仕切る組に引き取ってもらったそうだ。何、あいつらは金で動く。だから相場のみかじめ料を払いさえすれば、道端で商売するのは大丈夫なんだ。払うったって、不動産の売り買いを考えたら端金《はしたがね》だしな」

オリンピックの期間中、場所は千駄ヶ谷駅から競技場に向かう歩道。木村堂はそこで商売することを地元のやくざに認めてもらえた。最終的にいくら支払ったのかはわからない。親父が頑として教えないからだ。

「このくらいの出費、オリンピックを見に来る客が落とす金ですぐに元が取れる」

本当にオリンピックの客がそんなにお金を出したかどうかは、わからない。

なぜなら、木村堂がオート三輪を出すことはなかったからだ。

東京都と警察が規制し、道端での営業は一切禁止されてしまったのだ。

「つまりは、やくざにみかじめ料の払い損じゃあないか。本当にうちのお父さんらしいよ」

母はそう嘆いたが、とにかく月賦の払いに追われているのだから、家じゅう総出で働くしかない。

それでも木村堂は懸命に商売を持ちこたえさせた。出店はできなくても、オリンピック期間中のお祭り騒ぎにあやかって、少しは客足も伸ばせた。

だが、オリンピックの過ぎたクリスマスは、やはり去年より盛り上がっていない気がする。クリスマス商戦に縁のない木村堂は、なおさらだ。

茂は親父を励まして、年末年始の仕込みに忙しく働いた。近頃は家で餅つきをする人も減ったらしく、正月に向けての餅の注文はむしろ例年以上だ。年始の礼物だって欠かせない。和菓子屋はクリスマスの後からが本番なのだ。

そんな、クリスマスとは縁のない木村堂に一本の電話がかかってきたのは、十二月二十四日の夕暮れ時だった。

「茂、あんたによ。女の子から」

妙な顔で母親が取り次いだ受話器の向こうから、切羽詰まった声が聞こえてきた。

——木村君？　お願いがあるの。テツさんが図書館にいるかどうか、見てきてくれない？

一年ぶりに聞く声だったので、茂は念のため尋ねた。

「……お前、小野田か？」

——そうよ。お願い。いつか図書館で引き合わせた男の人。そう、テツさんていう、あの人。今日も仕事帰りに閉館の時間まであの図書館で勉強しているはずなの。お願いだからテツさんが本当に図書館にいるか見に行って、そしてそのあとちゃんと家に帰るかテツさんに確かめてみて。

あと、できたら明日の予定も。

「なんだってそんな……」

――お願い。木村君にしか、頼めないの。

なんだか断ってはいけないような気がして、茂は引き受けた。木村堂ももうすぐ閉める時刻だから、体なら空いている。

親父は金策で不在だし、母親と良恵には適当にごまかして、茂は木村堂の自転車を引き出した。

――そういえば、小野田に「君」づけで呼ばれたの、初めてじゃないか？

茂は外套に身を包んで、自転車をこぐ。

小野田の、あんな必死な声を聞いたのは初めての気がする。だったら、かなえてやらなければ。

冬至直後の東京は、すでにとっぷりと暮れている。今日は小雨の湿気と排気ガスのせいで、午後早くから夜のような暗さだった。

その中を、茂は慎重に自転車をこいで図書館に向かう。

と、大木戸のところで知った顔に出くわした。向こうは重そうなかばんを肩から提げている。

「曽根じゃないか。どこに行くんだ？」

「母親に頼まれちまった。この本、返してきてちょうだいよ、だとさ」

曽根が持っていたのは、何冊もの「今日の料理」という雑誌だった。図書館はこんなものも貸しているのか。返却期限が今日なのだそうだ。

それから茂は思い出した。この曽根は、以前小野田のことを聞き回っていた。クラスメートだった例の山口がそう言っていたと誰からともなく聞いて、気がかりになったから、一度声をかけてみたことがあったではないか。なるたけ小野田やテツさんのことには触れずに、いったい何を知りたがっているか聞き出そうとしたが——自分やテツさんのことをべらべらしゃべったらきっと小野田が怒るから——うまくいかなかったけど。

それも、木村堂の資金繰りや、いろいろと気を取られていたから、すっかり忘れていたが……。

「それで、木村は？　商売物の配達か？」

「違う。おれも図書館だよ。というか、そこにいつもいる人を探しに行くんだ」

「なんでまた？」

「小野田に頼まれたんだ」

「小野田？　それ、小野田涼子のことか？」

とたんに曽根の目の色が変わったことに、茂は驚いた。しまった。こいつ、まだ小野田にこだわっていたのか。

「木村、小野田といつ会ったんだ？」

「いや、会ってはいないよ。ただちょっき、急に電話がかかってきたんだ」

おれって本当に、隠しごとが下手だな、茂はそう思いながらやっぱり律義に答えてしまう。

「お前の家に？」

「うん」

そういえば、小野田はどうやって木村堂の電話番号を知ったんだろう、そう思ってから茂は自分で答えを思い付いた。和菓子司《つかさ》木村堂と電話番号を染め抜いた暖簾を店にかけているじゃないか。

「小野田から、また連絡が来るのか」

「うん、八時半にまた店にかけてくるって」

それから茂は、茂としては踏み込んだことを聞いてみた。

「曽根、お前はどうしてそんなに小野田に目をつけてるんだ？」

曽根がぎくりとしたように見えた。

「いや、なんでもないよ」

「なんでもないことはないだろう」

茂はじろじろと曽根を見る。こいつ、やっぱり小野田に気があるんじゃないか。すると、曽根は茂の腕をぐいと引っ張った。

「付き合ってやるよ」

ちょっと考えたが、茂は承知した。曽根はそんなにあくどい奴でもなかった気がするし、今夜は霧が出ている。テツさんを探すのに、一人じゃないほうがいい気もする。

結局二人で外苑通りを歩き始めた。霧がひどくなってきたので、茂も並んで自転車を押すことにする。

行く手に図書館が見えてきた。

中に入って慣れた順路をたどると、閲覧室の奥で、一人で分厚い辞書をにらんでいる男がいる。

——いた！

茂は男につかつかと近付いてささやいた。

「テツさん」

呼ばれた男は目を上げ、にこやかにうなずいた。

「よう、久しぶりだな」

「おれ、テツさんの姿は時々ここで見かけてましたけどね」

閲覧室にはほかにも人がいるから、ささやくようにしゃべるしかない。茂はすぐに本題に入った。

「テツさん、今日はこれから、どうするんです?」

「どうって、いつもどおりだよ。閉館までここで勉強して、それから家に帰る」

「クリスマスだっていうのに?」

「そんなの、関係あるもんか。いや、どちらかというと、クリスマスだから遅くなるわけにはいかないんだ」

「あ、いい人が待ってるとか」

茂がからかうと、テツさんが赤くなった。図星らしい。

「たいしたもんじゃないよ。家に帰って飯を食うだけだ。親父が待ってるからな」

よし、これだけ具体的な話をするんだから、このまままっすぐ帰宅というのは本当なんだろう。あと、小野田に頼まれたことは……。

「じゃあ、明日は何してるんですか?」

「明日?」

テツさんはとまどったように目をぱちぱちとさせる。

「明日ももちろん仕事だよ」

それからちょっと明るくなった。

「ただな、明日は朝からいいことがありそうなんだ。いつもよりさらに早出になるんだが」

「へえ。なんでですか」

「お前には関係ないよ。うちの問題だ」

テツさんが怪しむような顔になったので、茂はその質問をひっこめた。

「おれたちもここにいていいですか？」

「別にいいけど」

そしてテツさんは辞書に戻る。茂と曽根も適当な場所を見つけて座り込んだ。

時計がゆっくりと針を進める。

八時になると、テツさんは立ち上がった。近くにいた茂と、そして曽根も後に続く。

テツさんはさっさと霧の中に消えて行った。

「よし。あとをつけるぞ」

張り切っている曽根に、茂のほうが後ろ向きな気持ちになってしまう。

「もういいんじゃないか、これで？」

「だって、小野田の頼みなんだろ？　最後まで付き合ってやろうぜ。乗りかかった船ってやつだ。

それはそうとさ、あの人はどういう人なんだ？　小野田の知り合いなんだろう？」

茂はちょっと迷ったが、付き合ってもらっている手前、少しだけ明かすことにした。

「小野田に以前紹介された、事情通だよ」

「事情通？」

「ほら、曽根にこの辺の土地ころがしの話をしたことがあっただろう。あの人は、そういう土地に絡むもめごとの被害者なんだ。親父さんが借金作らされて、土地や店を取り上げられたんだよ。地元の悪徳不動産屋に」

いきなり、茂は腕をつかまれた。

「おい、あの人の家の稼業って、植木屋か？」

「ああ、そうだよ。冬牡丹とかも作っていた」

「そんなのはどうでもいい」

曽根の足が速くなる。

「俄然、やる気が出てきたぞ」

やがてテツさんは、四谷三丁目裏の小さなしもた屋に近付いていった。玄関の横の灯がともっている。テツさんが立つと、待っていたかのようにそのドアが開き、テツさんは中へ入った。

「……なんだよ、親父が待ってるなんて言ってたくせに」

茂はぼやいた。一瞬だが、見間違えるはずがない。今ドアを開けてテツさんを迎え入れたのは、若い女性だった。顔一杯に笑顔を浮かべていた。

「……あれ、恋人なんだろうな」

「……そうだな」

なんとなく気が抜けてしまった茂は、自転車を押して歩き出す。曽根もついてくる。

「別にテツさん、嘘ついたわけじゃないだろ。病気のお父さんはきっとあの部屋で寝てるんだよ」

テツさんをかばうつもりか、曽根がぼそぼそとそう言う。茂は別のところに引っ掛かって足を止めた。

「おい、テツさんの親父さんが病気だなんて、どこで聞いたんだ」

「おれにも情報網があるのさ」

「まあいいか。じゃあ、あの彼女さんはテツさんの親父さんの看病しながら、あの部屋でテツさんの帰りを待っているわけだ。きっとクリスマスのごちそう作ってさ」

「そうだな。いいなあ」

「ああ、腹が減った」

おれもだよ、そう言いかけて茂ははっと思いだした。

「おい、今何時だ」

曽根は腕時計を街灯にかざした。

「八時二十二分」

「大変だ、全速力でうちに帰らないと。小野田が電話かけてくるって言ってたから」

すると曽根が、待っていたように自転車の荷台をつかんだ。

「おれもお前のうちに行っていいか?」

ここまで付き合ってもらったのだ。断ったら悪いだろう。茂は曽根を自転車の荷台に乗せ、大急ぎで木村堂を目指した。

曽根のことをなんと説明したものかと迷っていたが、曽根もさすがに商売している家の息子だ。そつなく茂の両親に挨拶し、良恵にも愛想を振りまいてから、木村堂の電話の前に陣取る。

そして八時半きっかりに、木村堂の電話が鳴った。

茂はすぐさま電話に出る。

「もしもし？　小野田か？」

もう営業時間を終了しているからこんな対応でもいいだろう。案の定、小野田だった。単刀直入に聞いてくる。

——テツさんには会えた？

「うん、いつもどおり図書館にいたよ。それで、今うちに戻ったのも確かめたよ」

小野田が、大きく息をついたのがわかった。

——そうなの。よかった。

それから茂は余計なことを付け足してしまった。

「だけどさ、テツさん、今頃女の人と一緒だよ。テツさんの家で彼女が待っていたんだから」

言わないほうがよかったか、小野田はショックを受けるんじゃないか。そう思ったが、応える声は平然としていた。

——そんなことはどうでもいいの。テツさんが、ちゃんと家に戻ったのなら。その人と一緒なら、かえって安心なくらいだわ。明日のことは、何か言ってた？

「いつもどおり仕事だってよ。ああ、ただ、明日は早出だってさ。なんかいいことがあるんだってさ。自分のうちの問題だからって、くわしくは教えてくれなかったけどさ」

——それ、何のこと？

小野田の声が、また緊張している。変な奴だ、彼女連れだと聞いても平気だったくせに。

「だから教えてくれなかったんだよ。うちの問題って言われたら、それ以上突っ込んで聞けないだろ」

――そうだね。

そこでため息のようなものが聞こえてきた。茂ははっとして、電話の向こうに問いかける。

「おい。小野田……、まさか、泣いてるんじゃないだろうな?」

思わず茂は受話器を耳から離し、しげしげと眺めてしまう。

少しはっきりしてきた小野田の声が、聞こえた。

――泣いたりしないわよ。私、子どもの頃から涙流したことなんてないんだから。泣いたってどうにもならないことばっかり、くぐり抜けてきたんだから。

返事に困った茂は、何となく曽根の顔を見た。曽根は、真剣な顔で受話器を見つめている。まるでそこから流れてくる小野田の声が見えるとでもいうように。

――だいたい、そんなこと、どうだっていいじゃない。ひねくれ者の小野田涼子のことなんて、誰もかまいやしないでしょ?

いきなり、曽根が受話器をひったくった。

「小野田? おれ、曽根幸一だ」

茂はぽかんとして曽根の顔を見つめていた。

小野田の返事は、もう茂には聞こえない。曽根は耳のあたりが白くなるほど受話器を押し付け、懸命な声で話しかけている。

「小野田、会ってくれ。もう一度お前と話がしたい。今度は責めるようなこと、言わないよ。ただお前の話が聞きたいだけだ」

なんだか、茂は曽根の真剣さに打たれてしまった。

――こいつ、本当に小野田のことが好きなんだな。

「なあ、お前ともう一度話がしたい！　前にお前が弟の健太と会った場所、覚えているだろう？

明日から毎日、夕方の五時にあそこに行ってるから！」

――おいおい。

曽根の奴、必死だな。

電話の向こうで小野田が何と返事をしているのか、茂にはわからない。聞き耳を立てるのも悪い気がして、茂は一歩、後ろへ下がった。それ以上離れなかったのは、「よそのお兄ちゃん」に興味を持って隙あらばこっちに来ようとしている良恵を近付けさせないためだ。

やがて受話器を置いた曽根は、すっきりした顔でこっちを見た。

「悪い。電話切れちまった」

「いや、それはいいけどさ。でも今の会話は何だよ？」

曽根は吹っ切れたように笑った。

「どうにでも思ってくれよ。小野田にこだわってる馬鹿な男ってことにしてくれればいいや」

それから思い出したように立ち上がる。

「邪魔して悪かったな。本当、ありがとう」

曽根と小野田の間に何があったのか。

だが、茂は穿鑿するのをやめた。小野田には世話になったこともあるが、クリスマスイブにテツさんを尾行したことで、借りは返せたと思う。

小野田のことを、茂も気になってはいた。たぶん。きれいな女の子だし、頭もいい。ものすごく気が強いけど。

だが、あの晩、電話の向こうの小野田に必死に呼びかけていた曽根を見てしまったら、自分のちょっとした心の揺らぎくらいでは、太刀打ちできないと悟らされてしまったのだ。

前に、小野田さんのことが好きだったんじゃないの、とかなんとか山口に聞かれて困った挙句つっけんどんになってしまったことがあったが、今なら自分の気持ちをはっきり説明できる。

小野田のことなんて、たいして思っていなかったよ、と。

だが、山口に会うことも、当分ないだろう。

もう学生でもない茂は、和菓子の修業に打ち込むだけの毎日だ。

小野田からの電話の、二日後。思いがけない顔が木村堂に現れた。

「テツさん」

「ここか、木村堂っていうのは。今日は客として来たんだ。どの菓子がおいしい？」

「ええと、冬ですから蒸し饅頭が……」

「じゃあ、それを。箱に入れてくれ。そうだな、八個ばかり」

「はい、ありがとうございます」

いつも図書館でしか会っていなかったテツさんが木村堂の店内にいるのは、なんだか不思議だった。テツさんがいつもに似合わず背広を着てネクタイまで締めているからかもしれない。それに表情も、図書館で参考書に向かっている時よりやわらかい気がする。

「テツさん、これ、お使い物にするんですか」

「ああ。ちょっと挨拶に行くところがあるんでね、手土産だ。そうだ、知っているかい？　今日のことを、英国ではボクシングデーというんだそうだ」

「へえ。殴り合いのスポーツをする日なんですか」

テツさんは笑った。

「全然違う。直訳すると箱詰めの日だ。クリスマスの終わった十二月二十六日。イギリスの風習でね、クリスマスが終わり、使用人階級へ贈り物をする日なんだそうだ」

「へえ。いかにも金持ちが考えそうなことですね」

「だが、いいじゃないか。おれみたいな使用人階級の休日なんだよ。それにおれはいい贈り物をもらったよ。ある人からね」

「贈り物？　どんな？」

「借金を帳消しにしてもらったのさ。おれのじゃなくて、親父の借金だがね。借用証文を親父の枕元で火鉢にくべてやったら、親父、泣いて喜んだよ」

「へえ。……お待たせいたしました」

茂が菓子折りを渡すと、いつのまにか横に来ていた良恵も、一緒に頭を下げた。

「毎度ありがとうございます」

「こちらこそ、ありがとう」

見送る茂と良恵に手を上げて、テツさんは歩き出した。ふと見ると、商店街の向かい側に、地味な色のコートの女性が立っている。テツさんはその人に近寄ると、並んで歩き出した。

「なんだ、一緒に店に入ってくれればよかったのに。寒いんだから」

たぶんあれは、一昨日、テツさんの家で帰りを待っていた人だ。

ボクシングデー。使用人の休日。二人で、手土産持参でどこへ挨拶に行くのだろう。

「いいなあ」

隣で良恵がうらやましそうな声を出した。

# 第六章　速水

——今年の年末は特別だな。

昨夜、龍一郎様は速水にそうおっしゃった。

——はい。

速水もうなずいた。

龍一郎様の書斎は、事実上病室となっていた。元気な頃から、龍一郎様は書斎で仕事をされ、興が乗るとそのままお休みになるためにソファベッドが用意されていて、この部屋がお気に入りだからと、退院後はここで生活されている。

いつもなら、冬期休暇に入れば熱海の別荘であわただしい年の瀬から年始までの時期をゆったりと過ごすことができる。いくつもの事業を興し、大方成功を収めてきた龍一郎様としては、世の中が動きを止めるこの時期が、静養のできる一年に一度の機会だったのだ。

——だが、今年は……。

龍一郎様はそれ以上をおっしゃらなかった。速水もうなだれた。

龍一郎様が体の異状に気付いたのは去年の冬頃だ。懇意にしている家庭医の本郷《ほんごう》先生の病院では原因が見つからない。その後、本郷先生にご紹介いただいた慶應大学病院で精密検査を繰り返すが、これといった病因を見つけられないままに数か月が過ぎ、やっと病名がはっきりした時には年を越えていた。

膵臓癌《すいぞうがん》、それもかなり進行していた。悪性腫瘍の中でも、膵臓にできたものは見つけにくく、また現代の医学では手術も困難なものだという。

だが、龍一郎様は勇敢に病気と闘っていらっしゃる。外出はめったになさらなくなったが、理事長の仕事も続けていらっしゃる。くわしい病状を知っているのは主治医の本郷先生と弁護士の先生、速水などほんの数名だ。

今日は十二月二十四日。朝起きた時、空気がじっとりと湿っているのに気付いた。正面扉の鍵を開けて外へ出ると、車寄せも庭の枯芝生も濡れている。だが幸い、雨はほとんどやんでいた。太陽が昇る方角は分厚い雲に覆われているが、西の空の雲は薄い。天気は快方に向かうのだろう。

速水の起床は早く、一年を通して午前六時である。一階の隅にある自室で身支度を整えると、まず、久我邸内の東北の角にある祠《ほこら》に参るのがならわしだ。

お屋敷の広大なお庭の北東の隅は小山になっていて、その上まで石段が続き、頂上には小さな祠があるのだ。龍一郎様の亡き父上がお屋敷を建てるべくこの土地を購入された時、すでにこの場所にあった。小さいが、土地の者に尋ねても由来が定かでないほど古いらしい。おそらくは江戸開闢《かいびゃく》のころまでさかのぼるのではないか。

病に気付かれた後、龍一郎様は事業を手放す作業を進め、それにつれて使用人の数も減らしていった。久我邸に住み込んでいるのは第二秘書の速水、厨房係の富《とみ》さん、女中のシマさん、運転手の台場さん、以上の四人だけである。第一秘書は長年龍一郎様に仕えている者だが、この家には住み込まず、駒込の自宅から直接志学女子学園の理事長室に通う。龍一郎様に呼ばれない限り、このお屋敷にはやってこない。

つまり、第二秘書の速水は必然的にこの広い久我邸の執事のような役回りも務めることになってしまった。わずか二十三歳の速水には荷が重すぎると思うが、龍一郎様のご命令だ。幸い、家政については厨房の富さんがよくできた人で、速水のあずかり知らぬような上流家庭の切り回し方を万事心得ているので、全権委任だ。速水は経費のことにだけ気を配っていればいい。あとは龍一郎様のおそば回りと対外的な連絡役。屋敷の外では、運転手の台場さんが動いてくれる。

それでも、速水は日々気が抜けない。久我邸がつつがなく回るように指図をするのが速水の役目だ。

そうした自分への、心の支えが欲しい。

お屋敷の運転手の台場さんなどとは違い、速水はどんな神仏にもたいした信仰心を持ち合わせてはいない。だが、毎朝起きるとすぐに、まず、この家の鬼門を守る祠に参るのを日課にしている。

まだ日は昇らない。三十段ほどの石段を一気に上ったところ、ようやく薄日が射してきた。もう雨雲は去ったのだろう。

小山の上には古い祠がこぢんまりと置かれている。

速水は神妙に柏手《かしわで》を打ち、首を垂れる。

今日がキリスト降誕祭の前夜だというのは、東北の貧しい農村生まれの速水でも知っているが、速水自身も、そして龍一郎様も日本神道に傾倒する者である。

――どうか、龍一郎様の病をお治しください。

そのあとに、さらに付け足す。

――そして、涼子お嬢様をお守りください。

今日から涼子お嬢様も冬休みだ。昨日、志学女子学園高等部も二学期の終業式を迎えたから。

長年お参りする者が往復した石段はかなりすり減って、角が丸みを帯びている。速水はその石段を注意深く降りた。お屋敷はまだ寝静まっているようだが、厨房では富さんが朝御飯の支度を始めているはずだ。シマさんも、龍一郎様の書斎のカーテンを開けようとしていることだろう。

まだ、逝かれてはならない。そんなことがあってたまるものか。龍一郎様はこれからの日本に必要なお方だ。

――涼子を、頼む。

昨夕《ゆうべ》、書斎のベッドで龍一郎様はそうおっしゃった。

――今となっては、あれを養女にするほうがよいのかどうか……。だが、あれがいてくれると、私は幸福になれる。

そんな、間違ってはおりません、速水はそう抗弁した。それに、涼子お嬢様がいらっしゃることで、本当に龍一郎様には生活の張りができたのだ。

龍一郎様と血縁関係にないということでは、涼子お嬢様も同じだ。だが、自分などとは出来が違う。

速水が龍一郎様にお世話になるようになって、もうすぐ九年目を迎える。貧農の家に生まれた速水は、中学卒業と同時に東京に働きに出るのが当たり前と思って育ってきた。速水の兄も、同郷の者も、皆そうやって生きてきたのだ。折から戦後十年を過ぎた東京が、大きく変わろうとしていた頃だ。空襲の惨禍はあとかたもなくなり、大きなビルディングや集合住宅や高速道路がどんどん建設され始めていた。

東京に行けば、食えるようになる。地方の若者は金の卵ともてはやされ、東京へ吸い込まれて、安い労働力の供給源にされていった。

だが、速水は幸運だった。

中学三年生の夏、賞品の図書券目当てに応募した読書作文コンクールで、思いがけず優秀賞を取り、なんと、東京で行われる表彰式に招かれたのだ。

その席で、速水は特別審査員を務めていた龍一郎様に認められた。

——君は見どころがある。どうだ、書生として私のところに来ないか。

両親は大喜びだった。衣食住の世話をしてもらいながら上の学校に通わせてもらい、少しばかりの仕送りまでできるというのだ。文句を言う筋合いはなかった。

そして速水は夜間高等学校へ通い、今は久我邸に仕える傍ら、早稲田《わせだ》大学第二法学部へ通う身だ。

もう、お屋敷は目覚めている。

「あら」

晴れやかな声がした。

「お嬢様、おはようございます」

速水はどぎまぎしながらも、丁寧に頭を下げる。白いセーターにスカート姿の涼子様は、腕にかぐわしい黄色い花をつけた枝を抱えていた。

「いい匂いのお花ですね」

「蠟梅《ろうばい》よ。祠の裏手に古木があるのね。石段とは反対側から登れるの。お父様がこの匂いをお好きだといいんだけど」

「よくご存じですね、裏手の木のことまで」

「松田に教えてもらったの。冬牡丹の世話で大変らしくて、もう出勤していたわ」

速水は思わず眉をしかめてしまった。松田とは、庭木の手入れをしている新入りの職人だ。長くお屋敷に出入りしている植木屋はちゃんといるのだが、寄る年波で腰を悪くしたところにうまい具合に入った弟子だという。腕前はともかくも、熱心に働いている。

しかし、若くて男前なのが、速水には気に入らない。お嬢様にこだわらずに口をきくというのも気に入らない。

話を変えよう。

「龍一郎様は、いかがですか」

「今朝は、少しよろしいようなの。お食事は、私がお部屋にお持ちいたします」

「わかりました。厨房に、そのように申し付けておきます」

こうやって、ようやく主人と使用人という当たり前の会話ができるようになった。涼子お嬢様が初めてこの屋敷に姿を見せたのは今年の一月だったが、当初「お嬢様」と呼ぶと涼子様は困った顔になったものだ。

——私は、そんなふうに呼ばれる身分の者ではありません。

――いいえ、困ります。龍一郎様のお言いつけですから。

龍一郎様は涼子お嬢様を娘にしたいとのお考えだったのだ。速水はそのことを、ひょっとすると龍一郎様ご本人よりも早く、察していたかもしれない。最初から、涼子様のことを「お嬢様」と呼んでも龍一郎様に正されなかったのは、その証拠だと思う。

いったいどこで二人が知り合いになったのか、速水ごときが穿鑿することはできない。ただ、ちょうど一年前に引き合わされた時、速水はこの年下の少女の美しさに心を打たれた。透き通るような、とは涼子お嬢様のためにあるような言葉だと思う。

以来、説明のしようもない感情で、速水は涼子様に魅せられている。

速水がお屋敷の玄関まで戻ってから振り向くと、涼子様はまだ松田と何か話し込んでいた。


久我邸では、朝食は全員同じブレックファストルームで摂る。龍一郎様や涼子様のために白いクロスがかけられたテーブルが中央に置かれているが、端にもう一つのテーブルがあり、速水も運転手の台場さんも、女中のシマさんもそこでいただくのだ。壁に沿って別のサイドテーブルがあり、大皿に盛られた料理とパンのかごが置いてあって、各自好きなものをそこから取る。最後に席に着くのはいつも、それまで調理をしていた厨房係の富さんだ。コーヒーや紅茶の世話をしてくれながら、手早く食べている。

速水は自分の食事をすませると、一人だけメインテーブルで紅茶を飲んでいる涼子様に近付いた。

「今夜のパーティーにはご親族の皆様が集まられますが」

速水はそう切り出した。

「お料理のことはすべて厨房が心得ておりますが、何かほかに注意することはありますでしょうか」

「何もかもお任せします」

涼子様は困ったように笑った。

「お父様も、そんなに大げさに考えなくてもいいのに」

「いいえ、これは涼子様のお披露目の場ですから」

涼子様が正式に龍一郎様の養女となる話は、もうすぐ本決まりになる。今年の八月から法律顧問の先生が書類の準備をされていて、法的には何の問題もないと確認されている。だが、人の心は法律どおりには動かない。龍一郎様の親族には大反対する方もいる。龍一郎様をしばる問題ではないが、人には感情というものがあるのだ。

妻も子も孫もなくした龍一郎様の遺産を期待していた人にとっては、当てが外れた気がするのも無理はない。正式な養女となれば、龍一郎様の資産はすべて涼子様が継ぐことになるのだから。だが、家庭に恵まれない龍一郎様が、人生の晩年に家族を欲しがったとて、当然ではないか。

龍一郎様のご両親はすでにない。弟さんも二人いたが、どちらも鬼籍に入っている。上の弟様には子がなく、下の弟様には息子さんが一人。龍一郎様の最近親者は、この甥御さんだ。あとは、龍一郎様の父上とは年の離れた弟である叔父、誠之進《せいのしん》様がご存命なだけである。本当はさらに年の離れた叔母様が一人いらしたらしいが、行状に問題のある人だったとかで、勘当された挙句身を持ち崩し、すでに久我家とは縁のないまま亡くなっているらしい。

つまり、現時点では、龍一郎様のご資産を相続するのはたった一人の甥御さんだ。そして涼子様との養子縁組に反対している急先鋒は、この甥御さんの母親——つまり龍一郎様の義理の妹——の八重《やえ》様だ。龍一郎様の遺産はすべて自分の一人息子に渡ると思い込んでいたのだから、その反応は強烈だった。八重様は、名目上は亡夫の経営していた不動産会社の社長をしており、お暮らしに不自由もなさそうなのに、昔からお金にはやかましい人だったらしい。

オリンピックも終わり、世間は不況と騒いでいるが、東京の開発は留まることなく進んでいる。八重様がお飾りの社長ではあっても、経営は順調なはずだ。

——今年のうちに養子の問題は決着しなかったが、来年こそ。

速水はそう祈っている。

——来年こそ、涼子様が、つつがなく龍一郎様の跡取りになれますように。

お客様が集まり始めたのは午後四時を過ぎてからだった。正餐《せいさん》の開始時刻は午後六時である。キャビアを載せたカナッペ、シュリンプのカクテル、燻製《くんせい》鮭と白チーズを挟んだ小さなサンドイッチ。銀の盆に載せられたそれらは、まるでままごとのように小さい。こういう食べ物をフィンガーフードと呼ぶのだとも、お屋敷に来て初めて知った。正式の食事の前にお出しするもので、貴婦人が指でつまんで口紅も落とさずに一口で食べられるように工夫がされているのだ。そして黄金《こがね》色に泡立つシャンパン。龍一郎様はけっして贅沢をなさる方ではないが、お客様には最高のものを望まれる。

速水にとっては、すべてが、お屋敷に来るまでは見たことも聞いたこともない世界だ。正餐が始まる前の、この歓談の場も含めて。

フィンガーフードを盛った盆を手に速水が広間に行ってみると、志学女子学園の制服に身を包んだ涼子様は、暖炉の前でなごやかに会話に加わっている。談話の中心は、龍一郎様の叔父の誠之進様だ。大学の名誉教授をしていらっしゃる誠之進様は、龍一郎様のよき相談相手だが、涼子様にも公平な目を向けている。龍一郎様のご親族の中では、一番同情的と言っていいかもしれない。

そして一番批判的なのは、やはり、龍一郎様の義妹に当たる八重様だ。その八重様は一番に到着されると、毛皮のコートを自分に預け、シマさんが捧げ持っている盆からカクテルを取った。いつも流行に敏感な八重様の今日のいでたちは、淡いグリーンのドレスに赤い宝石を下げた首飾りというもので、落ち着いた服装のお客様が多い中、ひときわ華やかに目立っている。

その八重様は今、窓際でシャンペンのグラスをひっきりなしに口に運びながら、涼子様をねめつけていた。

速水が涼子様を囲む一団に近付いた時、涼子様は入れ違いのように広間の出入り口のドアに向かわれた。

「そろそろディナーの時間ですので、父の支度を手伝ってまいります」

法的にまだ正式な親子と認められたわけではないが、涼子様は龍一郎様のことを「父」と呼ぶようになっていた。龍一郎様のたっての願いだ。

「そうね、あなたのお父様をね」

八重様が嫌味ったらしい口調で言ったが、涼子様は取り合わずに、広間を出ていった。

だが、いつまで経っても二階の龍一郎様の書斎から降りてこない。まもなく六時になる。

「どうしたのかしら、私おなかが空いたわ」

八重様はいらだたしそうに、速水の持っている盆から、シュリンプだけをひょいと口に放り込む。それから次のシャンペングラスを手に取った。

「あなた、飲み過ぎよ」

登美子《とみこ》様――亡き上の弟様の奥様――が穏やかにたしなめる。

「お義姉《ねえ》様、このくらいなんでもなくてよ。このグラス、小さいわ。お料理も同じね。気取っているけど小鳥の餌みたいにちまちましているの」

八重様が白い喉を見せてグラスを空けるのを、誠之進様が苦々しく見守っている。その表情のまま口を開いた。

「たしかに龍一郎君が降りてくるのが遅いな。誰か見に行くべきだろうか」

そこへ、涼子様が戻ってきた。

「皆様、お待たせしてすみません。実は父の容体が急に悪化しまして、今、主治医の本郷先生を電話でお呼びしました」

室内からざわめきが上がる。速水は思わず、涼子様に近付いた。

「それはいかんな。よほど悪いのか」

誠之進様も心配そうにそう言って立ち上がる。

「私の取り越し苦労ならよろしいのですが……。先生がいらっしゃるまで、私は父に付き添っております。大変申し訳ありませんが、皆様はこのままこの広間でお待ちくださいますか。もう少しシャンペンを運ばせますので」

「そうか」

誠之進様はまた腰を下ろした。

「たしかに龍一郎君はむやみに騒いでほしくはあるまい。しかし、手が必要だったらすぐに誰でも呼ぶように」

「ありがとうございます」

涼子様は二階へ上がりながら、付いていった速水に言いつけた。

「今日はすごいスモッグで、タクシーがつかまらないようなの。運転手の台場さんを先生のお迎えに行かせてください。それから、お庭の門のところまで誰か出ていてください、視界が悪くても車が迷わないように」

「かしこまりました。厨房の富は手が離せませんから、シマに出てもらいましょう」

「そうね。それから速水さん、あなたはこのまま広間でお客様の御用を伺っていてください」

「承知しております」

速水はまず台場さんに涼子様の指示を伝え、そのあと厨房にいたシマさんを門まで出させると、あわただしく広間に戻った。

広間に残された客たちは、手持ち無沙汰のまま低い声でささやきあっていた。そのうちに、またシャンペンをがぶ飲みしていた八重様が、うめき声をあげた。

「気持ちが悪いわ」

「だから、あなたは飲み過ぎですって」

義姉の咎める声を無視して、八重様はふらふらと立ち上がる。

「気分が悪いの。お化粧を直してくるわ」

「私も参りましょうか」

速水は八重様に手を貸そうと進み出たが、ぴしゃりとはねつけられた。

「いいわよ、一人で行けるわ。二階に休憩室があったわよね?」

「はい」

二階の西側、階段を上がってすぐの寝室を婦人休憩室に充《あ》てるのが、こういったパーティーの際のならわしだ。ベッドもきちんと整えられており、室内からだけ入れる寝室専用のトイレもついている。

たしかに御婦人の私室として使っていただくものだから、男の速水が室内に入るのははばかられる。

速水は窺うように登美子様の顔を見たが、登美子様も付き合いきれないというように首を振ってから、速水に伝えた。

「お一人で大丈夫と言うのだから、好きにさせたらいいわ。このお屋敷の勝手は知り尽くしていらっしゃる方だから」

「はい」

そうだ、それどころではない。龍一郎様の容体が心配だ。

まだ本郷先生は到着しない。

じっとしていられずに、速水は庭へ出てみた。車庫は空っぽだ。運転手の台場さんはすでに車で出発しているのだ。

「お嬢様ですか?」

門のほうから声をかけられた。女中のシマさんの声だ。

「いいや、ぼくだ、速水です」

「ああ、速水さん」

近付くと、ようやく霧の中からシマさんの姿が見えてきた。懐中電灯を手に、案じ顔で立っている。

「どうだ?」

「まだ、誰も。本当に霧が濃くていやですね。さっきはお嬢様も見に来てくださったんですよ」

「お嬢様だって、気が気ではないものな」

ひとしきり二人で交互に道路を見渡そうとするが、何の気配もない。

「厨房のほうは大丈夫かな」

「ターキーとパイはもうオーブンに入っていますから、富さん一人で大丈夫だと思います」

「台場さんはもう出発しているし、シマさんもしっかりしてくれよ。この屋敷を切り回せるのは、ぼくたちしかいないんだから」

「ええ。松田さんが残ってくれてたら頼りになるんだけど」

「松田? 植木屋のか」

「ええ。夕方まで剪定《せんてい》していましたでしょ。でもこんなに霧が濃くっちゃあ仕事にならないって、ついさっき帰ったんです」

「そうか」

「あ、車のライトですよ」

シマさんがほっとしたような声を上げた。

お屋敷の車だ。だが、乗っているのは運転手の台場さん一人だけだった。

「本郷先生のお宅まで行ったのですが、入れ違いになって。先生はすでにタクシーを拾うとおっしゃって、出発されたあとでした」

「そうか、間の悪いことだ」

「先生がお見えになったの？」

登美子様が玄関へ姿を現してそう声をかけてきたので、速水は答える。

「いいえ、まだです」

そして、自分の後からついてくるシマさんに指示を出した。

「台場さんが車を車庫に入れて戻ってきたら、この門に詰めてもらう。シマさん、君は先に中へ入って、お客様たちに応対してくれ。飲み物が足りないようなら、その手配も」

「わかりました」

「それと、お二階の様子を見に行ってくれ。婦人休憩室をお使いになっている方がいる」

八重様が婦人休憩室の中で酔いつぶれていたりしたら、速水にはどうにもできない。だが、シマさんならどんなお世話もできる。

シマさんを先にお屋敷内に帰し、速水は台場さんが車を車庫に戻してやってくるのを待つ。いつ本郷先生が到着するかわからないのだから、門のところには必ず誰かいるべきだ。そして台場さんが門へやってきたところで、入れ替わりに、速水も屋敷へ戻った。

玄関で、電話が鳴っている。今、屋敷内で手が空いている者はいない。速水があわてて電話を取ると、何となく聞き覚えのある声が聞こえた。

「せんだってお邪魔をしました美代と申します。昨日は、つい電話をしそびれてしまいまして……」

「美代さん？　……ああ、あの時の」

この秋、久しぶりに上京したという、お屋敷の元使用人だ。龍一郎様が懐かしそうに自室で話し込まれ、涼子様も呼ばれていたはずだ。つい最近、郷里の群馬かどこかに戻るとお暇乞いに来ていたから、きっと安着したという挨拶だろう。

その時、速水の肩に誰かの手が置かれた。

「ああ、お嬢様」

「その電話、美代さんから？」

「は、はい」

「では、私が代わります」

涼子様はそう言って受話器を耳に当てる。

「もしもし？　美代さん？　ああ、ちょうどよかった、私もお話をしたいと思っていたところなの」

そして早口に速水にささやいた。

「広間に行ってください。お客様たちを放っておかないで」

「は、はい」

速水の返事も待たずに、涼子様は受話器に向かって話している。

「ええ、私のほうでも美代さんに確かめたいことがあって」

声は低かったが、何か、鉄道のことなどを心配されているようだ。そこで速水の視線に気付いたのか、咎めるような目で見つめられる。

速水があわててホールから広間に通じるドアを開けようとした時だった。

二階から叫び声が聞こえた。

「誰か！　泥棒が入ったわ！」


速水を先頭に客たちが二階へ駆け上がってみると、婦人休憩室の前の廊下に、八重様が取り乱した顔つきで立っていた。

「私のルビーの首飾りが盗まれたの！」

「その言い方は、穏やかではないな」

誠之進様が顔をしかめた。こんな華やかな場にそぐわない言葉に、誰も返事ができない。

八重様はいらだったように足を踏み鳴らした。

「ねえ、誰が盗ったの？」

登美子様が進み出て、そんな八重様の腕に手をかける。

「落ち着きなさいな、八重さん。きっと何かの勘違いよ。よく探せば見つかるはずだわ」

「そんなことないわ。私お手洗いを使う前に休憩室の中のサイドテーブルに首飾りを外して置いたのよ、そうしてトイレに入ったの。それなのに、出てきたらなくなっていたの！」

登美子様はたしなめるように首を振った。

「そんなことをおっしゃったって、私たちみんな下のホールでお話ししていたのよ。お二階に上がった方なんて誰もいやしないわ」

誠之進様が割って入った。

「まあまあ、もう一度探してきなさい。申し訳ないが、ご婦人たち、八重さんに付き添ってやってくださいませんか」

婦人休憩室だから男性は入れない。居合わせた中から登美子様とあと二人、年配の女性が渋い顔でドアのほうに向かった。勢い込んだ顔の八重様が先頭に立つ。

しばらくして、一同は当てが外れた顔で戻ってきた。登美子様が代表して口を開いた。

「たしかに、八重さんの首飾りはどこにもありませんの」

そしてなんとなく一同を見回す。

「どうしましょう?」

「どうするも何も、犯人を見つけてくださいな」

「待ちなさい」

言い募る八重様を制して口を開いたのは、誠之進様だ。

「この場に当主の龍一郎君がいないから、わしが代わりに言う。彼は信義を重んじる人間だ。仮にも当家の客人たちに盗人の嫌疑をかけることなど許すはずがない。八重さん、あなたはお客の中に盗人がいると言うおつもりか?」

「い、いいえ、そんなわけでは……」

八重様の声が尻すぼみになる。誠之進様には弱い方なのだ。だが、その矛先は別に向いた。

「私だって、立派な方々がコソ泥みたいな真似をするとは言っておりませんわ。でもこの冬は、いつもと違う人間が大きな顔をしてまざっているじゃありませんか！　ほら、そこに！」

八重様が勝ち誇って指さした先には、涼子様の姿があった。電話を終えて、二階へ上がってきたものらしい。

「涼子！　あなたが盗ったのね！」

決めつける八重様の激しい口調など感じないような冷静な顔で、涼子様は言った。

「皆様、せっかくおいでいただいたのに申し訳ありません。父の調子が思わしくなく、皆様とお食事ができないことを申し訳なく思っているとお伝えせよ、とのことです」

かっとしてなおもまくしたてようとする八重様を制して誠之進様が言った。

「龍一郎君はそれほど具合がよろしくないのか」

涼子様はそちらに向き直った。

「はい。もうすぐ、本郷先生が到着されると思います。クリスマスイブの晩に申し訳ないのですが」

「どうだ、もうわしが書斎に行っても障りはないだろうか」

「はい、父も喜ぶと思います」

「待ちなさいよ！」

たまりかねたような、八重様の金切り声が響いた。自分が完全に無視されていることにこらえきれなくなったようだ。

「涼子、そんな猫を被ったような顔をして、ごまかされるとでも思ってるの！　白状しなさい、あなたが私の首飾りを盗ったんでしょう！」

涼子様は落ち着いて応じた。

「八重様、失礼ですがお酒を召し上がりすぎていらっしゃいません？　今ならばお酒の上の冗談ですまされますが」

「小賢しい小娘ね！」

八重様の指が震えている。

「こんな小娘、久我家の人間になるとは誰も認めていないわ。早く首飾りを出しなさいよ！　お客の皆様は一階の広間から一歩も出ていない。例外はあなただけよ。お義兄様の様子を見に行くとかいい加減なことを言って、あなた、私がお手洗いに行くのを婦人休憩室のドアからのぞいていたんでしょう？　そうして私がトイレのドアを閉めた隙に……」

「そんなことはしておりません」

「だったら、首飾りがなくなったことをどう説明するのよ？　あなたなら、あの首飾りを手に取るチャンスがあったでしょう？」

八重様が同意を求めるように見回すと、登美子様以下、婦人休憩室を検《あらた》めに行った御婦人たちが不承不承にうなずいた。

涼子様が言う。

「私は二階で、お父様の書斎に入っただけです。ご存じのとおり、あの部屋は階段を上がった東の廊下の、一番奥です。反対側のこちら、西の廊下には、今日の午後は今まで足を踏み入れておりません」

「いいえ、少なくとも、お義兄様の書斎にしか行っていないというのは嘘だわ！　私、階下へ降りる前に挨拶しようと思ってドアをノックしたのに中からお返事がなかったの。お義兄様は眠っていらしたとしても、涼子、あなたがいたならドアを開けるはずでしょう？」

「ノックを？　それは失礼しました、聞こえなかったのだと思います」

「またそんなごまかしを……」

速水ははらはらした。涼子様が盗みなど、なさるはずがない。龍一郎様の部屋をノックしても応えがなかったというのは、きっと、そのタイミングで涼子様が門まで出ていたからだ。さっきシマさんが、そんなことを言っていたではないか。

だが涼子様が説明しようとなさらないことを、速水がでしゃばるのもどうか……。

速水が迷っているうちに、涼子様が、また口を開いた。

「楽しい集いの場なのに申し訳ありませんが、それでは八重様、そして皆様、少しお時間をいただけますか。私にもまだ説明できませんが、お食事の始まる前に片を付けてしまいましょう」

婦人休憩室のドアを、涼子様はまず検めた。

「八重様、このドアの鍵はかけていなかったんですね」

「ええ、ちょっと急いでいたもので」

顔を赤らめた八重様と、二階に上がる前の彼女の様子を思い合わせ、速水は合点した。すごい勢いでシャンペンを飲んでいた八重様はおそらく気分が悪くなり、この部屋のドアを開けるなりトイレに直行したのだろう。万一汚すといけない首飾りだけは、外して。

「まさか、この家で泥棒に気を付けなければいけないなんて、思いも寄らなかったものですからね」

八重様の嫌味は受け流し、涼子様は落ち着いて室内を眺め回す。きちんと整えられたベッド、ベッドランプしか置かれていないサイドテーブル、閉められたカーテン。ほかには何もない。涼子様はカーテンを開け、窓に内側から施錠されていることを確かめる。窓枠に首飾りが置いてないかと期待したとしたら、それは外れだ。

次に涼子様は窓を開け、下をのぞく。

「誰かが窓から投げ捨てた形跡もないですね。そもそも、窓が開いていたならきっと吹き込んでくる冷気で気付きますね。中はこんなに暖房で暖かいんですもの」

「そうですね、スモッグどころか霧まで出てきましたし、外気は入っていないと思います」

最初の発言は涼子様、それにほかの方が同意したのだ。

「私たちがこの部屋を検めに入りました時も、部屋の中は暖かかったですよ。だから、窓は一度も開けられなかったんじゃないかと思いますわ」

そう口を添えたのは登美子様だ。

うなずいて涼子様は、また室内を見回す。

どこにも首飾りを隠せそうな場所はない。

それから何を思ったのか、涼子様は八重様に近付くと、その手を取った。

「な、何よ？」

あわてる八重様にかまわず、涼子様はその手を持ち上げて自分の顔を寄せる。まるで紳士がご婦人の手に口付けをする時のようだ。だが涼子様は口付けはせずにその手を丁寧に下におろすと、にっこりと笑った。

「一つ、仮説を思い付きましたわ」

そして一同の顔を見回す。

「八重様がトイレに行かれている間、誰かこの部屋に入って首飾りを持ち出せる者はいないか。お客の皆様は一階の広間から出ていない。二階にいたのは書斎の父とこの私だけですが、私も二階のこちら側には足を踏み入れておりません。ですが、この扉に鍵はかかっていなかった。造りはよいですから扉の開閉にも音は立たないし、少し隙間があったりしたら、あとは指一本の力で滑らかに動きます。そして……」

「え、ええ……」

涼子様はそこで一度言葉を切り、八重様の右手に目を落とした。

「八重様、広間でフィンガーフードを召し上がっておいででしたね」

誠之進様が口を挟む。

「よくわかったな。その場を涼子君は見ておらんじゃろう」

「ええ、でも今、八重様の手に顔を近付けた時、はっきりと匂いがしたのです。スモークサーモンやシュリンプの匂いが」

速水ははっとした。

「私に感じられるくらいですから、もっと嗅覚の鋭いものにははっきりと匂っていたと思います」

「嗅覚の鋭いもの？」

誠之進様が質問役を買って出ている。涼子様はそれに答えて言った。

「この家には、私のかわいがっている猫がおりますの。お屋敷内は自由に歩いております」

「まさか、その猫が首飾りを持ち出したと……？」

誠之進様が信じられないといったように聞き返すと、涼子様はうなずいた。

「もちろん、首飾りの値打ちなど猫にわかるわけはありません。ただ、猫にとっては、お魚や魚卵のたまらない良い匂いがついていたのだと思います」

「だとすると、その猫は首飾りをどこに持って行ったのだ？」

「そいつの寝場所はどこだ？」

何人かがそんな声を上げる中、速水は思わず一歩前に出た。

「寝場所は決まっておりません」

大声で言う。

「ですが、今いる場所は見当がつきます。子猫を産んだばかりですので、きっと乳をやっているはずです。祠の裏です！」

だが、速水は猫の場所に案内するのに、少し手間取った。

「すみません、ここにいるとばかり思ったのですが……、猫にはありがちなことですが、子猫を取られるのを警戒して寝床を移したようです」

最終的に速水が一同を案内した薄暗い納戸の隅に、猫のマルはいた。与えられた毛布の中にうずくまりながら、悠然と一同を見上げる。その腹には、もぞもぞと動く三匹の仔猫。そして背中側には、たしかに金と赤に光るものがあった。

「あったわ、私の首飾り……」

八重様が呆然とつぶやいた。

涼子様は進み出てそれを取り上げると、申し訳なさそうにそんな八重様を見た。

「私の猫が大変なことをしでかしてしまいました。八重様、この首飾りは出入りの宝飾店に頼んで洗浄してもらってよろしいでしょうか？」

八重様が二の句が継げないでいるところへ、悠然とした足取りで、本郷先生が現れた。

「龍一郎さんは、書斎かな？」


一時間ほど遅れたが、クリスマスの正餐は無事に終了した。龍一郎様はもちろん同席できなかったが、本郷先生の処置がよく、小康《しょうこう》を得て眠りにつかれている。食事中、お客様に断りながら時計を気にしていた涼子様が、何度か席を立って様子を見に行かれたが、問題なかったようだ。

酔いが醒めかけた八重さんはおとなしく料理をつつき、早々に帰っていった。

すべての客を見送ると、最後に帰ろうとしていた誠之進様が、涼子様を振り返った。

「涼子君、お見事だった」

感服したように言う。

「何のことでしょう」

「いや、さすが、龍一郎君が見込んだ娘だ。あなたには貴婦人の資質がある」

涼子様は小さくかぶりを振る。

「それは買い被りです」

「いやいや。あなたは使用人をかばったのだろう。八重は早晩、使用人が怪しいと言い出したはずだ。だからあなたは先手を打って、自分が犯人役、続いて探偵役を引き受けた。……違うかね?」

涼子様は黙っている。

誠之進様はその腕を軽く叩き、帽子をかぶった。

「まあ、詳細は聞くまい。あなたの裁量に任せる」

誠之進様は迎えの車に乗り込んでから、窓を開けさせて笑顔を見せた。

「腹を割った話のついでに、涼子君、もう一つお話ししておくか。龍一郎君があなたを気に入ったのは、あなたがほんの少しだけ、龍一郎君の初恋の人に似ているからだと思うぞ」

「まあ」

涼子様がどういう反応をすればいいか、困っているのを見て、誠之進様はからからと笑った。

「いや、これは失敬。今のは、年寄りの戯言《ざれごと》と思ってくれればよいよ。まだ龍一郎君が中学生の頃の話、相手はなかなかの美形でな。なに、ただの憧れの人というだけだ」

そして、いつくしむように涼子様を見る。

「あなたは、彼女よりよほどましな人間と見込んだ。この家のことはあなたに任せておけば間違いはなさそうだ」

こうして、どうにか泥棒騒ぎは落ち着いた。お客様もすべてお帰りだ。

一階の東側、広間や食堂とは廊下を隔てた反対側に、事務室と速水の自室がある。玄関ホールを隔てて反対側は、ほかの三人の使用人の寝室と、そして厨房だ。

寝しなに新聞を読んでしまったせいか、速水はなかなか眠れなかった。そのうちにふと、階段を降りてくる足音を聞いた気がした。しばらくぐずぐずしていたが、やはり落ち着かずに、ドアを開けてのぞいてみる。

玄関ホールの窓側につけられた電話室で声がした。

「ええ、先ほどはおかみさんのお手がすいていないとかで。夜分にすみません、おりますでしょうか……」

涼子様の声だ。電話の立ち聞きなどもってのほかだと思いながらも、なんだか声音が気にかかり、速水は耳をすました。龍一郎様に何かあったのなら涼子様の手助けをせねば、そう自分に言い訳しながら。

「ええ、やはりそうですか。でしたらよろしいのです」

涼子様は受話器を置くと、そのままじっと動かなくなった。

どうしよう、声をかけたものだろうか。速水はためらう。と、心を決める前に、顔を上げた涼子様がこちらを見てしまった。

速水はあわてて、廊下に出た。

「申し訳ございません、立ち聞きなどするつもりは……」

「いいえ、いいのです」

涼子様は短く答える。こちらを見上げた顔がいつにもまして白い。

「あの、何か……？」

さし出たことをと思いながら速水が聞くと、涼子様はかぶりを振った。

「いいえ、なんでもないの。ただ私が取り越し苦労をしただけなの」

「どういうことでしょう。何か、ございましたでしょうか」

そして速水は思い切って聞いてみた。

「夕方、何か鉄道のことをご心配なさっていましたね？」

夕方、美代さんから電話があった時のことだ。あの時も立ち聞きするつもりはなかったが、何か鉄道のことを話し合われていた気がする。

そして夜遅く、速水が知った事実があるのだ。

「まさか、鉄道の事故のことでも気にされているのではないですか？　津軽鉄道で大きな衝突事故があったと……」

すると涼子様は大きくうなずいた。

「ああ、そう、そのことなの。私もさっきテレビで見て……」

「やはり！　まだ夕刊にも載っていませんでしたが」

忙しかったので、速水も夕刊に目を通せたのは、ついさっきのことだった。電話口で、涼子様が「鉄道」と口にされていたのが気になったのだ。

「まさかと思ったのですが、母が乗っているのではないかと心配になって、今、問い合わせてみましたの」

「本当ですか！　お母様に、ご旅行の予定があったのですか？」

完全に眠気が覚めた速水に、涼子様は安心させるように、さっきよりも大きくかぶりを振ってみせた。

「いいえ、大丈夫。言ったでしょう、取り越し苦労でしたわ。母は無事でした」

「ああ、よかった」

胸をなでおろす速水に向かい、涼子様は真剣な顔で言う。

「速水さんも、今日はゆっくり休んでくださいね。本当にお疲れ様でした」

速水はその視線にどぎまぎしながら言葉を返す。

「いいえ、お嬢様こそ」

「そうね。今夜はなんだか疲れました。ゆっくり眠りたいので、明日の朝は私が起き出すまで、誰も部屋にいる私に声をかけないようにしてくださいね」

「は、はい、承知いたしました」

階段を上がりながら、ふと思い付いたように涼子様は足を止め、速水を振り向いた。

「速水さん、お話が色々あるけど、それも明日にしましょうね」

速水はぎくりとしながら、涼子様の寝室のドアが閉まるのを見守っていた。一人廊下に取り残され、ふと、電話台の下に、白いものがあるのに気付く。拾い上げると、それはハトロン紙で折られた、指の先ほどの小さな鶴だった。

クリスマスの朝、久我屋敷は平和に夜明けを迎えた。本郷先生の処置で、龍一郎様の容体は落ち着かれた。前夜の騒ぎは跡形もなく、静かな朝だ。

いつもの時間に起床した速水が自室から出ると、廊下の奥から涼子様に呼び止められた。

「速水さん、早いのね」

「お嬢様こそ。おはようございます」

今朝はゆっくりしたいとおっしゃっていたのに。涼子様は静かな声で言った。

「速水さん、しばらく二階でお父様に付き添っていただけないかしら」

「龍一郎様の具合がお悪くなったのですか？」

すると、涼子様は速水を安心させるように微笑みながらこう答えた。

「いいえ、お父様はよくお休みです。でも、目が覚めた時、すぐにご用があるといけないから、速水さんにそばを離れないでいただきたいの。私はすることがあるの」

涼子様の目が廊下の奥に向いている。速水はどきりとした。

あそこには、速水以外の三人の使用人たちの個室が並んでいる。

だが、お嬢様に何をなさるのかなど、速水のほうから尋ねることはできない。

「ああ、それから、植木屋さんは、今朝は来るのが遅れます。蠟梅を持ってきてほしいと私が頼んだので」

「は、はい。ほかに何か、伺っておくことは……？」

「いいえ、何も」

速水が階段を上がり始めるのを、涼子様はじっと見送っている。そして龍一郎様の書斎にそっと入った時、階下でも静かにドアが閉まる音がした。

龍一郎様の枕元にいた速水が朝食に呼ばれたのは、いつもより一時間近く遅れた時刻だった。涼子様がお盆を持って書斎に来て、速水を朝食へ送り出してくれたのだ。

「今朝もお父様にはここで召し上がっていただきましょう。私もお相伴《しょうばん》します」

だから、今朝クロスがかけられているのは使用人たちのテーブルだけだ。

速水と台場さんは向かい合ってコーヒーをすする。台場さんが無口なのはいつものことだが、今朝は速水の隣にいるシマさんまで口数が少ない。やがて大きな盆を手にした富さんがやってきた時はほっとした。

「ほう、今日はありがたいものがいただけますね」

富さんがみんなの前に配った湯気の立つスープカップに、速水は目を細めた。富さん特製の、オニオンスープだ。

「お嬢様がご所望されたんですよ。作るのに時間がかかってしまいましたけど。お目が覚めた龍一郎様が、これなら喉を通りそうだとおっしゃったんですって」

「ええ、龍一郎様も召し上がっていらっしゃいました。寒い朝にはこれにまさるものはないってお喜びでした」

食卓に着いて初めて、シマさんがか細い声でそう言った。二階のお二人のお盆を下げた時に確かめたのだろう。速水も同感だった。

「うん、富さん、いつもながらうまいです」

このスープの決め手は、何と言っても玉ねぎだ。薄切りにした大量の玉ねぎを、バターを引いたフライパンで、焦がさぬように絶えずかきまぜつづけながら、飴色になるまで一時間以上もじっくりと炒めるのだという。

スープを飲み終わったところで、初めて台場さんが口を開いた。

「朝の仕事がすんだら、私は出かけてもよろしいでしょうか。午後二時には戻りますが……」

「ああ、いいですよ、台場さん」

熱心なクリスチャンの台場さんは、十二月二十五日は正式ミサのために教会に出かけるのがならわしだ。

幸い、龍一郎様も落ち着いていらっしゃるから出かけてもらって大丈夫だろう。

四人の食事が終わりかけた時、涼子様がブレックファストルームに入ってきて、静かにドアを閉めた。

四人が立ち上がり、代表のように台場さんがおはようございますと口にする。

涼子様は小さくうなずいて、四人の顔を見回し、口を開いた。

「皆さんにお話があります」

涼子様は誰とも目を合わせようとはせず、富さんに渡されたティーカップの中を見つめながら、話を始めた。

「昨日の八重様の首飾りのことです。ここだけのお話をしておきたいのです」

だがその時、涼子さんがいったん口を切るのを待ち構えていたかのように、シマさんが急き込んで話し始めた。

「申し訳ありません……。あれを盗ったのは私です」

涼子様は見るからにほっとしたような顔になった。

「休憩室から首飾りを持ち出したのは、シマさんだったのね」

速水もほっとした。涼子様は「盗った」と言わず、「持ち出した」という表現を使われた。これが、涼子様の優しさだ。

シマさんはうなだれた。

「はい。昨日は猫のせいにしてくださって、ありがとうございます。でも、一晩中眠れませんでした。このままにしていてはお天道様に顔向けができません。年の暮れで、故郷の親から金策に窮していると便りが来ていて……。今年はいつも出稼ぎの手配をする会社がオリンピックの後の不況でつぶれたとかで、父に現金収入の当てがないんです。私もこれ以上お給料の前借りなどできないし、そんな時に、誰も見ていないところに首飾りがあって、つい」

速水は思わず口を開いた。だが、涼子お嬢様のほうが早かった。

「猫のマルに罪をかぶせてしまったけれど、内心、猫が首飾りを引きずり出すなどありそうにはないと思っていたの。でも、あの霧の晩に、ましてや門の外でみんながかかわるがわる本郷先生の到着を見張っていた時に、外から誰か入ったわけはない。でも、お父様の使用人をむやみに疑うわけにはいかない。だから、マルのせいにしたの」

八重様の手を取って匂いをかいだり、カナッペのことを持ち出したりしながら、涼子様は全く別のことを考えていたのか。なんとかしてクリスマス前夜の泥棒騒ぎを穏便に収めようと。

お屋敷の者ならマルの寝床の場所を知っている。あの時、涼子様はこう呼びかけていたのだ。――今ならまだ間に合う。私たちが行き着かないうちに、納戸の、マルの寝床に首飾りを隠しに行って。そうすれば、マルが盗ったことにできる。

あの場に、容疑者の全員がいた。

昨夜お屋敷に集まっていたすべての客と、そして、その客たちの後ろにいた速水とシマさん。それが、盗む機会のあった全員だ。

厨房から一歩も離れられなかった富さんと、本郷先生を迎えに車を出していた台場さんを除く、お屋敷の全員だ。

そんなことを速水が考えていると、涼子様が思いがけず、速水を見てにっこりと笑った。

速水の心臓が跳ね上がる。

「速水さんが、マルの寝床の場所をうっかり間違えてくれたせいで、時間の余裕もたっぷりあったわ」

シマさんはエプロンに顔をうずめて泣き出した。

誠之進様の言うとおりだ。あのままでは、早晩八重様は全員の身体検査をしろと言い出したに違いない。そして客人よりも、まず使用人が疑われる。ポケットのついたエプロンをしているシマさんも、割烹着に身を包んだ富さんも、真っ先に身体検査をされたことだろう。

シマさんは鼻をすすりながら言った。

「はい、速水さんが猫の居所を間違えた時に、助かったと思いました。急いで納戸に行って、マルの背中と毛布の間に首飾りを突っ込んで……」

それから、こすったせいで赤くなった顔を上げる。

「私、どうすれば……」

涼子様は静かに言った。

「気の毒だけれど、このままこの屋敷に勤めてもらうわけにはいかないわ」

「はい、はい、そのことは承知しております。今朝早くお嬢様が私の部屋にいらして、今日は仕事を始める前に、まず自分の身の回りを片付けなさい、そうおっしゃった時に、もしやと覚悟を決めました」

「そう、シマさんも私の言うとおりにしてくれたわね。でも、ご体調の悪いお父様にすべてをお話しして気苦労を増やしたくないの。ですから、故郷の親御さんを見るためにお暇を取るというのはどうかしら。お父様がきっと手当をはずんでくださるわ」

「ありがとうございます！」

泣き崩れるシマさんの肩を優しく叩いてから、涼子様は出て行った。

「ありがとうございます」

そのあとを追いかけて廊下へ出てから、速水も言った。

「おかげで、シマは経歴に傷がつかず、故郷へ戻れます」

だが、涼子様の横顔を見て、速水はどきりとした。広間にいた時とは打って変わってこわばっているのだ。

「あの、涼子お嬢様、何か……？」

「これで、お屋敷の中はいつもどおりになったかしら」

「は、はい」

「では、しばらく一人にしておいてください。考えごとがあるの」

涼子様の低い声に、速水の背中に冷や汗が流れる。

「涼子様、私は……」

そのとたん、速水の顔の前に涼子様が開いた右手を突き付けた。

「お願い。何も、話さないで」

「は？」

その手が人差し指を残して結ばれ、そしてその人差し指が、なんと、速水の唇に触れんばかりに近付いてくる。

速水は息が止まってしまった。

涼子様はその指を速水に触れる寸前で下ろし、そして小さくつぶやいた。

「……お願い。速水さんがこれ以上打ち明けたら、私は速水さんも失ってしまう……そうでしょう？　速水さんはそのことを話そうとしているんでしょう？」

「お嬢様……」

「聞きたくないの。私は、速水さんまで失いたくない」

頭がくらくらしてきた。

今、涼子お嬢様は何と言ったのだ？

何も言えずにいる速水に青い顔でにっこりしてみせ、そのまま涼子様は気を失ってしまった。

幸い、涼子様はすぐに気付かれた。動転した速水が助けを求め、富さんが駆けつけてくれるより早く、目を開けてくださったのだ。

「騒がないで。ちょっと立ち眩《くら》みがしただけだから。昨日はよく眠れなかったから、きっとそのせいよ」

富さんにかしずかれた涼子様が、二階の自室まで歩けるのを見て、速水はほっとした。龍一郎様の往診に来たついでに診察してくれた本郷先生も、力強く請け合ってくれた。

「心配ない。龍一郎さんのことで心労が重なり、その疲れが出ただけだろう。だが、しばらく安静に。ゆっくり休ませてさしあげなさい」

一日中、速水は龍一郎様に付き添いながら、隣り合っている涼子様の私室のほうを窺っていたが、そこはひっそりと静まり返っていた。

夕刻になって部屋を出てきた涼子様は、すっかり落ち着いていた。花の落ちた蠟梅を手にしている。

「速水さん、本当にごめんなさいね。びっくりしたでしょう」

「いいえ、そんなことはよろしいのです」

「それで、今朝は何を話そうとしたの？」

「それももうよろしいのです」

速水はきっぱりと言った。涼子お嬢様がじっと目をのぞき込んでくる。

「じゃあ、速水さんはずっと私のそばにいてくれるのね？」

「はい」

もう一度、きっぱりと言う。

そうだ、罪は自分で背負っていくものだ。涼子お嬢様に預けて、荷を軽くしようなどと甘えてはいけないのだ。

昨夜、速水にもすぐにわかった。一階にいた人間は、首飾りを盗むことはできない。そして二階にいたのは八重様のほか、龍一郎様、涼子様、そして速水が八重様の様子を見に行くように言いつけたシマさん。

だから——八重様が狂言を仕組んだのでない限り——、首飾りを盗めるのはシマさんしかいないのだと。シマさんの家庭が経済的に苦しいことも、速水は承知していた。

涼子様が客人たちに推理を披露した後、速水は機会をとらえて、大声でマルの寝床について発言した。

「祠の裏です！」

客人たちの一番後ろに控えていたシマさんにも聞こえるように、大声で。

シマさんに良心の咎めがあるなら、涼子様の推理と速水の時間稼ぎに助けられ、納戸のマルのところへ首飾りを隠すはずだと賭けたのだ。

そして、涼子様の望みどおりにシマさんは行動し、穏便にお屋敷を去ることができた。

これこそ、貴婦人のなさりようだ。

シマさんに首飾りを戻す時間を与えた速水も、共犯になるのだろう。だがそのことを速水が白状するのを、涼子様は許さなかった。

——私は、速水さんまで失いたくない。

なんと甘い言葉だろう。

あの一言だけで、自分は生涯涼子様にお仕えできる。

そう思いながら速水は胸ポケットに手を当てた。中には、昨夜電話台の下で拾った折鶴が大切にしまわれている。

# 第七章　道子

クリスマスイブの晩を、道子は内藤新宿の粗末なホテルで明かした。道子が知っている時代のこのあたりは、あやしげな木賃宿《きちんやど》が軒を連ねていたものだが、今回上京してみたら、そんなものはすっぱり取り払われていた。

――さすが、オリンピックをやっただけのことはあるねえ。

苦笑いが浮かんだものだ。

――みっともないものや汚いものは、すっぱり片付けちまったわけかい。

道子は浅草の生まれで、今でも江戸っ子の訛りが出てくる。勤めの時も、あまり気にしたことはない。朋輩《ほうばい》には、江戸の風をふかしやがってくらいの陰口を叩かれていそうだが、宿のお客さんにはむしろ珍しがられたり、自分も東京から来たところだと親しまれたりして、好評なのだ。出てくるのを急いだもので、ろくな支度もしてこなかったが、身軽なほうがいい。旅支度など整えている場合ではなかった。

まさか、あの男。涼子の近くに現れるとは。

涼子の邪魔をするのは、許さない。

涼子は二親に似ない子どもだった。道子よりも辰治よりも様子がいいし、まず、親よりずっと頭がいい。生まれにも育ちにも恵まれないけれど、あの姿かたちと頭があれば、どんな出世もできるはずだ。なにしろ新時代なのだもの。

お姑さんも涼子を気に入っていた。

——本当に、トンビが鷹を生んだみたような子だよねえ。

お姑さんはいつもそう言って、涼子を猫かわいがりした。深川《ふかがわ》生まれだというお姑さんは、道子よりもさらに古い江戸訛りの人だった。

——道子、あんたは東京にいちゃいけないよ、何しろどこで露見するかわからないからね。安心おしよ、涼子はちゃんと育てる。悪い虫なんか寄せ付けるもんかね。

お姑さんがそんなことを請け合うのは口幅ったい気もしたが、一方でお姑さんが言うからこそ信用してもいい気がした。なにしろ、内藤新宿一帯で幅を利かせていた社長の昵懇《じっこん》の女だったのだから。いい年をして「姐《ねえ》さん」と呼ばれて悦に入っていた。あのお姑さんの秘蔵っ子と地元で認められれば、どんな男たちも涼子には手を出さないだろう。

伊香保で働くのは、別に苦でもなかった。小さい時から働きづめに働いてきた道子のことだ。そうして、また涼子と暮らせるようになる日を指折り数えていた。その頃は涼子も、女盛りになっている頃だろう。いい人に巡り会えているかもしれない。ううん、きっとそうなる。大丈夫、涼子なら男を見る目もあるはずだ。自分の父親のようなろくでなしなど、洟もひっかけないだろう。

そんな道子のささやかな将来を、あの男が台無しにしようとしているのだ。見過ごすわけにはいかない。

道子は夜明け前に宿を出た。申し訳程度に備え付けられたフロントには誰もおらず、ドアの鍵はかかっていなかった。誰にも見咎められずに新宿通りへと歩き出す。うまくいけば、二時間もすれば帰ってこられるだろう。それでもまだ、八時前。万事済んだら、その辺で朝飯でも食べてきたような顔をして宿に戻り、時刻前に勘定を払ってふつうに出ていけばいい。

昨日からほとんど食べていないが、食欲はなかった。昨日上野駅で買ったキャラメルがまだいくつか残っていたから、あれをしゃぶって空腹をなだめておけばいい。

久我様のお屋敷も、四回目ともなれば迷うことはない。まだ都電の始発もない時間だが、もともと使うつもりはなかった。運転士や車掌に見咎められたらいけない。新宿二丁目から新宿通りを渡り、勝手知ったる内藤町の裏道をいくつも曲がる。方角に迷うことはない。とにかくどこかで国鉄をくぐることを考えて南に進めばいいのだ。何より、大きな獣のように朝靄《あさもや》の中うずくまっている競技場を目当てにすればいい。

久我様のお屋敷前に着いた時、時刻は午前五時半前だった。あいつとの約束の刻限が迫っている。まだ夜は明けないが、新聞売りの自転車が時折音を立てて通り過ぎる。甘い匂いの漂う路地があったのは、豆腐屋が家業に精を出しているのだろう。

お屋敷は広いが、このあたりは治安もいいのだろう、忍び返しのついてない塀がある。そのことも、昨日のうちに確かめておいた。

段取りを整えると、お屋敷の正門が見える曲がり角に戻り、道子は息を整えて身を潜めた。あとはあいつを待っていればいい。

昨日の会話を思い返す。

――ね。あたし、預かっているんですよ。お姑さんから。

――預かっているって、何をです？

――わかっているでしょう。例のものですよ。

あいつの顔が輝いた。

――道子さんが、持っていたんですか！

――ええ。でもねえ、今ここにはないんですよ。わかるでしょう、まさかここで会えるなんて、思ってもいませんでしたからねえ。

――ええ、ええ。

――もう、お返ししようと思うんです。よかったら、あたしの宿まで付き合っていただけませんか？　何、遠くないいんですよ。

すると、あいつはためらった。

――今夜は、ちょっと……。

――でしたら、明日の朝はどうです？　あたし、またここまで来ますから。例のものを、ちゃんと持ってね。明日、お仕事の始まりは？　七時？　じゃあ、それより三十分早く、いらしてくださいよ。この門のそばでお会いしましょう。

怪しまれてはいないはずだ。あいつは喜んで、承知した。

――それじゃあ、明日。本当に恩に着ます。

道子は、だんだんいらいらしてきた。

もう、六時半に近いはずだ。あいつはまだ現れない。すると、門が開いた。お屋敷の人？　それともあいつ、私と入れ違いで一度中に入っていたのか？

うすい靄の中から、その人影はゆっくり現れて言葉をかけてきた。

「お母さん」

道子はぎくりとした。小さな声だが、道子が聞き間違うはずがない。

「涼子！　どうして、ここに？」

「お母さんが、東京に来ていると思ったの。用事は一つしかないでしょう。だから、ここに来たの」

「どうして、東京にいるってわかったんだい？」

涼子は苦しそうに笑ってみせた。

「お母さんの癖、変わらないのね。大好物のキャラメルを食べると、その包み紙で鶴を折るでしょう？　昨日の夕方、その鶴が門の外側に落ちていたわ。私、その時、なかなか来ない車を待ちくたびれて、門の外まで様子を見に出ていたの」

道子は絶句した。自分がそんなことをしていたとは、ちっとも気付いていなかった。たしかに昨日、あいつを待ち伏せている間、キャラメルを口に入れた気もしてきたが、まさか……。

それでも、弱腰になってはいけない。道子はなおもたたみかける。

「そんなもんで、私がここにいた証拠になるのかい？　ずいぶんとあてずっぽうが過ぎやしないかい？」

「それだけじゃないのよ。私だってまさかと思いたかった。だから昨夕《ゆうべ》、美代さんから電話が来た時に、確かめてみたの。ほら、お屋敷からのご挨拶を持ってお母さんを伊香保に訪ねてくれた人よ。お母さんに会ったら私に電話で知らせますと、約束してくれていたの」

道子の脳裏に、あのお人よしそうな女の顔が浮かんだ。

「あの女が、私が東京に来るってお前に教えたって言うの？　そんなはずないよ」

だって、道子が東京に来る算段をしたのは、あの美代という女を送り出した後なのだから。

「そうね。美代さんはお母さんが東京に来るつもりだなんて、思ってもいないでしょうよ。ただ、折鶴を見て心配になった私が聞いたのよ。もしやお母さんに、徹蔵さんのことを話さなかったか、って。お屋敷の人に少しだけ聞かれたけど、鉄道のことだと聞き間違えてくれたわ」

「鉄道だか徹蔵だか、何のことだい？」

道子はとぼけてみせる。

涼子の語気が強くなる。

「わかっているくせに。私がこのお屋敷に紹介した、植松の三代目よ。屋号は植松、名前は松田徹蔵。おばあちゃんもお母さんもテツさんって呼んでいたでしょう？　うちのお父さんのせいで潰れた植木屋の、跡取りよ」

道子は言葉に困った。どこまで涼子が察しているのか、見当がつかなくなったのだ。

「徹蔵さん、このお屋敷でも冬牡丹を育ててくれているの。美代さんが最後にこの屋敷に挨拶に来た時、私は徹蔵さんと冬牡丹の手入れをしていて、うっかり徹蔵という名で呼びかけていた。それを美代さんに聞かれていた。昨日の電話で、美代さんはそのことをお母さんに話したと言っていたわ。それでなおさら心配になって、伊香保の宿に電話してみたの。夕刻の忙しい時はおかみさんに出てもらえなかったけど、夜遅くにもう一度かけてみたら、はっきり教えてもらえたわ。お母さんは伯母さんが危篤だとかで、昼から休みをもらってるって」

涼子は苦笑いを浮かべた。

「お母さんに私以外の身寄りはないこと、おかみさんだって知っているはずなのに、よく許してくれたものね」

「あの人はうっかりやだからね」

道子は相槌を打ちながらも、忙しく頭を働かせていた。

「それで、あの鶴はどうしたの？」

「私が拾ったわ。私たち二人以外の人間にとってはただの紙くずよ、心配いらない」

道子はほっとする。そんな道子に、涼子は懇願する。

「お母さん、もう放っておいてあげて」

「……何のことだい？」

道子は平静を装って尋ねる。

「とぼけないで。こんなに朝早く、待ち伏せるなんて、後ろ暗いことをするからに決まっているでしょう」

「何をお言いだい」

道子は怒った声を出した。

「後ろ暗いことなんて、あるものか。ただ、たまたま会ったから、懐かしくて話をしようとしただけだよ。昨日の夜は体が空かないとかで、それにお屋敷の仕事も早いだろう、だから仕事前のこの時間しか会える時がなくて……」

だが、涼子の冷たい目に、少しだけ真実を話すことにした。

「……お前をごまかすことはできないね。本当はね、今度こそ返してあげようと思ったんだよ。ほら、富士興商の社長があの人の親父さんに金を貸してやった時の借用証文のことさ」

涼子が黙っているのが落ち着かず、道子はつい、まくしたててしまう。

「植松の親父さんも最後のほうは金のことですっかり目が曇っていたんだねえ。何もかも抵当に入れて、最後に残ったあばら家まで取られるところだった。でもうちのお姑さんがその借用証文だけはこっそり隠したから、なんとかあの家に今も住めているんだろう？　お姑さんもいなくなったことだし、あんたの身の振り方も立派に決まったんだから、もうこの借用証文は帳消しにしてあげるよって言ったんだ」

道子の言葉の途中から、涼子は首を横に振り始めていた。その動きがだんだん大きくなる。そして低い声で言った。

「嘘よ、それも」

「実の親を、疑うのかい？」

「お母さん、それは嘘だわ。お母さんがテツさんに証文を返せるわけがない。だって、おばあちゃんが死んですぐ、私がその証文は手に入れたんだから」

「なんだって？」

「今でも、あるところに隠してあるわ。お母さんが絶対、思い付かない場所にね」

そして涼子は懇願するように、少しだけ声を大きくした。

「ここで待っていても、あの人はやってこないわ。私が、今日は遅く来るように頼んできたから。ね、お母さん、伊香保へ帰って。あの人を殺しては、駄目」

道子はとぼけることにした。

「何のことだい？」

するとと涼子は後ろ手に持っていたものを目の前にかかげた。道子は今度こそぎくりとしたが、必死に平静を装う。

「それが何だい？　見たところ何の変哲もない、荒縄じゃないか。年の瀬が近いからね、門松の支度に使うなり、その辺にいくらも転がっているんだろう」

「とぼけないで。私、今、この縄を外してきたのよ。このお屋敷の祠の、石段の上から」

道子は何も言わないことに決めた。

涼子は容赦なく続ける。

「あの祠は古いから、石段もすり減っているわよね。三十段もある石段の、一番上の脇に生えている松の木に、この縄は結んであったわ。ちょうど足の脛《すね》が当たる高さにね。でも結んであるのは片側だけで、後は地面に垂れているんだから石段を上がるのに支障はないし、まだ薄暗いうちならこんなものがあることさえ気付くわけもない。もしも誰かが誘われて祠まで上がったとする。降りる時に松の木側を歩くように仕向けられ、横を歩く相手がこの縄の端をつかんで張っているのも知らずに一歩踏み出したら……」

「その誰かさんは張られた縄に足を引っかけられて、真っ逆さまに転げ落ちるっていうわけかい」

「そう」

「だけど、その縄を仕掛けたのが私だって証拠はあるのかい」

「お母さん。私、ずいぶん前からここにいたのよ。お母さんが塀を乗り越えて、祠に上がるのも見ていたの。そうして縄をほどいてきたのよ」

道子はまた、口をつぐむことにした。

「ほかにもお母さんが何か仕掛けをしているといけない。だから、いつも朝、祠に参るお屋敷の秘書の人には、家の中にいなければいけない用を頼んだわ。女中さんは自分の片付けに追われている。コックさんには台所から離れられないように、手のかかるお料理を作れと頼んだし、運転手さんはクリスチャンだから祠にお参りなんか、絶対にしない。だから祠の周りを含めたお庭には、徹蔵さんも、ほかの誰も来ないわ。ねえ、お母さん。このまま伊香保に帰って。私は安全よ」

「どうしてそんなこと、わかるんだい」

思わず道子は叫んでしまった。口にしてからはっとするが、もう遅い。

「あの男、せっかくつかんだお前の将来を台無しにする気なんだよ。でなかったら、どうしてお前のそばをうろうろしているんだい？　おおかた、お前をゆすってこのお屋敷の勤め口を脅し取ったんだろう」

「違う、違うの。この勤め口は、私が進んでお世話したのよ」

「どうして、また」

「罪滅ぼしのつもりだった。だってあの人の会社を潰したのは、私のお父さんでしょう」

「そんなのを、お前が気に病むことはないんだよ。いい年をした大人が博打にのめり込んだって、それは自業自得ってものさ」

「でも、私は徹蔵さんにすまないとずっと思っていた。だからこのお屋敷出入りの植木屋さんが腰を悪くしているって聞いた時、いい人がいるって紹介しただけよ。ここなら家からも近くてお父さんの看病もしやすいし、夜には図書館で勉強もできる」

「テツさん、まだ大学に行くのをあきらめていないのかい」

「ええ。いつか、弁護士になりたいんですって」

うっすらと夜が明けてくる。

道子はまだ疑いを解けずに、涼子に念を押した。

「本当に、あの男はお前を脅したりしていないのかい」

「ええ、そうよ」

「でも、それじゃあ、どうしてお前に付きまとうんだか」

「わからない？」

涼子は悲しそうに微笑んだ。

「徹蔵さん、ずっとお母さんのことが好きだったのよ。ずっと」

「まさか。こんなおばあさんを……」

「徹蔵さんとお母さん、十歳も離れていないじゃない。ずっと好きだった。だからあの夜も、お母さんを心配して、後をつけたんですって。お父さんとお母さんが、おばあちゃんの家にお金の無心に行った日」

道子はぎくりとした。

「どうして涼子がそれを知っているの」

「おばあちゃん、最後の頃はずいぶん口が軽くなっていたから。時が経つうちに、隠しきれなくなったんでしょう。はっきり口に出したわけじゃないけど、切れ切れの言葉をつなぎ合わせたらわかったわ。あの日。お父さんがいなくなった日。おばあちゃんの家にお父さんとお母さんが入っていって、それきりお父さんは出てこなかった。お父さんはお金を持って蒸発したんだって言われたけど」

「……お前も信じていなかったわけだ」

「あの晩ね、お父さんとお母さんがいつまで経っても帰ってこないから、私、暗い家の中に一人でいるのがこわくて、お母さんたちの様子を見に行こうと家を出たの。そうしたら途中で徹蔵さんに会って、事情を話したらおばあちゃんの家に一緒に行ってくれたの。あの内藤町の小屋まで行ったら、ひっそりしていた。覚えている？　あの小屋の前にカイヅカイブキの植え込みがあったでしょう。その植え込みのせいで小さかった私には小屋の様子が窺えなかったけど、徹蔵さんには何か見えたんでしょうね。急にこわい顔になって、『涼ちゃん、帰ろう』って、有無を言わさず霞ヶ丘の家に連れ戻された。『おれがお母さんたちを迎えに行くから、涼ちゃんは絶対に絶対に、ここを動いちゃいけないよ』って。私、こわかったけど、徹蔵さんの言うことだからちゃんと守ろうって思って、一人でうずくまっているうちに眠っちゃったのね。明るくなった頃はっとして目が覚めたら、台所でお母さんが体を洗っていた。そして……、お父さんはそれきり姿を消した」

　何を言えばいいかわからず、道子は、ただ思い浮かんだことをそのまま口にした。

「テツさんの言いつけだから、強情なお前もちゃんと言うことを聞いたんだね。お前、あの頃から、テツさんが好きだったものね」

　涼子の顔が赤くなる。

　わが子ながらこの子はなんて器量よしだろう、道子はそんなことをぼんやり考える。

「お前も見ていたとは知らなかったよ。私らがあの人を埋め終わる頃に、お姑さんが『誰かいる』って、血相変えて、テツさんを引きずり出したんだ。テツさんのほうがよっぽど大きいのに、さすが、あの一帯を束ねるやくざの情婦をやって『姐さん』なんて呼ばれていただけのことはあるね。あの夜のお姑さんの迫力ったら、すごかったよ。あとのことも全部、お姑さんのさしがねさ。テツさんの親父の借用証文を、お姑さんは取り出して、黙っていてくれたらこれはなかったことにするって言ったんだ。テツさんはそれに従ったのさ。……だけど涼子、これだけは信じておくれ」

　次の言葉は哀願する口調になってしまった。

「私は、お前のお父さんを殺していないからね」

# 第八章　涼子

クリスマスの深夜、涼子は、今度は熱を出してしまった。体調不良は貧血と睡眠不足だけが原因ではなかったらしい。

ようやく熱が下がったのは、十二月二十七日の朝だった。東京の空はまたもどんよりとかすんでいた。

ベッドの上に起き上がってみると、体が元どおりに動くのがわかった。今になって、ここ三日ほど無理をしすぎたのだと気付く。気が張っている時はわからなくても、あとになるとその疲労が倍加して襲ってくるというのは本当だった。

「もうよろしいのですか。速水さんが心配されて、大騒ぎでしたよ。お嬢様の様子はどうだと、ずっと私に付きまとって」

カーテンを開けながら、富さんが言う。涼子は、にっこりとしてみせた。

「本当に心配をかけてしまってごめんなさい」

富さんは涼子の額に手を当てる。温かい手だった。

「どれどれ。今度こそ、熱が下がったかしら。でも今日一日は、安静にしていなくちゃいけませんよ。昨日だって、お引き止めするのを振り切って図書館に行かれたでしょう。お勉強熱心なのはよいけれど、きっとあのせいで長引いたんですよ。今日は、絶対にどこにもお出かけしてはいけませんからね」

「わかったわ、ごめんなさい。それで、……今朝のご様子はどうですか」

涼子は誰のことを気にかけているか言わなかったが、富さんはちゃんと「ご様子」という言い方でわかってくれて、こう答えた。

「旦那様でしたら、今朝は少しよろしいようですよ。お嬢様が朝御飯をご一緒されたらお喜びでしょう」

「ではそのようにしてください」

支度を整えながら、これから久我龍一郎のことを何とお呼びしようかと涼子は迷った。もう、何のわだかまりもなく「お父様」と口に出すことはできない。しかし面と向かった時にどうするか、まだ答えが見つからない。とりあえず心の中でだけは「おじさま」と呼ぶことに決めていた。

お部屋に行ってみると、龍一郎おじさまは、たしかに少し具合がよくなられたようだ。朝のおかゆも、コーンスープも、なんとか喉を通ったようだった。

涼子のお盆には、スープのほかに紅茶とトースト、ポーチドエッグが添えられていた。

「良い匂いだな、その紅茶は」

おじさまが目を細めて言った。

「はい。富さんはイギリス仕込みの淹れ方をしているんですね」

あたり障りのない、朝の、和やかな会話だ。

やがて、涼子が食事を終えるのを見計らったようにおじさまが言った。

「今日の午後、弁護士の先生がお見えになる。涼子も同席しなさい」

――来た。

涼子は唇をかみしめた。クリスマスイブの騒ぎ以来、このお話が出てこなかったけれど、いつまでも先延ばしにするわけにはいかない。

とりわけ、おじさまは内心急ぎたいと思っておられるはずだ。ご自分の病状のことはわかっておられるのだから。

――でも……。

お受けするわけにはいかない。クリスマスイブの晩餐会での、誇り高かった自分を思い出す。

――でも私は、あの時とは別人になってしまった。もう、久我家の、おじさまの、養女になるわけにはいかない。

「あの、そのお話なのですが……」

「どうしたね」

おじさまが優しい目で涼子を見る。涼子はティーカップを見つめながら思い切って言った。

「私、養女になるお話をお断りしたいのです」

ベッドの上のおじさまが体を動かす様子がわかった。

「どうして急に、気が変わったんだね」

「やはり、お身内の方がいらっしゃるのに、それをさしおいて私が久我家の人間になるわけにはいきません。……おじ、いえ、この家の莫大な財産が関わる話なのですから」

おじさまがじっと涼子を見つめているのがわかる。

財産云々のことを今更持ち出すとはどういう了見なのか。そんなことは最初からわかっていたことではないか。

そんなふうに詰問されると思っていた。だが、おじさまは全く別のことを言った。

「涼子はなぜ、私のことを『お父様』と呼ばなくなったのだね？」

――気付かれていた。

涼子はもう、「お父様」とは口に出せなくなっていた。涼子の心の中で龍一郎様は「お父様」ではなく「おじさま」に変わったのだ。でも、相対した時には、まさかそんなあからさまな言い換えはできない。だから、今朝は龍一郎様のことを呼ばずにやり過ごしてきたのだが、やはり無理があったようだ。

「体の具合を悪くしたというだけではなさそうだね。それに、学校があるうちは、いつもどおりの涼子だったと思う。変わったのはクリスマスイブの頃からではないか？　あの晩、何かあったのかね？」

おじさまの口調がどこまでも優しいので、涼子は涙ぐみそうになった。小さい時からずっと、涙一つ見せない強情な子、かわいげのない娘と言われてきたのに。

でも、何を打ち明ければいいのだろう。涼子にもまだわからないことが多すぎるのだ。ただ、涼子は母を守らなければいけないこと、誰もこの犯罪に加担させてはいけないことだけははっきりしている。

「八重あたりが、何か涼子に吹き込んだのかい？」

涼子はほっとして顔を上げた。おじさまの顔つきが厳しくなっている。

見当違いではあるが、八重さんや親族を言い訳に持ち出すのが一番妥当だろう。

「八重様に直接言われたわけではありません。でも、クリスマスに久我家の皆様にお会いして、やはりこの中に私が加わるのは正しくないと思ったのです。何と言っても、八重様の息子さんは一番近いお血筋なのですから」

「涼子。……まさか、知ってしまったのか？」

おじさまがベッドから体を起こしてそう言った。

「あの、知ったというのは、何のことですか？　おじさま……」

――しまった。口にしてしまった。

涼子はひやりとしたが、おじさまはますます深刻な顔になってこう言った。

「速水を呼びなさい。私の金庫から取ってきてほしいものがある」


おじさまの言う「取ってきてほしいもの」とは、角形の封筒に入った何枚かの便箋だった。速水さんを下がらせ、また二人だけになってから、おじさまはその便箋をさしだした。

「涼子に打ち明けるべきか私もずっと迷っていた。涼子自身が恥と思うことは何もない。法的にも、何一つ支障はない。だが、そうは言っても……うるさいことを言ってくる輩もいるだろう。だから、涼子には知らせぬまま手続きを終わらせてしまえばよいと判断したのだが、その目論見《もくろみ》は間違っていたようだな。何より、涼子の賢さを軽く見てはいけなかった。読んでみなさい」

その便箋の冒頭には、ある探偵事務所の名前がある。その事務所からの通知――報告書――のようだ。たいして長いものではない。

だが読み進めるうちに、涼子は目を疑った。

夢にも思わないような事実が記されていたのだ。

それは涼子の祖母、小野田キヨについての身上調書だった。涼子が目を通して顔を上げると、おじさまが言った。

「話してしまえば単純なことだ。……涼子の祖母のキヨさんは、私の祖父の娘、つまり私の叔母に当たるのだ。ただし、私の祖母を母としてはいない。キヨさんの母親は深川の芸者だった」

「え？」

「私も、最初はまさかと思った。だが涼子の容貌、もと住んでいたのが霞ヶ丘という事実、そして小野田という姓。だからできる限り調べさせたのだ。そのことを涼子はいつから知っていたのかな？」

知っていたも何も、まったくの初耳だ。文字通りの青天の霹靂《へきれき》だ。

だが、そう答えようとしてから、涼子は急いで思い直す。

この事実を利用すれば、おじさまを説得しやすくなるかもしれない。少なくとも、これは、涼子がおじさまの養女になれない理由には使える。

「はっきり知っていたわけではありません。祖母からも母からも、聞かされたことはありませんから」

「では、八重からかな」

涼子は大きくかぶりを振った。言い方に気をつけなければ。

「それも違います。たぶん、八重様も、このことはご存じないと思います。ただ、祖母がどんな人かということには、前から何となく私に知らされていないことがあるような気がしていて、それと、このお屋敷の中を知るにつれて……」

おじさまはため息をついて、枕にもたれかかった。

「やはり、涼子の賢さを軽く見てはいけなかったな」

涼子は黙っていることにした。一昨日の朝の、母の様子を思い出す。テツさんに何を仕掛けたのか問いただしても、都合が悪くなると不貞腐れたように黙り込んだ道子。母はいつもそうだった。

——旗色が悪くなったらとりあえず口をつぐむんだよ。うまくすれば、相手が色々とぼろを出してくれるかもしれないからね。

無学の母の、処世術の一つだ。

今も、涼子が沈黙を守っているうちに、おじさまが重大な秘密を打ち明けてくれている。

「涼子を一目見た時から、何か、気にかかっていたのだ。私が知っている、懐かしい人に似ていると。その面影が誰のものか、思い出すのは簡単だった。そして涼子の出身地が霞ヶ丘町と知ってますます疑いを深めた」

「だからこの探偵事務所に調べさせたのですか?」

「今言ったような疑いはなくても、涼子をこの家に引き取るからには調査をさせるつもりだった。通常の手順としてな」

——大人って、本当に油断がならない。

こんな時なのに、ふっとそんな考えが浮かび、苦笑を漏らしそうになった。涼子は表情を引き締めて、おじさまの次の言葉を待つ。

「キヨさんは母親の死後、父である私の祖父に引き取られた。だがうまく馴染めなかった。祖父は陸軍士官学校の教官で、正妻の子どもたちも厳しくしつけた。妾腹《しょうふく》のキヨさんに対してはなおさらきつかったのだろう。キヨさんはそれに反発したのか、いわゆる『跳ね返り』に成長した。だが、魅力的な人だったよ。美しい人だった。涼子に言うまでもないことだが。当時としても奔放過ぎて、成人する前に勘当された。私もくわしく教えてもらえたわけではないが、父の元教え子で、行状に悪い評判のあった下士官と駆け落ちをしてしまったのだ。その下士官の名が、小野田だ。以来、大戦をはさんで数十年、私はキヨさんの消息を知らなかった」

ようやく、話のつながりが理解できてきた。

「それで、おじさまは私の祖母と再会したのですか……？」

問いかけながら、涼子は記憶を探ってみる。涼子がおじさまとめぐり逢い、志学女子学園高等部への受験を持ち掛けられたころはキヨと二人で暮らしていた。だがキヨは内藤町の家を空けて情夫の事務所へ入り浸っていたから、おじさまが内藤町に来た時にはいなかったはずだ。その後入学が決定した時も、おじさまと面談したのは母の道子だ。涼子の保護者はあくまでも道子なのだから。

キヨはおじさまに、あえて会う必要性はなかった。

おじさまは残念そうに首を振る。

「なにぶん戦前の、関東大震災よりも前に絶縁したキヨさんのことだ。調査にも時間がかかった。

ようやくキヨさんの出自に確信が持てるようになった矢先、キヨさんは……」

「突然、祖母は世を去りましたものね」

相槌を打った瞬間、涼子は背筋がひやりとするのを感じた。

だがそれを表情に出さないまま、おじさまの次の言葉を待つ。

「キヨさんは久我家を出されたあと小野田と結婚して東京の各地を転々としたようだが、結局霞ヶ丘に落ち着いた。あそこはもともと軍の広大な用地で、兵舎もあったからね。そして小野田が戦死してからは、色々と苦労したらしいが……」

おじさまは言葉を濁す。そのあたりは調査書を読めばわかる。何人もの男と関係を持った挙句、富士興商の社長に巡り会ったのだ。その時はすでに五十歳を超えていたのに、祖母は不思議な魅力のある人だった。その魅力は、今のおじさまの口調からも窺える。

「結局私が一度も会えないまま、キヨさんは亡くなってしまった。そうだ、キヨさんの写真が一枚だけある。その本棚の、私の古い日記を取ってごらん」

言われるままに取り出すと、一葉の古びた写真が出てきた。

祖母だ。まだ十代だった頃のものだろう。

たしかに、涼子に似ている。

「涼子が両親と住んでいた霞ヶ丘の長屋があった場所も、戦後軍部が解体した時に復員兵を受け入れるために用意された土地だよ。霞ヶ丘の周辺にキヨさんが住み続けたのも、戦前から馴染み深かったからだろう。涼子、そういうことをキヨさんから聞いていたのかな?」

祖母のキヨからは、何一つ、聞いてはいない。だが、うつむいたまま、涼子は答えた。

「もしや、と疑うことはありましたが、確証はつかめなかったのです。でも……、今の調査を読んで、思い当たることがいくつか……」

嘘ではない。

まず、キヨが中学生だった涼子を、信濃町駅近くの新聞売りの露店で働かせるようになったことだ。

「涼子、お前は学問ができるし、新聞を読むのも好きじゃないか。新聞売りをおし。学校への届け？　そんなもん、いりゃあしないよ。学校なんか関係ないだろ」

法律などおかまいなしの祖母らしい、乱暴な言いつけだと思ったが、家にいるのも嫌だった涼子は従った。ただ小遣い稼ぎをさせるつもりだろうと思っていたが、キヨにはもっと深い目論見があったのだ。

きっと祖母はそれより前に、慶應大学病院に通院する龍一郎おじさまを見かけていたのだ。そして、知恵を巡らせた。龍一郎おじさまと久我家の現在についても、手下を使って調べさせたことだろう。だから、いつか龍一郎おじさまが涼子に気付かないかと内心期待しながら、涼子を露店に立たせた。あのあたりに顔の利いた祖母ならば、露天商に話をつけるのは造作もないことだ。

自分はしばらく表に出ない。出れば、久我家のどこかから反対の声が上がる。だからまず、涼子を会わせ、涼子自身に、久我家に食い込ませる。まさか、おじさまが涼子を養女にするなどというほどの高望みはしていなかっただろうが、久我家からなにがしかの援助でも受けられれば儲けものだ。自分が富士興商の社長から長屋一軒せしめた程度の……。

そして、あの夏の日がやってきた。涼子はただ純粋に、気分を悪くした老紳士を心配して声をかけただけだったが、思えば、あれもキヨの手の上で踊らされている行動だったのか。おじさまが涼子に関心を持たなかったら、そのうちに、キヨは次の手を打つつもりだったのだろうか。

だが、ことは順調に運んだ。涼子はキヨに操られることなく、おじさまと親しくなった。

志学女子学園という学校の高等部試験を受けることができると伝えた時、キヨは大笑いした。

――そりゃあ、うまくいったねえ、涼子。いい手を見つけたもんだ、さすが私の孫だよ。

いつもの祖母の軽口と思ったから聞き流したが、今思えば、あの時祖母は理事長が久我龍一郎だということも、自分の目論見が予想以上にうまく運んでいることも、完全に承知していたのだ。

そんなことをすばやく考えている涼子を、おじさまは気の毒そうに見つめて口を開いた。

「そうか。だから涼子は私のことを『伯父様』と呼ぶようになったのだな。従弟《いとこ》の娘を正式に何と呼べばいいのかは知らないが、まあ、『伯父様』でも間違いではないからな」

涼子はおじさまの誤解を正さないことにした。涼子はただ「小父《おじ》様」のつもりだったのだが。

そんなことより、これで養女の話を断る口実ができた。

「はい、だから私は、久我家に入るわけにはいかないのです。だって私の祖母は、最初の結婚相手は軍の関係者であったものの、その死後には色々な相手と関係を持ち、最後には新宿あたりに勢力を伸ばしたやくざの情婦になっていたような人間ですから。そんな祖母に育てられた私が、久我家に入るわけにはいきません」

それから思い切って言った。

「ですから、私はあくまでも久我家に世話になっている食客、書生ということにしてください。速水さんのように。そして、おじさまにご恩返しをさせてください」

最後には、おじさまは涼子の意志を受け入れてくれた。弁護士の先生にも、はっきりとお話をした。まだ法的には決着がつかない。でも、今後の方針は定まった。涼子はこのまま久我屋敷に世話になり、学業を続ける。ただし、あくまでも小野田涼子のままで。そして大学卒業後の身の振り方も自由にさせてもらう。

養女になるという話はなかったことになった。

久我家の莫大な財産が八重さんの息子に渡ることが確定するのだから、八重さんも満足だろう。涼子の身元をあれこれ調べることもしないだろう。

これで道子も、そっとしておいてもらえる。

こうして心の重荷が取れたあと、涼子はようやくクリスマスイブの電話を思い出した。

——前にお前が弟の健太と会った場所、覚えているだろう?

木村茂に話を聞いている途中で突然電話に割り込んできた、曽根幸一。

あの時は木村茂から必要なことを聞けた安堵感でいっぱいで、どうでもよいことだと聞き流してしまった。早く電話を切りたい、そしてテツさんのところに行かなければ、それだけしか考えられなかったのだ。

オリンピックの聖火リレーの日に愛染院で会った時、曽根幸一のことはすぐに思い出せた。まさかあんな場所で出くわすとは思わなかったが、涼子にも懐かしい存在だったから。だが、その弟と会ったことなどあっただろうか?

自分の部屋に戻った涼子は、改めて、思い当たることはないか思い出そうとした。

今までは、曽根幸一のことどころではなかった。クリスマスイブの夜、とにかくテツさんが無事に家に帰れたと確かめられたことに安堵して電話を切り、そのあとどうすべきかだけを必死に考えていたから。

――まさか、母の道子もテツさんの家に放火はすまい。道子がテツさんの家を知っているかどうかもわからないが。テツさんに危険が及ぶとすれば、きっと明日の朝になってからだ。

だから涼子は日付が二十五日に変わってまもなく、屋敷を抜け出してテツさんの家に行った。屋敷の鍵はおじさまから預かっている。寒いのも、暗い夜道も気にならなかった。幼い頃からそんなものには慣れている。そして夜明けまで、テツさんの家を見張った。道子はテツさんの住処を知らないだろうし――テツさんが教えない限り――、かなりの確率で、道子がテツさんに何か仕掛けるのは翌朝だと思っていたが、危険を冒すわけにはいかない。

無事に夜が白み、またアパートに灯がともっても、涼子はなおも待った。そしてテツさんが出てくると走り寄り、涼子がそこにいることに驚いているテツさんに、今日の仕事に来る時刻を遅らせるように指示した。

「でも、道子さんが今朝早くにお屋敷の門のところで落ち合おうって……。おれに、大事なものを返してくれるって……」

その言葉で涼子は自分の暗い疑念が当たっていることを知ったのだ。それまでは心のどこかで、自分が疑っていることはすべて杞憂かもしれないとかすかに望みをつないでいたけれど。道子はやはりテツさんに危害を加えようとしているのだ。

「お願い、母には会わないで。その大事なものは、私が持っているの」

「え？」

「それ、テツさんのお父さんが書いた借用証文のことでしょう？」

「涼子ちゃん、知っていたのか……」

キヨは抜け目のない女だった。だからその借用証文をもとに、キヨはテツさんに口封じをしていたのだ。借金を取り立てられたら、テツさん一家は、この、唯一残った持ち家も手放さなければいけなくなるから。

「あの借用証文、母も存在は知っているけど、私が隠しているのよ。だから安心して」

「隠したって、どこに？　久我さんの屋敷に持っていったのかい？」

「ううん。図書館の、誰も読まない古い百科事典の棚の裏にあるわ。私、図書館に行くたびに確認しているの。大丈夫よ、あんなところ、誰も触らないから。今日にでも私が図書館に取りに行って、ちゃんとテツさんに渡すわ。だから、もう母に会う必要はないでしょう？　今日、テツさんはいつもより一時間遅く屋敷に出勤して。速水さんにもそう言っておくから」

そして涼子はテツさんと別れ、一人、始発の都電に乗って久我屋敷に戻った。

道子はテツさんの仕事前に、門前で会おうと約束している。テツさんのしもた屋から千駄ヶ谷の久我屋敷までの地理に、それほど道子は明るくない。だからもしもテツさんに何かするつもりなら、きっと人目のない久我屋敷の中だろう。

そう判断した涼子は、まっすぐ久我屋敷を目指したのだ。仮にこの推測が外れても、道子に出会わない限り、テツさんは安全だ。

道子は久我屋敷に何度か来たことがあるが、まさか家の中で仕掛けるはずはない。人目がある門前でもないだろう。久我屋敷の庭で道子が犯行に使える場所、人目のない場所はどこか。

――庭の隅の祠だ。

涼子の推測は当たった。石段を上がった場所に、縄が張られていたのだ。その縄を手に、涼子は道子と対決した。

こうして、道子の企ては未然に防げた。道子に、テツさんを殺させてはならない。テツさんは悪意があって涼子に近付いているのではないことを……、ただ、道子を慕い、涼子を姪のように思っているだけだと納得して、道子は伊香保に帰ってくれた。

そして、龍一郎おじさまとの話し合いも涼子の望む方向に進んだ。

これで、一番の問題は解決した。

あとはただひとつ。

なぜか涼子に不審なものを感じているらしい、曽根幸一だ。

だが、涼子は曽根幸一の弟と、いったいどんな関わりがあっただろう?

涼子が健太という名前を思い出すまでには、それからしばらく時間がかかった。


信濃町駅前の慶應大学病院は、夕暮れの中に黒々とうずくまっていた。

涼子は迷った末に、志学女子学園の制服とウールコートを着てきた。

自分が今ここにいられるのは多くの幸運と犠牲のおかげだ。でも、志学女子学園に入れたことは、涼子の努力の賜物でもある。この制服は涼子が自分で勝ち取ったものだ。だからこの服を着て、曽根幸一に会おうと思ったのだ。

古びた正門に近付くと、人影が動いた。

すぐにわかった、曽根幸一だ。

「待たせたみたいね。寒くなかった?」

「別に」

幸一は笑った。

「今日で四日目だけど。父さんのカイロを借りてきてるし、大丈夫だよ。おれのうちは、ここから近いし」

それから改まった様子で言った。

「やっと来てくれたな。もう駄目かと思い始めたところだった」

涼子は半ば弁解するように、だが半ば抗議するように言った。

「私だって、ずいぶん考えた挙句なんだから。曽根君が言った場所がここだって思い当たるのに、ずいぶん頭をひねったのよ」

幸一はきょとんとした。

「え? だって、九月に、ここでおれの弟の健太と会ったんだろう……?」

「健太って、あの、漫画を万引きしたって疑われた小学生よね。でもそれが曽根君の弟だなんて、曽根君、私に一度も説明しなかったでしょ?」

幸一はぽかんと口を開けた。

「そうだったっけ……」

「そう。曽根君って頭がいいくせに意外と抜けてるのね」

怒るかと思ったが、幸一は笑い出した。つられて、涼子も声を出して笑った。

それで二人とも、気分がほぐれた。

「まいったな……」

幸一が頭を掻きながら言う。

「もういいわよ、こうして会えたんだから」

「いや、そうじゃなくてさ……。小野田と話がしたいって呼び出したくせに、いざこうやって会ったら、何を話せばいいのかわからなくなっちまったんだ」

涼子はわざと蓮っ葉な口調で言ってみる。

「私のことを怪しい人間だと思ってるんでしょう?」

「うん、いや、たしかに最初はそうだったんだけど……」

「貧乏な長屋育ちがいい生活をしている。どんな汚い手を使ったのか。それが知りたかったんでしょう?」

「いや……、違う、謝りたかったんだ」

「謝る?」

「小野田のこと、あれこれ調べ回ったりしてさ。おれには何の権利もないのに。……ごめん」

そうして幸一は深々と頭を下げた。

涼子は思いも寄らない感情に突き動かされるのを感じた。

何を疑っているのか知らないが、曽根幸一にこれ以上怪しまれないように、言いくるめるつもりでやってきたのに。でも……。

涼子のほうも、自然に素直な言葉が出てきた。

「怪しまれて当然よ。私、お金持ちの家に拾われたの。そのおうちの人の厚意に付け込んだの」

そう言って涼子は大学病院の正門を見やった。

「この近くだったわ。その人はね、この大学病院の患者さんで、私、偶然に、困っているところをちょっとだけ助けたの。その人がある私立学校の関係者で、奨学生選抜の試験を受けてみないかって勧めてくれたの」

「でも、それで合格したんだろう。小野田なら楽に受かったんじゃないか？」

「楽にかどうかはわからないけど、正規の手段で合格した」

「すごいじゃないか」

幸一が素直に感心してくれたのが嬉しかった。

「そう、正々堂々、通えるようになった。クラスメートはあきれるくらいのお金持ちのお嬢さんが多いから、付き合うのも大変だけどね」

「だから、霞ヶ丘団地に家があるなんて嘘をついたのか？」

「え？」

「自分の家がみすぼらしいからなのか？　それとも……」

「ちょっと待って。私、嘘をついたりしてないわよ？」

「だって、あの団地の高橋太郎って子の家を利用したんだろう」

涼子はやっと理解した。

「そうか、あの太郎君のことから、曽根君は私に目を付けたわけね？　太郎君も大京小の子で、健太君と同じくらいの年だものね」

「目を付けたっていうか……。ただ、この辺に住んでいるはずの小野田涼子が、どうして団地に入り浸るのか、変に思っただけだよ」

「入り浸るって、別に利用するつもりはなかったのよ。ただ、あの子が心配だったから、通ったの。あの団地、不良が多かったからね」

そう、富士興商の舎弟になりたがるような不良学生が霞ヶ丘団地にたむろしていたのを涼子は知っていたから。そして、別にありがたくはなかったが、そんな不良がぺこぺこしていた富士興商の社員たちを、さらに従えて悦に入っていたのがキヨだったから。

だから涼子の姿を見せれば、太郎君にも団地の子どもたちにも、不良どもは何もしない。

「でもいつまでも太郎君たちのことばかり心配しているわけにはいかなくなって。そのうち、今の学校の同級生が警察のお偉いさんの娘だとわかったから、その子を通じて若い刑事さんにあの団地に住むようにしてもらったの。だからもう大丈夫よ、きっと」

竹田茉莉子がその不良どもの姿を見た時、涼子は少し大げさに茉莉子に吹聴してみたのだ。素直な茉莉子は、すぐに手配をしてくれた。だから涼子は安心して太郎君にも別れを告げたのだ。今年の夏のことだ。

——あの頃は、太郎君とも縁を切って久我家の養女になるつもりだったのだから。

涼子は苦い思いをかみしめた。その夢は消えたけど、どちらにしても、太郎君とはもう会わない。

十月になって、思いがけず内藤町の取り壊し現場で太郎君にばったり出会ってしまった時も、冷たい態度で追い返した。

幸一が不思議そうに涼子を眺めている。

「小野田って、どうしてそんなに子どもを気にかけるんだ？　あの太郎君もそうだし、うちの健太のことも……」

「子どもがかまわれないで放っておかれるとか、変な疑いをかけられて悲しんでるとか、そういうのがたまらないの」

自分で思ったよりも、口調が強くなってしまったのに気付き、涼子は声音をやわらかくした。

「だって、私自身がそんな子どもだったからね」

「小野田は、そんなに、かまわれないで育ったのか？」

涼子は苦笑した。

「私のうちがどんなだったか、調べたんでしょ？　母は父の顔色を窺ってばかりだったし、父はどうしようもないろくでなしだった。私、どこにも居場所がなくて寒い夜も街をうろついてた。小学生の終わり頃になって、逃げ込める図書館を見つけた時は本当に助かったと思った」

「それでも、小野田は泣かなかったんだな」

「え？」

「クリスマスイブの夜、電話でそんなことを言っていたじゃないか」

「ああ……」

——あれを聞かれていたのか。

思い出すと、恥ずかしくなる。それをごまかすように、軽い調子で涼子は答えた。

「あの時、木村君が思いがけず優しい声で気遣ってくれたから、ついね……。聞いていたんだ、曽根君も」

「うん。あの時、小野田の声を聞きながら、とんでもない勘違いをしていたとわかったんだよ。だから、どうしても謝りたくなったんだ。泣いたことないっていう小野田を、おれ、泣かせちゃったことある気がしてさ……」

「何のこと？　ううん、それよりまず、勘違いって？」

「あのさ……。怒らずに聞いてくれよ」

幸一が思い切ったように言った。

「その、小野田のお父さんのことなんだ」

──やっぱり、そのことか。

涼子は内心身構えたが、できるだけ軽い調子で答える。

「父は、姿を消したのよ。私が九歳の夏に」

それ以上のことを言うつもりはない。

誰にも。

幸一は恐縮した表情で、なおも言う。

「おれ、すごく失礼なことを考えた。なんかさ、自分が探偵になったみたいで面白くて、姿を消した同級生の父親のことをあれこれ想像した……。その、家族に殺されて、家の庭に埋められたんじゃないか、とか……。ほら、この辺の防空壕からだって時々戦争の犠牲者の骨が見つかるだろ、そういうのに紛らせれば死体を隠すことだって簡単だって。一回死体を埋めて、骨になった頃に掘り出してちょっと焼け焦げでもつければ、いつ骨になったかなんて、オリンピックの騒ぎに紛れて誰も気にしないだろうって……」

涼子はコートのポケットの中の手を、痛いほど握りしめた。

――こんなところに、ここまで真相に近付いている人間がいたとは。

「……それで?」

「いや、……あとからそんなのは、ただの机上の空論だと思い直した」

涼子はまだ身構えたまま、詰問する。

「思い直した? どうして?」

「だってそんなこと、現実にはなかなか起こらないよ。そもそもさ、おれがそんな失礼千万なことを空想したのも、小野田のお父さんが結構厄介者だってうちの商店会で聞いたからだけどさ……。実際お父さんが蒸発して、ますます暮らしは悪くなったんだろ? お母さんが出稼ぎに行ったり、小野田はおばあさんの家に身を寄せるしかなくなったり。つまり、お父さんがいないことは不利益しか生まなかったわけじゃないか。だったらお父さんをどうにかするはずないじゃないか。だいたい、大の男を女子《おんなこ》どもが手にかけるなんて、普通に考えたら、まずそこから無理があるだろう」

涼子は、握りしめていたこぶしをゆるめた。

「そうね。そんなの、小説の中だけのことだわ」

幸一はますます面目なさそうな顔になって、また頭を下げた。

「本当にごめん。おれ、探偵小説が好きなんだ」

「そう？　私も好きよ。シャーロック・ホームズとか」

「おれも小学生の頃は夢中になったな。今はエラリー・クイーンが好きなんだ」

「私はその作家、知らないけど。でも曽根君、そんなに小説が好きで想像力豊かなら、将来、作家にでもなったら？」

「おれにはそんな才能はないよ。できたら大学には行きたいけど。まあ、薬学部だな。家業を継がなきゃ。小野田は？」

「私？」

そんな先のことまで考えたことがなかった。

ただ、長屋暮らしも、酒浸りの父の暴力におびえる日々も、だらしのない祖母の機嫌を取ることも、すべてから逃げたいと、それしか考えてこなかった。

だが……。

そういえば、なりたいものが一つあった。

「私、教育者になる」

「教育者？　学校の先生になるってことか？」

「先生でもいいけど、学校を経営したい。学問をしたい子を誰でも受け入れる学校を経営したい」

そうだ、それが涼子の夢だ。

「なんだか知らないけど、すごく立派なこと考えているんだな」

「そうよ、みんなのおかげでその夢がかなうかもしれないんだから、精進しなきゃ」

その中にはあなたのおかげもあるのよ、涼子はそう心の中でささやいた。

――曽根幸一、あなたが自分の推理を机上の空論と笑い飛ばしてくれたおかげで、私の一家の無事は守られる。

まだ涼子には解き明かせていないこともある。だが、そのパンドラの箱を開けるのは今ではないのだ。

今はまだ。

二人はどちらからともなく歩き出した。

「そういえば、曽根君、年末なのにおうちを空けて大丈夫だったの？」

「うちは年の暮れに大賑わいになるような商売じゃないからな。新宿をぶらついてから帰るよ」

「そう。じゃあ、私はこれで。……よいお年を」

涼子は手をさしだす。幸一は、はにかみながら握手してくれた。

信号が青に変わり、幸一は通りを渡る。その背中に、涼子は呼びかけた。

――二年前、あなたともっと話がしたかった。同級生と離れ、いつも一人で読書していた曽根幸一、あなたのことをもっと知りたいと思ったこともあった。

でも、暗い秘密にとらわれていた涼子は、誰とも親しくしてはならないと自分に言い聞かせていた。

それは今も変わらない。

幸一が横断歩道を渡り終えた。

その時、涼子は衝動にかられ、道路の向こう側の幸一に声をかけた。

「曽根君！」

幸一が振り向く。二人の間を、エンジンの音がやかましい自動車が通り過ぎる。

その音にもかまわず、涼子は続けた。

「もしもその気があったら、八年後にまた会いましょう！　あの日の、あの時のお寺で！」

「何だって？」

通りの向こうから、幸一も叫び返す。

だが、涼子はそのまま反対の方向へ駆け出した。

# 終章

大京小学校同窓会からの封筒に入っていたのは、印字された定期総会の通知だった。だが、余白に手書きの文字が添えられている。

「大変ご無沙汰しています。覚えておいでではないかもしれませんが、大京小学校と大京中学校でご一緒したことのある、曽根幸一です。

実は、私の娘が持っております本の巻頭に涼子さんのお写真と言葉が載っていたのを、偶然に見つけたのです。お変わりになりませんね、すぐわかりました。それでも念のために失礼ながら添えられていた経歴から検索し、間違いないと確信しましたので、ずいぶん迷いましたが、思い切って今回のご案内をさしあげた次第です。おいでくだされば本当に嬉しいです。　曽根幸一

追伸　木村茂を覚えておいでですか。元気です。今でも同じ場所で和菓子屋をやっています。最近は鯛焼きが行列ができるほど人気で雑誌にも取り上げられたと、自慢してきます。」

——思わぬところから、また縁がつながってしまった。

涼子は一人、苦笑する。

幸一が書いている「本」とは、たぶん上原美代の出した料理本のことだろう。四十年ほど前に、涼子は家のことを任せたいと頼んで美代に上京してもらった。美代は涼子の家を切り回す傍ら、得意の料理の腕をさらに上げていった。独学の洋裁では専門家にかなわなくても、家庭料理の腕は誰にもひけをとらない、と。自分たちだけで独占するのはもったいないと職業にすることを勧めたのは涼子だが、小さな料理教室から始めて事業を拡げ、料理研究家の肩書を獲得できたのは、持ち前の辛抱強さに裏打ちされた美代の才能だ。そんな美代は去年米寿を迎え、料理教室の弟子たちが発起人となり、米寿記念として集大成の料理本を出版した。巻頭言を頼まれた涼子も、喜んで協力したのだ。

もっとも、今の涼子には、やましいことはもう何一つない。

すべては終わったのだから。

——でも曽根君、あの日は来てくれなかったくせに。

一九七二年、十月九日。

その日、涼子が愛染院に到着したのは夕方になってしまった。伊香保温泉に回っていたからだ。

だが、曽根幸一の姿は境内になかった。

恐れながらも少しだけ期待していたのに、夜まで待っていても幸一は現れなかった。やっぱり、八年前の涼子の呼びかけは聞こえなかったらしい。

それとも、あの時は耳に届いたものの、もうすっかり忘れているのか。

そうだとしても不思議はない。八年も経っていたのだ。

一九七二年。日本が無事にオリンピックを成功させた、国際社会に復帰できたのだと大はしゃぎしたことさえ、すでに昔話になっていた時代だ。信濃町の駅から見える国立競技場の巨大なシルエットも、当たり前の風景の一部になっていた。

あの年の二月、札幌で冬季オリンピックが開かれた時も、日本人に八年前ほどの熱狂はなかったと思う。さらにそのオリンピック気分も、直後に起きたあさま山荘事件で一気に吹き飛ばされた。

あの時、涼子も曽根幸一も二十四歳になっていた。彼は無事に薬剤師になって、家業を継いだのだろうか。確かめようとすればできないことはないのに、涼子はあえてそうしなかった。もしも幸一と何かの縁が残っているのなら、いつか、出会えることもあるだろうと自分に言い聞かせただけだった。

涼子も志学女子学園高等部の教員になって二年目の秋だった。すでに中間試験も終わり、生徒たちは祝日を楽しみにしていた。東京オリンピックの二年後に、開会式の日は体育の日という祝日になったのだ。

一九七二年。

もう、龍一郎おじさまはこの世を去っていた。

でもおじさまは、癌と闘い、涼子の大学合格までを見届けてくれた。涼子は臨終まで献身的に看護し、死後は大学卒業まで必要な額を遺産として受け取って久我屋敷を離れた。あの屋敷はその後人手に渡ったが、学校法人志学女子学園はその後も今も、立派に存続している。

幸一に会う前に自分の心をはっきりさせるつもりで、あの日、涼子は母の道子に会いに行ったのだ。伊香保温泉で働き続けていた道子に。

一九七二年の夏以来、涼子は何度も伊香保に通い、道子を説得した。

「私も自活できているから、東京に戻らない？　お母さんとの二人暮らしくらい、できるわよ」

しかしいくら説得しても、道子はかたくなに首を横に振り続けた。

「まだ駄目だよ。私があんたのところに行ったら、迷惑がかかるかもしれないからね」

その言葉で、涼子は悟ったのだ。自分の暗い疑念は――それまでの八年間ずっと消すことのできなかった疑惑は――真実だということを。


――私は、お前のお父さんを殺していないからね。


一九六四年、クリスマスの朝。

久我屋敷の門前で道子が言った必死の言葉に、嘘はない。道子は、小野田辰治を殺していない。

「私も知らなかったんだよ。あの晩、うちの人は鯵切包丁を持ち出してお姑さんのところに押しかけて……金が必要だから、お姑さんにせびるつもりで……お姑さん、新宿の顔役のいい人になっていたし、あの掘立小屋だってお姑さんの持ち物で、場所が場所だから言い値で売れるはずだし……。そのうち、うちの人が包丁を振りかざして、止めに入った私ともみあいになって……気付いたら、私は包丁を握っていて、うちの人は血まみれで倒れていて、お姑さんは『あんたが私を救ってくれたんだよ、命の恩人だからあんたの罪はなかったことにしてあげるよ』って私に言い聞かせたんだ……」

涼子はその場面を見ていない。道子とキヨが辰治の死体を埋めるところも、この目では見ていない。テツさんに止められたからだ。

辰治が姿を消しても、何も面倒は起きなかった。飲んだくれの厄介者の男が一人行方をくらましたところで、誰も気にも留めなかった。

涼子よりもはっきりと目撃していたテツさんも、誰にも明かさなかった。借用証文を、キヨに握られていたから。

それに何より、道子を慕っていたから。辰治の失踪を警察に届けろと入れ知恵したのが、その証拠だ。

そして道子は、キヨに言われるままに東京を離れた。

道子が、キヨにだまされていると気付いたのはいつだったのだろう。

辰治を殺したのは自分ではない、キヨなのだと。

たぶん、涼子が久我龍一郎と出会い、志学女子学園への進学の話が持ち上がって上京した時だろう。

年を取ったキヨはさすがに弱り、真相を口走ってしまったのかもしれない。あるいは、すでに死亡宣告が下りていた辰治なのだから、危険は去ったと思ったのかもしれない。

そう、表向きはすべてけりがついていたことだ。

でも、道子は素直に伊香保に留まった。そのことで、涼子は確信したのだ。

道子にはまだ秘密があると。

一九七二年は特別な年のはずだった。辰治の死後十五年。殺人は時効を迎える。

それでも道子は伊香保を動こうとはしなかった。

一九七二年のあの日、曽根幸一に会えなくて幸運だったかもしれない。涼子が守るべき秘密は、まだ消えていなかったのだから。

＊

今、志学女子学園理事長室で、涼子はまだ曽根幸一の手紙を見つめている。

秘密を守り通すことに心を砕いていた長い日々は、今年ようやく、本当の終わりを告げた。

四年後に東京で二度目のオリンピックが開かれることが決定したために、国立霞ヶ丘競技場は、再度取り壊された。

そして霞ヶ丘団地も、今年の春に取り壊された。

その跡地から、マスコミの目を引くようなものは何も出てこなかった。

――そうでしょうね。戦後まもない時からたくさんの人がその日暮らしをしていた土地だもの。さらに、オリンピックの狂騒のままに、突貫工事で開発を進めた土地だもの。たとえ誰かに都合の悪いものが埋められていたって、きっと見ぬふりをしてそのまま日本は前に進んでいったんでしょう。発展のため、オリンピックのためというお題目で。

今にして思えば、自分たちがあれほどおびえる必要はなかったのだろう。けれど理屈抜きでおびえてしまうのが、脛に傷持つ者のさがなのだ。

祖母のキヨが父の辰治を殺した晩、辰治が持っていった包丁。一本の鯵切包丁。

それは手癖の悪い辰治が、少し前に近所の魚幸からくすねたものだった。貧しい涼子の家には、包丁もろくになかったから。

たった一本の包丁でも、大事に手入れをしてきた魚幸の親父さんやおかみさんが見たらすぐにわかってしまう。自分の店から盗まれたものだと。そうしたら辰治の失踪はすぐに疑われる。父の血がついた、あの魚幸の鰺切包丁は、決して内藤町の家にも霞ヶ丘の長屋にも置いたままにはしておけない。

そう考えたのだろう、キヨは、涼子にその包丁を捨てさせた。理由を聞いても叱り飛ばされるだけで何も教えてもらえなかったものの、涼子は包丁を霞ヶ丘のバラックが並ぶはずれに埋めた。やがて一帯の住人は立ち退かされてバラックも長屋もなくなり、そこに大きな団地ができた。さびた包丁の一本くらい、膨大な塵芥《じんかい》の中ではただのごみくずとして処理されたのだろう。あの包丁を始末したことを、涼子は道子に言わなかった。そう、二人は、互いに相手に言えない秘密を隠し通したままの親子だったのだ。

そして道子は、最大の秘密を涼子に隠し通したまま、逝ってしまった。札幌オリンピックの、三年後だった。道子は死ぬまで、伊香保温泉で中居をしていた。

一九六四年のクリスマス当日、十二月二十五日。あの時の、道子の言葉。

――私は、お前のお父さんを殺していないからね。

そう。涼子の父辰治を殺したのは、その母のキヨだ。考えてみれば、道子にはそれほどの動機がない。クズな夫に愛想をつかしたといっても、それがとっさの、思い切った暴挙につながる可能性は大きくない。幸一の言うとおり、辰治の死は道子と涼子に直接の利益をもたらさない。動機はない。

だが、キヨには立派な動機があった。

あの、内藤町の小屋だ。みすぼらしくても地所としては新宿の一等地にあって、再開発のための資産になりそうな土地。

あの土地を、キヨは情夫の富士興商社長から譲り受けていたから。そして、あの辺の地価が、オリンピックのせいでどんどん吊り上がっていたから。

いつも金欠の辰治にとっては、喉から手が出るほど欲しい財産だ。しかも、キヨさえ死ねば、その財産はそっくり辰治が相続できる。

そのことに、キヨが気付いたとしたら……。

——辰治に殺されるよりも先に辰治をやってしまおう。

キヨのような女には、さほど抵抗のない心の動きだったのだろう。

——私は、お前のお父さんを殺していないからね。

道子のあの一言で、涼子はほっとした。それまでおびえていた疑惑——自分の父は自分の母に殺されたのではないか——が、霧のように消えたのだから。

そのまま伊香保に帰る母を見送り、屋敷に戻り、前夜のささいなコソ泥騒ぎのけりをつけ……。

——あとは、テツさんに借用証文を返せばすべて終わる。

そんなことを嬉しく考えていた時、涼子は次の疑惑にたどり着いてしまったのだ。

それでは、道子はなぜ、キヨが死んだあとも、伊香保に隠れ続けたのだろう? 涼子の出世にも背を向け、自分がいたら涼子の足枷《あしかせ》になるからと自分の存在を消すような生き方をしているのだろう?

考えたくはなかったが、涼子の思い付いた答えは一つしかなかった。

あの時、その答えが少女だった涼子を打ちのめしたのも無理はない。

道子は辰治を殺していない。

だが、それ以外にも秘密はあるのではないか?

その答えを知るには、さらに八年、待たなければならなかった。

八年後の一九七二年に道子が涼子の勧めを受け入れて東京に来るなら疑惑は拭える。

だが、道子は辰治の死から十五年経っても――つまり殺人が公訴時効を迎えても――涼子のもとには来なかった。

涼子はその時、はっきりと悟った。

道子は、辰治を殺してはいない。

だが、キヨを殺したのだと。

一九五七年七月のあの晩、金策と称して内藤町の地所を譲れと辰治がキヨに迫った時、まず止めに入った道子が殴り倒された。辰治は近所の魚屋からくすねた鯵切包丁を持っていて、それをもぎ取ろうともみ合ううち、道子は突き飛ばされて気を失った。

気が付いてみたら道子はキヨに介抱されていて、辰治は息絶えていた。

――あんたが私を救ってくれたんだよ、命の恩人だから、あんたの罪はなかったことにしてあげるよ。

そう、キヨは助けると見せかけて、自分の罪を道子にかぶせたのだ。

そして七年後、辰治の死亡宣告と涼子の「出世」に舌の根が緩み、その事実を道子に白状してしまった……。

キヨは、酔って荒木町の石段から転落死したことになっている。だが、違う。道子が突き落としたのだ。

人殺しの祖母がいたら、涼子の出世に差し支えるから。ましてやそのキヨは、涼子の養父となる人の一族の、面汚《つら》しの女だから。

キヨがいては、二重に涼子の妨げになる。

すべてを自分一人で抱えたまま、辰治の殺人の公訴時効が過ぎても道子は伊香保に留まり続けた。そして生涯秘密を打ち明けることなく、この世を去った。

道子は今、愛染院の小さな墓——キヨと同じ墓——に眠っている。二人とも、そのことをどう思っているのか。それは二人にしかわからない。皮肉なことに、同じ寺の無縁塚に辰治がいることも。涼子は、龍一郎おじさまがいつも墓参をかかさぬようにと心にかけていて下さったことだけを、ありがたいと思えばいい。


今となっては、すべてが涼子の推測でしかないことだ。

同窓会開催の通知には、お決まりの、出欠確認葉書が添えられていた。

速水涼子は一度大きく息を吸い、「出席」に丸をした。

## 参考文献


『第十八回オリンピック競技大会公式報告書　上・下』オリンピック東京大会組織委員会編
『SAYONARA国立競技場 56年の軌跡 1958－2014』日本スポーツ振興センター
『新装版 1960年代の東京 路面電車が走る水の都の記憶』毎日新聞出版
『新宿・街づくり物語 誕生から新都心まで300年』勝田三良監修　河村茂著　鹿島出版会
『新宿区成立70周年記念誌　新宿彩物語 時と人の交差点』新宿区総務部総務課編
『一九六四年東京オリンピックは何を生んだのか』石坂友司／松林秀樹編著　青弓社
『1964東京オリンピックを盛り上げた101人』鳥越一朗著　ユニプラン
『オリンピックと東京改造 交通インフラから読み解く』川辺謙一著　光文社新書
『1964年の東京オリンピック「世紀の祭典」はいかに書かれ、語られたか』石井正己編　河出書房新社
『オリンピック・シティ 東京1940－1964』片木篤著　河出書房新社
『TOKYOオリンピック物語』野地秩嘉著　小学館文庫
『地図で読み解く東京五輪』竹内正浩著　ベスト新書
『地図と写真で見る東京オリンピック1964』ブルーガイド編集部編　実業之日本社
『東京オリンピック 文学者の見た世紀の祭典』講談社文芸文庫
『石ノ森章太郎とサイボーグ009』ペン編集部編　CCCメディアハウス
「図書館年報　しんじゅくの図書館2018」新宿区立中央図書館
「東京人」二〇一六年六月号　都市出版
「朝日新聞縮刷版」一九六四年七～十二月　朝日新聞社

本書は書き下ろしです。

この物語はフィクションであり、実在の人物、団体などには一切関係ありません。

森谷明子◆もりや あきこ

1961年神奈川県生まれ。早稲田大学第一文学部卒業。2003年『千年の黙 異本源氏物語』で第13回鮎川哲也賞を受賞してデビュー。その他の著書に『白の祝宴 逸文紫式部日記』『望月のあと 覚書源氏物語「若菜」』『緑ヶ丘小学校大運動会』『れんげ野原のまんなかで』『花野に眠る 秋葉図書館の四季』『南風吹く』『矢上教授の「十二支考」』など。

涼子点景《りょうこてんけい》1964

2020年1月25日　第1刷発行

著　者—— 森谷明子

発行者—— 箕浦克史

発行所—— 株式会社双葉社

東京都新宿区東五軒町3-28　郵便番号162-8540
電話03(5261)4818〔営業〕
　　03(5261)4831〔編集〕
http://www.futabasha.co.jp/
（双葉社の書籍・コミック・ムックが買えます）

CTP製版—株式会社ビーワークス

印刷所—— 大日本印刷株式会社

製本所—— 株式会社若林製本工場

カバー印刷—— 株式会社大熊整美堂

落丁・乱丁の場合は送料双葉社負担でお取り替えいたします。
「製作部」あてにお送りください。
ただし、古書店で購入したものについてはお取り替えできません。
［電話］03-5261-4822（製作部）

定価はカバーに表示してあります。


ISBN978-4-575-24243-0 C0093